Irina Korschunow

DAS SPIEGELBILD

ROMAN

Hoffmann und Campe

Die Deutsche Bibliothek – CIP-Einheitsaufnahme

Korschunow, Irina:
Das Spiegelbild : Roman / Irina Korschunow.
– 1. Aufl. – Hamburg : Hoffmann und Campe, 1992
ISBN 3-455-04003-9

Copyright © 1992 by Hoffmann und Campe Verlag, Hamburg
Lektorat: Jutta Siegmund-Schultze
Schutzumschlaggestaltung: Lo Breier
unter Verwendung eines Gemäldes von Claude Monet
Gesetzt aus der Bembo Antiqua
Satz: Utesch Satztechnik GmbH, Hamburg
Druck und Bindung: Clausen & Bosse, Leck
Printed in Germany

Am Turme

Ich steh auf hohem Balkone am Turm,
Umstrichen vom schreienden Stare,
Und laß gleich einer Mänade den Sturm
Mir wühlen im flatternden Haare;
O wilder Geselle, o toller Fant,
Ich möchte dich kräftig umschlingen,
Und, Sehne an Sehne, zwei Schritte vom Rand
Auf Tod und Leben dann ringen!

Und drunten seh ich am Strand, so frisch
Wie spielende Doggen, die Wellen
Sich tummeln rings mit Geklaff und Gezisch,
Und glänzende Flocken schnellen.
O, springen möcht' ich hinein alsbald,
Recht in die tobende Meute,
Und jagen durch den korallenen Wald
Das Walroß, die lustige Beute!

Und drüben seh ich ein Wimpel wehn
So keck wie eine Standarte,
Seh auf und nieder den Kiel sich drehn
Von meiner luftigen Warte;
O, sitzen möcht' ich im kämpfenden Schiff,
Das Steuerruder ergreifen,
Und zischend über das brandende Riff
Wie eine Seemöwe streifen.

Wär' ich ein Jäger auf freier Flur,
Ein Stück nur von einem Soldaten,
Wär' ich ein Mann doch mindestens nur,
So würde der Himmel mit raten;
Nun muß ich sitzen so fein und klar,
Gleich einem artigen Kinde,
Und darf nur heimlich lösen mein Haar,
Und lassen es flattern im Winde!

Annette von Droste-Hülshoff

Der Tag, an dem Levin mich verließ, April 1842, sechs Jahre sollte ich danach noch leben –, welches Kleid habe ich beim Abschied getragen? War es das graugrünkarierte aus englischem Musselin? Oder das taubenblaue mit dem dreifach gepufften Ärmel und der Spitzengarnitur am Hals? Nein, das nicht. In dem blauen bin ich Levin entgegengegangen, als er den Weg zur Meersburg heraufkam. Es war Oktober, ein warmer Herbst, die Sonne schien, und ich dachte, nun beginnt der Sommer. Das blaue Kleid für Levin, und Jennys Zofe mußte mir Korkenzieherlocken brennen, bis zur Schulter fallend wie auf dem Porträt, das Sprick gemalt hatte vor meiner Reise an den Bodensee. Graues Haar und Korkenzieherlocken. Ich wußte, was Jenny davon hielt, aber es war mir egal. Beim Blick in den Spiegel fand ich mich schön, ich, das Fräulein von Droste, fünfundvierzig, krank und welk, welche Verblendung. Doch wie hätte ich ohne Verblendung in diese trostlose Affäre geraten können.

Die alte Frau und der Jüngling, kein Thema für dich, Nachfahrin Amelie, die du wenig Skrupel kanntest in der Liebe, und auch bei den Abschieden warst du stets die Schnellere. Fast hundertfünfzig Jahre zwischen uns, warum überhaupt fange ich an, dir meine Geschichte

zu erzählen. Weil du Worte aufs Papier bringst, un-
beirrbar wie ich zu meiner Zeit? Ach Gott, Worte.
Deine Berichte vom Tag und meine in Verse gegosse-
nen Gefühligkeiten, sie bauen keine Brücke für uns.
Aber du bist auf die Meersburg gekommen zu meinem
Sterbebett oben im Turm und den beiden Bildern: das
vom Anfang, das vom Ende. Dreißig Jahre Frist nur
dazwischen, es hat dich erschreckt, nicht allein um
meinetwillen, darum rede ich zu dir. Die Stimme der
Toten, erreicht sie dich? Nichts ist gewiß, aber so oder
so, seine Geschichten erzählt man vor allem sich selbst.

Meine Geschichte, Amelie, die Geschichte der Annette, ich möchte sie neu erfinden, jetzt, da ich verfügen kann über Raum und Zeit. Doch es ändert nichts,
was war, das war. Auch du wirst es wissen eines zu
späten Tages, was war, das war.

*M*achen Sie Ihre Verse nicht schlecht, Fräulein von
Droste, nach wie vor werden sie gedruckt, gekauft,
gelesen, und wie immer Sie in Ihrer jetzigen Entrückt-
heit darüber denken mögen – früher, noch dem Irdischen verhaftet, wollten Sie es doch: bleiben im Gedicht. Ich möchte es auch mit dem, was Sie »zu Papier
bringen nennen«, ein Wunsch für den Wind, ich weiß,
aber bitte irritieren Sie mich nicht, ich bin noch nicht
tot.

Mein Erschrecken vor Ihren beiden Gesichtern im
Meersburger Turm, muß ich es erklären? Ich kannte
keines davon, weder das frühe, noch das späte. Meine

Kindheit hat ein anderes begleitet, jenes von Jenny gemalte und vielfach reproduzierte Jugendbildnis, das auch die neueste Ausgabe Ihrer Werke schmückt und bei uns zu Hause im Wohnzimmer hing, unantastbar, ikonengleich. Die junge Annette in Hellblau, zarte Wangen und Spitzenkragen, ein Kreuz auf der Brust, Locken über den Schläfen. »Deine Ururgroßtante Annette«, diese immerwährenden Worte meiner Mutter, »ist sie nicht schön?«

Doch, wunderschön, fand ich in den Kleinmädchentagen und gab meinen Prinzessinnen Ihre Gestalt, wogegen Sie mir später, als die Märchen nicht länger verfingen, zunehmend banaler erschienen, ein rosiges Edelfräulein nach dem Geschmack der Salons, aufgeputzt für den biedermeierlichen Bräutigam, das Gegenteil, wie ich inzwischen weiß, von Ihrer komplizierten Befindlichkeit. Aber Jenny wollte Sie wohl so sehen, wohlbehütet in der Norm, auch schöner, als Sie je gewesen sind, Schwestern, so scheint es, neigen zu Retuschen. Und angesichts des Jungmädchenbildes im Turm, das soviel mehr von Ihnen verrät, kann ich Jennys Gründe verstehen, nun, nachdem ich begonnen habe, hinter Ihnen herzudenken, Ihrem wunderlichen, verrückten Unglück, wie Sie in einem Ihrer Briefe – auch die Briefe sind dem öffentlichen Zugriff preisgegeben, Ihr ganzes Leben, stört Sie das nicht? –, in einem dieser Briefe also das Stigma Ihres Andersseins nennen. Gezeichnet und auserwählt, kein Wunder, daß Jenny, die Sie liebte, erschrak.

Jene Schrecksekunde allerdings, von der hier die

Rede ist, hatte weniger mit der frühen als mit der alten Annette zu tun und am meisten mit mir, Amelie Treybe, nur sieben Jahre jünger als Sie auf der erbarmungslos vergrößerten Daguerreotypie über Ihrem Meersburger Schreibtisch. Die Lewinaffäre lag erst drei Jahre zurück, Lewin, Ihre späte, verzweifelte Leidenschaft, für die Sie sich noch einmal Korkenzieherlocken drehen ließen, Verblendung nennen Sie es jetzt, zu Recht vielleicht, ich weiß noch zuwenig von Ihnen und Ihren Zwängen. Ich lebe in einer anderen Zeit, und eine andere Zeit, Fräulein von D., macht andere Menschen. Es stimmt, was Sie sagen, Verblendung war bisher kein Wort für mich, das Alter kein Thema, und die Haare lasse ich weiterhin so lang herunterhängen wie das Mädchen, das ich einmal war.

Wir halten die Jugend länger fest, müssen es auch, es geht ums Überleben und kostet seinen Preis. Daß die Männer mich noch taxieren, mit jenen Blicken, die ich nicht mag und dennoch brauche zur Bestätigung meines Stellenwerts, kommt nicht von ungefähr, und manchmal beneide ich unsere Großmütter, die sich gemächlich zur Matrone runden durften, statt in Tennishallen und Fitneßstudios gegen Falten und Pfunde anzuwüten, immer auf Trab, um im Spiel zu bleiben. Ich bin keine wohlversorgte Dichterin aus dem Wasserschloß, Fräulein von Droste, ich bin Journalistin ganz ohne Garantien, schreibe auch nicht für die Ewigkeit, nur für den Tag und lebe davon, doch meine Arbeit bedeutet mir nicht weniger als Ihnen damals die Ihre. Aufschreiben, was ich sehe und wie ich es sehe, das habe ich gelernt, das mache ich gut, das möchte ich weitermachen. So viele Pläne, so viele Möglichkeiten, und Sie wissen doch, wie der Erfolg schmeckt. Morgens, nach Gymnastik und Bürstenmassage, zeigt mir der Spiegel meine immer noch glatte Haut, einundvierzig, was heißt das schon, die Zeit scheint dehnbar wie Gummiband. Und dann plötzlich dieser blauseidene Tag im Mai. Ich komme aus Appenzell, nehme, eine Reportage über das Schweizer Wahlrecht im Kopf, die Fähre von Konstanz nach Meersburg, treibe mit den Touristen zum Schloß und stehe Ihnen gegenüber, der jungen und, nur einen Lidschlag entfernt, der alten, gebrochenen Frau.

Es war wie ein Riß im Vorhang, keine Grenze mehr zwischen Ihnen und mir, die kalte kurze Berührung von Tod und Leben, wie manchmal im Halbschlaf, wenn man abstürzt ins Bodenlose. Etwa ein Zeichen an der Wand, diese Begegnung mit Ihnen? Es beunruhigt mich, Fräulein von Droste, ich habe eine Krise momentan, muß Beschlüsse fassen, meine Richtung bestimmen für die Zeit, die mir bleibt, und nun sind Sie plötzlich da, die biedermeierliche Jungfer, die Dichterin. Soll ich mich wirklich einlassen auf den Balanceakt Ihrer prekären Doppelexistenz? Vielleicht wäre es besser gewesen, den Meersburger Turm zu meiden, Sie weiterhin zu ignorieren wie seit dem Tag, an dem ich genug hatte von Annette in Hellblau, endgültig genug. Sie wissen, warum, Sie wissen vermutlich alles von mir, die Sie Nachfahrin nennen.

Nachfahrin? Lassen wir das lieber, Ihr Clan würde

sich bedanken, ich danke ebenfalls, wenngleich aus anderen Gründen. Die homöopathische Dosis adligen Blutes, was soll's, und mein sogenannter Urgroßvater, durch den es in unsere Familie geraten ist, macht mir die Absage leicht. Einer Ihrer zahlreichen Neffen, nehme ich an, wissen Sie, welcher? Meine Urgroßmutter mit dem ihr eingebrannten Respekt nannte ihn bis zuletzt nur den Herrn Baron. »Du bist nicht aus dem Kohlenkasten gekrochen«, hat sie, als ihre Tochter Rosa, die meine Großmutter werden sollte, weinend von der Schule kam, gesagt und den adeligen Namen preisgegeben, in der Hoffnung wohl, ihr damit den Makel der Unehelichkeit erträglicher zu machen. Der Herr Baron, der sich verleugnen ließ, Vater unbekannt, steht in der Geburtsurkunde, Gegenwert für die fünfhundert Mark, mit denen man das Malheur auf diskrete Weise zu regeln wußte, fünfhundert Mark Abfindung und Schweigegeld. Und wenn Sie einen Exkurs ins Finanzielle gestatten: Erinnern Sie sich an Ihre jährliche Apanage von dreihundert Talern, äußerst karg bemessen der gängigen Meinung nach? Dreihundert Taler, das waren neunhundert Mark, fast doppelt soviel, wie man meiner schwangeren Urgroßmutter mit auf den Weg gab. Die Fabrik, in der sie fortan ihr Leben verbringen sollte, zahlte zu dieser Zeit dreiundsechzig Pfennig pro Schicht. Man blieb also im Rahmen.

Ich stelle sie mir vor, die Dienstmagd Therese Plagge, geboren im Münsterland, dort, wo es am katholischsten ist. Es gibt kein Bild aus ihren Jugendtagen, woher auch. Nur auf einem einzigen Foto, dem von der Hochzeit ihrer Tochter Rosa mit dem Feldwebel Wilhelm Prillich ist sie festgehalten, hager und abgewrackt, das dünne Haar straff gescheitelt über dem Altfrauengesicht, dabei erst dreiundvierzig. »Gelacht hat sie kaum«, berichtete meine Großmutter. »Und wenn sie abends aus der Fabrik kam und ich nicht da war, habe ich mehr Prügel gekriegt als zu essen, bloß auf den Verdacht hin, ich hätte mich rumgetrieben. Ich sollte anständig bleiben und einen ordentlichen Mann heiraten, das war alles, was sie noch wollte.«

Aber vielleicht war sie hübsch damals im Schloß, als sie dem Herrn Baron frühmorgens das heiße Wasser aufs Zimmer brachte, hübsch und appetitlich in dem blauweißgestreiften Dienstmädchenkleid, so hübsch jedenfalls, daß er sie nicht wieder gehen lassen wollte.

Da liegt er zwischen dem weißen Leinen, kein junger Mann mehr, ansehnlich jedoch, gepflegt und von der Glorie des großen Herrn umgeben.

»Komm her«, sagt er.

Etwas in seiner Stimme läßt sie erschrecken. Sie ist siebzehn und vom Dorf, weiß also, wie es geht bei Tier und Mensch, hat es aber noch nicht am eigenen Leib erfahren und fürchtet sich davor, auch, weil sie die Sünde scheut um Gottes, des Herrn Pfarrers und der Eltern willen.

»Komm her«, wiederholt er, und als sie den Kopf schüttelt, sich abwendet, davonlaufen will, greift er nach ihr.

»Ich konnte doch nichts dagegen tun«, versuchte sie sich während ihrer Krankheit zum Tode noch einmal zu rechtfertigen, »so ein Herr, der Herr Baron«, wobei offenblieb, was sie wehrlos gemacht hatte, Gewalt oder die Kunst der Verführung. Ich hoffe auf das zweite für sie, die sanftere Form, und vielleicht verstehen Sie jetzt, Fräulein von Droste, warum ich keinen Wert auf die Verwandtschaft lege. Ich sehe das Mädchen, wie es aus dem Dorf getrieben wird, das Kind im Leib und fünfhundert Mark im Sack, kein Lied aus der Küche, kein Mariechen weinend im Garten, sondern Therese Plagge aus Havixbeck, weggespült in die Großstadt Berlin. Ich möchte ihre Geschichte erzählen, von dem Elfstundentag in der Spinnerei, von dem Hungerlohn und der Angst, ihn zu verlieren, von der dunklen Kammer bei Tischler Rode, ein einziges Bett nur für sie und die Tochter, oft kein Geld, um Kohlen für den Herd zu kaufen, und immer die Männer hinter ihr her. Doch keiner durfte an sie heran, auch der Pfarrer nicht als geistlicher Tröster mit Beichte und Eucharistie, denn der Kirche des Herrn Baron wandte sie den Rücken und suchte Trost im Bethaus der Adventisten, später bei den Sozialdemokraten und ihren Visionen von einem erträglichen Dasein nicht erst im Himmel. Nur war es da schon zu spät. Sie starb 1912, gerade fünfundvierzig Jahre alt.

Was für ein Leben, zuviel für so wenige Sätze. Aber es geht auch nicht um Therese Plagges Geschichte, es geht um meine und um die Verwandtschaft zwischen Ihnen und mir. Wie gesagt, ich weise sie zurück, Urgroßvater unbekannt, so soll es bleiben, für mich existiert er nicht, der Baron. Und dennoch, ob ich es wahrhaben will oder nicht, Ihr Bild hing über dem Sofa, und meine Mutter trug den Namen vor sich her wie eine Trophäe: deine Ururgroßtante Annette.

Den Neffen, Amelie, solltest du mir nicht anlasten. Einer von den Jüngeren offenbar, mir kaum noch gegenwärtig, und zur Zeit deiner Ururgroßmutter war meine Stimme längst verstummt. Möglich jedoch, daß ich die diskrete Regelung gebilligt hätte, nicht ohne Mitgefühl, aber gebilligt. Deine Elle paßt nicht für die Sünden von vorgestern, auch bei euch bleibt genug auf der Strecke, endgültig, selbst Visionen könnten eure Welt nicht mehr retten, kein Grund also zur Überheblichkeit. Und unterlasse es bitte, das Leben der Therese Plagge an meinem zu messen, die Krankheit zum Tode hat viele Gesichter. Gewiß, meine Stube war warm und der Teller gefüllt, den Kopf indessen habe auch ich mir eingerannt, hungrig und frierend trotz der dreihundert Taler, mein Erbe sozusagen, ein Bruchteil des Erbes nach dem Tod meines Vaters. Ob ihr es begreifen könnt in eurem gierigen Jahrhundert, daß wir, der jüngere Sohn und die Töchter, alle Rechte abtraten an den Ältesten, freiwillig, allein unter dem Zwang von Sitte und Standeskodex? Kein Gesetz stand hinter dem Verzicht, doch nur Verzicht konnten Vermögen und Ansehen der Familie sichern, daran hielt man sich.

Dreihundert Taler, Klingelbeutelgeld im Bannkreis des westfälischen Adels, gerade genug für ein standesgemäßes Leben in der Enge, was weißt du davon, du mit deinen Freiheiten, von denen ich lange Zeit nicht einmal zu träumen wagte, so fügsam, wie sie mich gemacht hatten in dem westfälischen Wasserschloß, wo mein doppeltes Leben begann, weit vor der Erinnerung: Das kleine Kind im Genetz der Flure, Säle und Gewölbe, Diener reichen die Schüsseln, Mägde heizen die Öfen, der Kutscher schirrt die Pferde ein, das ist das Gesinde, und über allem, so hoch fast wie das Auge Gottes, die Eltern, die Herrschaft. Als ich anfing zu denken, war das Korsett schon geschnürt.

Hülshoff, die Barriere zwischen mir und der Welt, heute für die Touristen geöffnet, die Mauern sind durchlässig geworden, zahlende Gäste in Filzpantoffeln, ein Rundgang auf Annettes Spuren. Es amüsiert mich, Amelie.

Spuren? Wo sind die Spuren? Auf den Buchdeckeln vielleicht in der Bibliothek, aber nicht einmal die alten Eichenschränke gibt es noch, zwischen denen Herr Wenzelo die Geschwister und mich im Gebrauch von Buchstaben, Zahlen und fremden Vokabeln unterwies, uns den Gang der Geschichte erklärte und die Geheimnisse der Natur, so wie er sie sah, in Gottes und der Kirche Hand, und auch im Empfangszimmer, im Gartensaal oder Kabinett kann kaum etwas von mir reden. Die Wände sind da, die Fenster, der Blick auf Himmel und Park, aber an den Tischen habe ich nicht gesessen, aus den Tassen niemals getrunken, keine der Vasen berührt.

Nur einige Bilder erkenne ich wieder, die der Vorfahren etwa im großen Speisezimmer, meine Großmutter Bernhardine darunter, Mutter meines Vaters, aus der eine Malerin hätte werden können, wenn nicht Schloß und Kinder, Standespflichten, Gut und tausend Verwandte ihre kurze Lebensfrist verbraucht hätten. Nun gehört sie mit dem Gatten, dem ältesten Sohn, dem ältesten Enkel und deren Frauen zur Hülshoffer Ahnengalerie, wo auch ich meinen Platz bekommen habe, abseits von den anderen, ein Ehrenplatz über dem vergoldeten Rokokotisch, und wenn per Tonband der Geist der Dichterin beschworen wird, weiß ich nicht, ob ich noch lachen soll oder weinen. Ich war Tochter in diesem Haus, Schwester, Schwägerin, Nichte, Kusine. Und Tante später, als mein Bruder Werner den Besitz übernommen hatte und die arme Line ein Kind nach dem anderen gebar, fünfzehn, neun davon lebten, der neunfache Segen. Ich, die ewige Tante, gerufen und weggeschickt je nach Bedarf, während man die Dichterin im Verborgenen zu halten suchte, kein Wort davon bitte am Teetisch.

Meine Mutter warf sich vor, mir Flausen in den Kopf gesetzt zu haben durch neuzeitliche Erziehungsprinzipien, die, allem Bewährten zuwider, Töchtern ebensolche Bildung zugestehen wollten wie den Söhnen, und sogar der abendlichen Vorlesestunden gedachte sie mit Reue, zu Recht vielleicht. Das Bild der Mutter im Kerzenlicht, um sie herum der Vater und die Kinder, lauschend, träumend, manchmal im Halbschlaf, und ihre Stimme tief und warm, diese Stimme, hart am Tag, weich am Abend, die mich fortholt aus der Wirklichkeit. Sicher sind mir Bücher deshalb lieb geworden, und auch die frühen Reimereien waren ihr Verdienst, ihre Schuld, wie immer man es nennen mag. In ihrer väterlichen Familie, den Bökendorfer Haxthausens, war man den Künsten zugetan, das hatte ihren Ehrgeiz angestachelt. Dichten, Malen, Musizieren, ein eleganter Zeitvertreib auch für Damen, wer hätte Gefahren darin vermuten sollen.

Weißt du einen Reim auf Baum, Nette? Traum, Mama, Traum, Schaum, Saum, Flaum, Raum. Dann zog sie meinen Kopf näher zu sich heran, wie ich es sonst nur von meiner Amme kannte, Katharina Plettendorf aus dem Weberkotten, die mich am Leben erhalten hatte und nie aufhörte, mir ihre Liebe und Wärme zu schenken. So selten, daß meine Mutter es tat, und um den Moment hinauszuziehen, sagte ich, daß Stern sich auf fern reime und gern, Himmel auf Gewimmel, Stein fein rein klein mein dein allein, und mit Genugtuung gab sie im Empfangszimmer mein erstes Gedicht zum besten.

Annette, gerade sieben Jahre alt. Ich weiß nicht mehr, welche Gesellschaft sich im Salon meiner Mutter versammelt hatte, nur an das Rascheln der Seidenkleider kann ich mich erinnern, an die Sonnenreflexe auf dem polierten Holz, an das Klirren von Silber und Porzellan, an den Stolz in ihrem Gesicht.

Komm, liebes Hähnchen, komm heran
und friß aus meinen Händen...
Kindliches Gereime, immer weiter überliefert von den Biographen albernerweise, aber vielleicht doch ein Anfang. Das entzückte Lächeln der Damen, die Ermunte-

rung, dieses Pflänzchen zu hegen, für einen Moment schob es mich in den Mittelpunkt, sonst Werners Platz, des ersten Sohnes und Erben. Auch der niedliche Ferdinand nahm ihn manchmal ein oder Jenny, die reizend zeichnen konnte, reizend aussah und von fügsamer Liebenswürdigkeit war im Gegensatz zu mir. Nimm dir ein Beispiel an Jenny, die ständige Ermahnung, wenn ich zu wild war, zu laut, zu widerspenstig und mich nicht einschnüren lassen wollte ins Reglement. So spricht man nicht, so geht man nicht, so ißt man nicht, das tut man nicht, das sagt man nicht, nimm dir ein Beispiel an Jenny. Doch nun blickte alles wohlwollend auf mich, Annette, die kleine Dichterin, und wer weiß, welcher Impuls ein Talent vor dem Verdorren schützt, Träume zum Wuchern bringt, die Gedanken und Phantasien über Grenzen treibt, und plötzlich ist es kein Spiel mehr.

Ein langer, lebenslanger Prozeß, nichts von heute auf morgen. Du kennst die Stationen, Amelie, Bökendorf etwa, wo ich mich zu früh von der Jugend trennte, ausgestoßen wurde, mich selbst ausstieß, es kommt noch die Rede darauf. Meine Mutter jedenfalls, zunächst so beifällig auf die Pflege der hübschen Begabung bedacht, nahm mit Sorge die Veränderungen wahr, fremde Töne in den glatten Tochterversen, Zweifel, Schmerz, Klage, Trauer, alles viel zu ungestüm, ganz und gar über das Statthafte hinaus. Daß die Gedichte von Freunden gelesen und weitergereicht wurden, genierte sie, als hätte ich meine Kleider abgeworfen vor der Öffentlichkeit. Man entblößte das Herz

19

so wenig wie den Körper, ging nicht zu Markte damit, nein, sagte sie, wenn ein Journal etwas von mir drucken wollte, nein, das dulde sie nicht, und welche Mühe, ihr die Erlaubnis für meinen ersten Gedichtband abzuringen.

Ich, die alte Jungfer, vierzig schon und immer noch um Erlaubnis bittend. Einer Tochter ohne Mann und eigenes Haus stand auch kein eigener Wille zu, Tochter gestern, Tochter heute, Tochter immerdar. Meine Mutter, meine Herrin. Ich gehorchte, wenn sie rief, verließ meinen Schreibtisch mitten im Vers, um ihr zur Hand zu gehen, ihre leeren Stunden zu füllen, ihren Besuch zu unterhalten, mied Freunde, die ihr nicht behagten, ließ meine Schritte und meine Briefe kontrollieren und wurde krank dabei, diese ewigen Schwächezustände, Herzbeklemmungen, Glieder-, Magen-, Kopf-, Ohrenschmerzen. Jungfernreißen, spottete man in der Verwandtschaft. Dennoch, diesmal setzte ich meinen Willen durch, die Gedichte erschienen. Nicht unter meinem Namen, nur die Initialen standen auf dem Einband, aber jedermann wußte Bescheid, Annette, der dichtende Blaustrumpf. Hohn und Spott quer durch Westfalen, die Familie war blamiert, das mußte ich büßen.

Ich senkte den Kopf und richtete mich ein in der Beschränkung, meinen Schreibtisch als Zuflucht, und kein Wort der Klage über das, was man mir abverlangte und verweigerte, drang nach außen. Nimm meine Briefe nicht für bare Münze, Amelie, mißtraue dem geduldigen Humor und der Demut, ich habe zugedeckt, immer nur zugedeckt, und die frühen Gedichte sind genauso, nicht den Ärger wert. Erst die späten aus der Meersburger Zeit, als Lewin mich alle Gebote vergessen ließ, sollen gelten. Schamlos nannte man sie in Hülshoff, wo mein trockener und engstirniger Bruder die Reinheit unseres Schildes hütete. Mißbilligung lag in der Luft, nun ist der Geist der Dichterin daraus geworden, Eintritt, Postkarten, Bücher, dazu noch das Schloßrestaurant unten im Kellergewölbe: Annette, ein gutverzinsliches Wertpapier, wer hat schon dergleichen.

Klingt es bitter, Amelie? Ja, ich bin bitter geworden im Höllenfeuer der Versäumnisse. Nicht, daß ich mich hadernd in euer Jahrhundert hineinwünschte. Auch zu meiner Zeit gab es Frauen, die über Gräben gesprungen sind, Bettina etwa oder Rahel Varnhagen mit ihrem Salon, in dem Geist und Talent galten statt der üblichen Konventionen. Weshalb bin ich nicht ausgebrochen mit meinen dreihundert Talern, genug für die Freiheit? Die Kutsche hält, ich steige ein, Mutter, Bruder, Schwester, Schwägerin, niemand kann mich halten, auch die Schwächezustände bleiben zurück – Heinerich, das Eisen bricht, nein, Herr, das Eisen nicht, es ist der Ring an meinem Herzen. Ein hübsches Märchen, nur nicht für mich. Ich bin geblieben.

Meine Freiheit, um die Sie mich beneiden, Fräulein von Droste – nein, nicht mehr diese Förmlichkeit, ich möchte Sie Annette nennen –, meine Freiheit also, es wird noch einiges zu sagen sein über diesen offenen Käfig. Doch erst einmal: Hören Sie auf, sich mit müßigen Fluchtphantasien die Ruhe zu zerstören. Wohin hätten Sie denn gehen sollen? Zur rheinischen Verwandtschaft etwa, unter eine neuerliche Fuchtel? Oder weit weg, nach Berlin, nach Frankfurt, ins Fremde? Ich stelle mir vor, wie Sie davonfahren, fort aus dem Münsterschen mit seinen Schlössern und einsamen Gehöften, mit dem Farbenspiel von Wald, Heide, Moor und Wiesengrün, blühende Hecken am Weg, Bäche und Tümpel und Wasserlilien und Abenddunst über der Weite und vorm Horizont die Schatten der Baumberge. Sie geraten in eine unbekannte Stadt, in eine Wohnung zwischen vielen. Sie leeren den Reisekorb, beschaffen das Nötigste an Hausrat und Möbeln, gehen auf die Suche nach Menschen. Und dann?

Muß ich Ihnen wirklich sagen, was geschieht? Rahel und Bettina, die Couragierten, denen Ihre Bewunderung gilt, haben zwar gegen Konventionen verstoßen, doch immer unter männlicher Eskorte. Unverheiratete Damen ohne familiären Schutz existierten für die Gesellschaft nicht. Sie lebten standesgemäß im Stift oder fristeten, wenn sie mittellos waren, ihr Dasein als Gouvernanten, abhängig, gedemütigt, aus dem Raster gefallen. Mit großem Namen und Vermögen, mit Haus und Troß und einer würdigen Matrone fürs Dekorum konnte man vielleicht teilnehmen am Tanz. Ihnen indessen, dem Dreihundert-Taler-Fräulein, hätten sich die Türen ganz gewiß nicht geöffnet, und Ihre Krankheit, um auch das noch zu sagen, diese Krankheit zum

Tode: Belügen Sie sich nicht selbst mit Ihrem Jungfern-reißen.

Im übrigen, wer Ihre Briefe gelesen hat, kennt die Fäden, von denen Sie umsponnen waren, das Geflecht aus Heimat, Religion, Privilegien, Familie vor allem, Familie in fast jedem westfälischen Schloß, die Dek-kens, zur Mühlens, Reckes, Heeremanns, Haxthau-sens, Metternichs, Asseburgs – keine Flucht, kein Sprung über die Hülshoffer Gräben hätte Sie aus die-sem Kokon lösen können. Eigentlich erschreckt es mich, daß Sie immer noch so bitter sind. Irgendwann, dachte ich, in der Sekunde zwischen Leben und Tod müßte man doch einverstanden sein mit sich selbst. Aus dem Humus der Verzweiflung sind Ihre schönsten Gedichte erwachsen, reicht das nicht?

Sie schütteln den Kopf, nein, es reicht nicht, sagen Sie und haben recht. Eine wie ich, die ebenfalls zwi-schen den Stühlen sitzt, sollte so nicht fragen. Welcher Irrtum, anzunehmen, daß ich ohne Skrupel leben könnte in meiner Welt. Falls es so wäre und äußere Unabhängigkeit deckungsgleich mit der inneren, wozu dann unser Zwiegespräch über die Schwierigkei-ten, zwei Pole zusammenzubringen. Zur Sache also, meine Geschichte, ein neuer Anlauf.

Ich sei eine Workaholikerin, hat Robert, mein soge-nannter Lebensgefährte, der dritte, mir vorgeworfen, als er die endgültige Trennung ankündigte, Workaho-likerin, weil ich mich nach dem Essen, statt mit ihm ins Kino zu gehen, schon wieder an den Schreibtisch setzte. Er packte seine Anzüge ein, seine Hemden und

Lederjacken, Designerschuhe, Designerjeans, schließlich auch noch das ganze Arsenal an Töpfen und Tie-
geln, in denen er so hinreißend gekocht hatte, franzö-
sisch und italienisch vorzugsweise. Die Töpfe, von mir
bezahlt, aber eine wie ich, schrie er, würde sie ohnehin
nicht benutzen, höchstens ein anderer Kerl für irgendwelchen Allerweltsfraß, und der Gedanke sei ihm unerträglich.

Eine unserer üblichen Szenen, neu nur die Topfva-
riante und dann der Schluß. Sonst nämlich war·ich
hinter ihm hergelaufen, zum Lift, zum Auto, und nach
endlosen Debatten hatte er seine Koffer und Kisten
wieder in die Wohnung transportiert. Doch diesmal
hielt ich ihn nicht zurück, aus mancherlei Gründen,
und nachts, allein von nun an, vielleicht für immer,
fragte ich mich, was meine Mutter zu diesem Lauf der
Dinge wohl gesagt hätte, meine Mutter Helga Aßmann, geborene Prillich, Schusterstochter aus Rastenburg.

Rastenburg in Ostpreußen, ein Name, der allmählich erlischt, Ketrzyn nennen es die Polen, denen es jetzt
gehört, eine lange Geschichte, Annette, geschrieben
mit dem Schreckensvokabular unseres Jahrhunderts.
Eine kleine Stadt mit Mauern, Märkten, Kirchen,
Schulen, mit alten und neuen Straßen und einer Burg
der Herren vom Deutschen Orden. Mein Großvater
Wilhelm Prillich stammte von dort, der 1918, nach
dem verlorenen Krieg, die Feldwebeluniform ablegen
mußte und wieder heimwärts zog, in das leerstehende
Elternhaus, zurück zur Flickschusterei. »Feldwebel

wäre was Besseres gewesen«, pflegte meine Großmutter Rosa, die Tochter der armen Therese Plagge, zu sagen, »aber was Besseres ist nicht für unsereins, einmal Schuster, immer Schuster, und Hauptsache anständig«, und wer kann wissen, ob es nicht gerade an solchen Sprüchen lag, daß ihre eigene Tochter einen besseren Platz für sich erobern wollte als den, der ihr laut Rosa Prillichs Meinung zukam.

Das Schusterhaus stand in der Hinteren Kirchenstraße, nahe der alten Stadtmauer, wo die kleinen Leute wohnten. Als wäre ich darin aufgewachsen, so deutlich sehe ich es vor mir, geduckt und schief vom Alter, abgewetzte Stufen vor der Tür, und drinnen der schmale Flur, zwei Schlafkammern und die Küche, aber nur im hinteren Teil wird gekocht, denn vorn am Fenster ist die Werkstatt. Dort, zwischen durchgetretenen Schuhen, Lederplatten, Pechdraht sitzt nagelnd und nähend mein Großvater, und in der gläsernen Schusterkugel, die schon der Vater seines Vaters über den Tisch gehängt hat, brechen sich die Sonnenstrahlen.

Ein Häuschen, das Haus, aber mit dem Garten und dem Stall an der Rückseite sicherte es einen kleinen Wohlstand, zumal die beiden Vorkriegskinder der Schwindsucht zum Opfer gefallen waren und nur noch die Nachzüglerin Helga ernährt werden mußte. Im Schützengraben bei Verdun hatten die Franzosen Wilhelm Prillich das linke Auge weggeschossen, aber weder dieser Verlust noch der ewige Kopfschmerz hielten ihn davon ab, bis in die Nacht hinein Sohlen und Absätze zu erneuern, unermüdlich und vor sich hinschweigend, »stumm wie ein Ofenrohr«, warf meine redefreudige Großmutter ihm vor. »Mach du das man«, murmelte er, wenn irgendeine Entscheidung anstand, und überließ seiner Frau alles, was über das Handwerk hinausging, auch die Geldgeschäfte, mühsam genug bei der säumigen Kundschaft. Trotzdem gelang es ihr, Pfennig für Pfennig auf die hohe Kante zu schaffen, nicht zuletzt deshalb, weil sie aus Garten und Viehzeug soviel wie möglich herausholte und die überschüssigen Erträge mittwochs und sonnabends zum Lindenmarkt brachte.

Ein Klapptisch, sauber gerupfte Hühner darauf, Würste, geräucherte Gänsebrust und der Eierkorb, dazu das Gemüse der Jahreszeit, so stelle ich es mir vor, und meine Großmutter verkauft und kassiert, lächelnd nach allen Seiten, ein wenig unterwürfig, das mußte sein, genau wie die Schürze und die Strickjacke, nicht bloß beim Wochenmarkt. Eine ihres Standes ließ sich alltags nie ohne Schürze sehen, weder drinnen noch draußen, nur beim Sonntagsspaziergang mit dem schweigsamen Wilhelm zog sie den dunkelblauen Mantel an, das gute Stück, sorgsam gelüftet und gebürstet. Der Mann im schwarzen Paletot, die Frau im dunkelblauen Mantel, Zeichen für Ehr- und Achtbarkeit.

»Ordentliche, fleißige Leute«, sagte meine Mutter, wenn Rastenburg zur Sprache kam, »aber das war natürlich nicht genug für die Aßmanns«, mit jenem Haß, der in ihre Stimme kam, wenn sie von ihnen sprach, von Dr. Aßmann und seiner Frau, meinen Großeltern

väterlicherseits und Gegenspieler der Prillichs. Die
böse Königin, der reiche Mann mit dem harten Herzen,
so ließ man sie durch meine Kindheit geistern, zu Recht
oder Unrecht, ich bin nicht sicher, Annette, ob mein
Bericht die Wahrheit spiegelt, die, wie Sie wissen, so
viele Gesichter hat. Ich kenne die Aßmanns nicht, ich
kenne nur die überlieferten Geschichten, Muttergeschichten, Großmuttergeschichten, ich will von mir
erzählen, doch unablässig mischen sie sich ein, Fetzen
aus Erinnerung und Phantasie. Ein Puzzle mit leeren
Stellen, so kommt es mir vor, die ich füllen muß, und
wenn Teile fehlen, denke ich sie mir zurecht, zeichne,
koloriere, füge zusammen, immer auf der Suche nach
dem eigenen Bild.

Dr. Aßmann war Chirurg und Chef des Johanniter-
Krankenhauses, letzteres von Gnaden der Partei, für
die er bei besonderen Anlässen auch als Redner auftrat,
und die Familie rechnete sich zu den Honorationen der
Stadt, eine hoch über dem niederen Volk schwebende
Kaste offenbar, trotz Hitlers Parolen vom Ende aller
Standesunterschiede. Wenn Frau Aßmann, so erzählte
meine Großmutter, auf dem Markt erschien, mußte sie
stets als erste bedient werden, und Dr. Aßmann hielt an
Führers Geburtstag flammende Ansprachen zum
Thema Volksgemeinschaft, die Schusterstochter jedoch sollte sein Haus am Wilhelmsplatz nicht betreten,
die weiße Villa, über deren Erwerb nicht laut gesprochen werden durfte. Aber jedermann wußte, daß sie
Dr. Aßmanns jüdischem Vorgänger Dr. Dobrin gehört hatte, der das Haus, ehe man ihn und die Seinen

nach Kanada auswandern ließ, dem neuernannten Chefarzt übereignen mußte, beinahe für nichts, ein Zwangsverkauf einschließlich des gesamten Inventars, rechtlos, wie die Juden unter Hitler waren, und die Aßmanns gut angeschrieben bei der Partei. »Räuber und Diebe«, sagte meine Großmutter, »und so was hat auf unsere Helga herabgeblickt. Und dem armen Karlo haben sie das bißchen Leben auch noch vergällt.«

Helga Prillich und Karl-Otto Aßmann, Karlo genannt, eine Liebesgeschichte wie aus dem Vorabendprogramm, könnte man meinen, nur daß zum Schluß die falschen Glocken läuteten. Sie waren erst sechzehn, als der Funke flog, beim sogenannten Sportfest der Hitlerjugend, an dessen Ende man ihr die Siegesurkunden für Weitsprung, Hochsprung und Speerwerfen überreichte und er die Fanfare dazu blies, Liebe auf den ersten Blick, seinerseits zumindest, während es bei ihr nie ganz deutlich wurde, ob sie den Jungen meinte oder das Haus, aus dem er kam.

Es gibt ein Foto von ihnen aus dieser Zeit: Helga schlank und langbeinig, mit wehendem Haar, ein runder Busen unter dem Sommerkleid, Karlo dagegen äußerlich noch unausgegoren, Pickel im Gesicht, die Arme zu lang, und ich sehe sie hineingehen in ihre Geschichte an diesem Julimorgen 1938, jeder aus seiner Richtung kommend. Zehn Jahre vorher hätte kaum ein gemeinsamer Treffpunkt für sie bereitgestanden. Doch nun gab es die Hitlerjugend und das Sportfest und die Volksgemeinschaft, und Dr. Aßmann, ihr dröhnender Verkünder, mußte erkennen, daß man nicht ungestraft schlafende Hunde weckt.

Im übrigen war er es, der seinen Sohn auf den Jahnplatz am nördlichen Stadtrand geschickt hatte, wo die Läufer, Springer, Speer-, Kugel- und Diskuswerfer schon ungeduldig in den Startlöchern wippten. Männliche und weibliche Jugend fast völlig entblößt – können Sie sich das vorstellen, Annette, nach Ihrem Leben in den langen, raschelnden Verhüllungen? Vielleicht hätte es Ihnen gefallen, das Bild, soviel Unbekümmertheit unterm Fahnenmeer. Sportfest, ein Fest der Körper, Körperertüchtigung, der Führer brauchte tüchtige Körper für das, was längst zusammengebraut wurde im stillen, mehr oder minder still, aber wer wollte es schon hören.

Die Wettkämpfe sollten früh um zehn beginnen, mit den üblichen Reden, Liedern und Fanfarenklängen, und Karlo hatte beschlossen, nicht dabeizusein. Körperertüchtigung interessierte ihn in keiner Form, nicht einmal in der spielerischen, zum Verdruß seiner Mutter, die ihn gern im Tennisklub gesehen hätte, einem Hort der Exklusivität, ohne Kreti und Pleti. Aber Karlo spielte nicht Tennis, er spielte Klavier, gut sogar, und da ihm die Klarinette ebenfalls leidlich lag, war er vor dem zackigen Hitlerjugenddienst in den Musikzug geflüchtet. Dort allerdings mußte er hin und wieder auch Fanfare blasen, mit Abscheu, die harten Terzen, Quinten und Oktaven beleidigten sein Ohr, wenn möglich, versuchte er, sich der Marter zu entziehen. In Rastenburg grassierte gerade die Sommergrippe, ein guter Vorwand, aber sein Vater kam dazwischen. Der Musikzugführer hatte sich bei ihm heftig über den Sohn beschwert, und Dr. Aßmann, in puncto Partei rigoros, sorgte dafür, daß er rechtzeitig auf dem Jahnplatz eintraf, kurz vor der Eröffnungsfanfare.

Helga Prillich sah er noch nicht, sie verspätete sich und wäre um ein Haar überhaupt nicht erschienen, ebenfalls die Sommergrippe, bei ihr jedoch echte Beschwerden, ein stark gerötetes und angeschwollenes Zäpfchen nämlich, das ihre Mutter bis zum Montag mit Hilfe von heißer Zitrone und Zwiebelsaft kurieren wollte. Helga war Lehrmädchen im Frisiersalon Jakobeit am Neuen Markt, und Rosa Prillich hielt die Arbeit für wichtiger als irgendeinen Klamauk der Hitlerjugend.

Doch Helga ließ sich den Tag nicht nehmen, ehrgeizig, wie sie war, immer die Bessere sein, beim Spiel früher auf der Straße, dann in der Schule und in Frau Jakobeits Salon, die Bessere, die Beste. So viele Trainingsstunden abends nach Ladenschluß, nun wollte sie gewinnen. Geschwollenes Zäpfchen, was hieß das schon, sie radelte davon, dem dreifachen Triumph entgegen und zugleich einer Zukunft, die mit Sieg, Triumph und dergleichen nichts mehr zu tun haben sollte.

Aber noch gilt die Gegenwart, keine Zukunft kann den Erfolg trüben. Die Wettkämpfe laufen den ganzen Tag, unter grauem Himmel zunächst, doch pünktlich zur Siegerehrung wird es heller, und Helga Prillich, steigt auf den Podest. Ein nicht ganz lupenreiner Sieg allerdings, die Sommergrippe, der ihre einzige Konkurrentin nachgegeben hatte, mischte wieder mit. Im Speerwerfen wäre die andere besser gewesen, wohl auch im Hochsprung. Doch wer nicht kommt, kann nicht gewinnen, es ist Helga, die auf dem Podest steht, im engen weißen Turnhemd mit dem Hakenkreuz, und als müsse das Ereignis komplettiert werden, bricht auch noch die Sonne durch und läßt das helle Haar leuchten. Karlo hebt die Fanfare, da nimmt er sie wahr in ihrer strahlenden Aura, es fängt an.

Seltsam, wie die Dinge sich fügen. Er kannte ihr Gesicht seit langem, so wie man Gesichter kannte in Rastenburg, und nicht nur ihr Gesicht, sogar den Namen und das Haus in der Hinteren Kirchenstraße, hatte auch schon Schuhzeug dort abgeliefert und sie flüchtig gesehen bei der Gelegenheit, ein Gesicht unter vielen. Und nun dieses Sommergrippespiel. Dr. Aßmanns Striktheit in Parteiangelegenheiten, zuviel Ehrgeiz bei Helga, zuwenig bei der anderen, dreimal Grippe, und dann noch die Sonne. Vielleicht wäre ohne Sonne alles anders gekommen. Ein grauer Himmel, und es hätte die Geschichte nicht gegeben, auch meine eigene nicht, die jetzt schon beginnt, in diesem Augenblick, da Helga Prillich in Karlos Zentrum tritt, deutlich, überdeutlich auf dem Podest, und kein Zweifel für ihn, daß dort die Frau stand, die er wollte, für immer und ewig, ein Leben lang. »Doch, das habe ich gedacht«, wird er ihr bald darauf versichern, »für immer und ewig, du mußt es mir glauben«, als sei schon der Gedanke eine Garantie.

Man könnte lächeln über ihn, sechzehn Jahre und so große Worte. Dennoch, für Karlo galten sie, sein Leben lang, ein kurzes Leben allerdings. Und vielleicht wußte er dort, wo man solche Dinge weiß, daß er keine Zeit zu verschenken hatte, und stürzte sich deswegen Hals über Kopf in die Liebe, ein pickeliger Junge, der seine Hemmungen abstreift wie ein Schwimmer die schweren Schuhe. Bis dahin hatte er kaum gewagt, einem Mädchen ins Gesicht zu sehen, allenfalls verstohlen den Kopf gewandt, um mit dem Blick ihren Bewegungen zu folgen, dem Spiel der Schenkel unter dem Rock, wo das Geheimnis saß, das schrecklich-schöne Gefäß für seine pubertären Phantasien, er schlief auf Zeitungspapier, um sich nicht zu verraten. Und nun, wie von einer dunklen Wolke freigegeben, war sie da, die eine, die einzige.

Er sah, wie sie in der Umkleidekabine verschwand, wartete, folgte ihr zum Radschuppen. Langsam fuhr er hinter ihr her, durch die Grünanlagen, die zum Oberteich führten, holte sie dann ein und sagte: »Ich wollte dir gratulieren.«

Sie musterte ihn kurz und blickte wieder auf die Straße.

»Fabelhaft, wie du das gemacht hast«, sagte er. »Dreimal gewonnen, enorm.«

Sie zuckte nur mit den Schultern, auch ihm fiel nichts mehr ein. Erst als die Türme der Georgskirche auftauchten, sagte sie: »Ich kenn' dich ja nicht mal.«

Bloß eine Finte, sie wußte genau, wer neben ihr herfuhr. Erst vor kurzem war er mit einer Nachricht für seine Mutter in den Salon gekommen, und die Mädchen hatten sich über seine Mickrigkeit mokiert. Gott, sieht der mickrig aus, dachte sie wieder, fand aber gleichzeitig in seinen Augen und seinem Lachen etwas, das ihr gefiel, wohl auch, weil Augen und Lachen dem Sohn von Dr. Aßmann aus der weißen Villa gehörten, eine Zwiespältigkeit im Gefühl von Anfang an.

»Ich kenne dich aber«, sagte er. »Ich habe euch manchmal Schuhe in die Küche gebracht.«

»In die Werkstatt«, sagte sie.

Unter den Birken am Weg standen Bänke. Er wußte, daß er einen Fehler gemacht hatte, nur nicht genau, in welcher Weise, und um das Gespräch nicht versickern zu lassen, griff er nach ihrer Lenkstange, »dort ist es schattig, komm«.

»Laß das«, sagte sie. Doch dann saß sie neben ihm, und Karlo, Sekundaner vom Herzog-Albrecht-Gymnasium, dessen Leben aus Schule bestand, Schulwegen, Schulstunden, Schularbeiten, Schulfreunden, Schulfesten, wollte wissen, welche Schule sie besuche, die Mittel- oder die Handelsschule, denn die Mädchen vom Lyzeum kannte er, und über das Volksschulalter war sie hinaus.

»Gibt wohl bloß Schüler für dich, wie?« fuhr sie ihn an, sie sei bloß Friseuse und wasche seiner Mutter die Haare, aber neulich im Salon habe er an ihr vorbeigeguckt, und jetzt müsse sie nach Hause.

Ihr wunder Punkt, daß man sie nicht zur Mittelschule geschickt hatte. Eine bessere Schule, ein besserer Beruf, andere Menschen, andere Möglichkeiten, inzwischen sah sie die Zusammenhänge. Aber Rosa Prillich in ihrem proletarischen Standesbewußtsein war strikt dagegen gewesen. »Bildung, wozu, da kriegst du nur einen Pick in den Kopf, und keiner ist dir mehr gut genug, geh zu Frau Jakobeit, wenn's soweit ist.« Und Frau Jakobeit, langjährige Prillich-Kundin, hatte Helga ohne langes Hin und Her in die Lehre genommen, unter anderem auch wegen ihrer »feinen Art«, die sei wichtig bei einer Friseuse, nichts für Trampeltiere, mein Salon. »Foine Art«, sagte sie im Bestreben, den breiten ostpreußischen Dialekt zu polieren, foine Art, moin Salon, weswegen die Leute sie allgemein für affig hielten, andererseits jedoch ihre Tüchtigkeit und das freundliche Wesen schätzten. Eine gute Lehrstelle, auch eine gute Arbeit, man wußte, was man getan hatte, wenn die Kundinnen verschönert und zufrieden davonschritten. Dennoch, Friseuse, ein Trinkgeldberuf, was sollte der Aßmannsohn mit einer Friseuse.

Sie stand auf, »geh doch zu deinen Lyzeumszicken«, und Karlo in seinem inneren Aufruhr fuhr wieder stumm neben ihr her am Ufer des Oberteichs entlang, dann in die Stiftstraße Richtung Wilhelmsplatz.

»Soll ich dir etwas auf dem Klavier vorspielen?« fragte er.

Mit einer raschen Bewegung wandte sie ihm den Kopf zu. »Drinnen bei euch?«

Er dachte an seine Eltern, nein, heute ginge es noch nicht, aber er würde das Fenster öffnen, und so stand sie zum ersten Mal an dem dunklen, von Flieder- und Jasmingebüsch überwucherten Zaun, der Grenze zwischen ihr und dem Haus. Rosen, Phlox, Rittersporn im Vorgarten und Hortensienbeete zu beiden Seiten des Portals – die weiße Villa, fern wie der Mond bisher, und plötzlich nähergerückt. Heute noch nicht, das konnte auch später heißen, abenteuerlich, der Gedanke, vor allem angesichts von Frau Dr. Aßmann, dieser schwierigen Kundin, »etwas fester waschen, Kindchen, nein, nicht so fest, Sie kratzen mich schon wieder, Frau Jakobeit, schneiden Sie dem Mädchen die Krallen ab«. Andererseits, der dreifache Sieg, die Beste beim Sportfest, auch das war auf wunderbare Weise vom Himmel gefallen, warum keine Wunder, und während Karlo hinter dem Fenster viel zuviel Herz in seinen Chopin legte, träumte sie sich durch die Gartentür und den Plattenweg entlang ins Haus.

Verhängnisvoll, die Traumwandelei, Schritte aus der Realität in die Illusion, auch Sie, Annette, wissen, wohin es führt, wenn man anfängt, den Boden unter den Füßen zu verlieren. Obwohl, Ihnen konnte er nie völlig entgleiten, zu tief die Wurzeln, und Ihr Traum mündete im Gedicht. Helga Prillichs Träume jedoch mündeten im Desaster, und besser, sie wäre nicht auf den Jahnplatz gefahren, sondern zu Hause bei Rosa Prillich geblieben und Karlo mit der weißen Villa nie begegnet.

Doch nun stand sie draußen vor dem Zaun, und fünf Jahre sollte es dabei bleiben. An Karlo lag es nicht, daß sie solange warten mußte, kein Zweifel an seiner Beharrlichkeit. Gleich am Montag versuchte er sie nach Ladenschluß abzupassen, und von da an, so sicher wie es vom Turm der Georgskirche sieben schlug, stand er Abend für Abend bereit, um sie nach Hause zu bringen, mit einem großen Umweg am Oberteich entlang und durch den Stadtpark, wo es ihnen zwischen Blumenrabatten und dem tiefhängenden Geäst der Trauerweiden immer leichter fiel, die Sperren zu lösen, obwohl es meistens Karlo war, der redete.

»Wie ging's heute?« fragte er, und sie lieferte ihren Kurzbericht vom Tag, eigentlich immer das gleiche. Muß doch langweilig für ihn sein, dachte sie und konnte ihrerseits nicht genug hören von dem, was er mitbrachte aus seinem Gymnasiastenleben, eine neue Welt, die sich auftat, mit Gestalten wie Hannibal, König Lear, Cromagnonmenschen, mit Troja und Weimar, dem Mendelschen Gesetz, Darwins Theorie, den Geheimnissen der Moleküle. Verwirrend, das Sammelsurium, doch begierig klaubte sie Splitter um Splitter zusammen, ein Hort für künftige Zeiten, in denen ich, die Tochter, erbarmungslos von Achtelbildung reden werde, ohne zu begreifen, wie kostbar ihr die Fragmente waren. »Weiter«, sagte sie, wenn er eine Pause einlegen wollte, und Karlo, sonst so gehemmt, breitete seine Kenntnisse vor ihr aus, seine Gedanken, seine Wünsche.

Es gab Abende, an denen sie dreimal den Oberteich umrundeten, unter den Augen der Stadt, Karlo Aßmann geht mit der Prillich, und seine Eltern, die sich anfangs weigerten, der Sache irgendein Gewicht beizumessen, vereisten, als er Helgas Besuch im Haus ankündigte.

»Wie bitte?« rief Frau Aßmann. »Was denkst du dir dabei? Sie bekommt Trinkgeld von mir, und es ist ja wohl auch nichts Ernstes.«

»Doch«, sagte Karlo in einem Ton, der seinem Vater das Lachen verschlug. Trotzdem sprach er von Kinderkram, und über seine Schwelle käme das Schustermädchen um keinen Preis, Karlo werde schon noch merken, daß man sich die Bekanntschaften besser aus dem gleichen Stall hole.

Auch Frau Jakobeit, von Karlos Mutter in Gang gesetzt, mischte sich ein. »Machen Sie dem Unsinn ein Ende, Frau Prillich«, sagte sie, während ihr zwanzig Eier eingepackt wurden, »so was bringt nur Ärger und führt zu nichts, und der Ruf ist schnell im Oimer«, worauf Rosa Prillich Helga neben sich auf die Gartenbank zog, um ihr Karlo Aßmann auszureden: »Kuh und Pferd passen nicht zusammen, laß um Himmels willen die Finger von der hochnäsigen Bagage.«

Ob man denn ein Leben lang in derselben Hütte wohnen müsse, begehrte Helga auf. Man lebe doch nicht mehr im Mittelalter oder im alten Rom, wo die vornehmen Leute sich ihre Sklaven vom Markt geholt hätten. Die Zeiten seien anders geworden, sogar nach Amerika könne man fliegen, und ob Liebe etwa gar nicht zähle.

»Ach Gott«, murmelte ihre Mutter, und Helga zitierte nochmals Karlo: »Das hat nichts mit Gott, das hat was mit Vernunft zu tun.«

»Du bist ja ganz schlau«, sagte Rosa Prillich. »Aber die Schlausten sind manchmal die Dümmsten. Und rede nicht so schlecht von deinem Elternhaus, du hast es immer gut gehabt, ein anständiges Haus, und such du dir auch einen anständigen Mann, einen zum Heiraten, nicht bloß zum Tanzen.« Argumente, wie sie bereits Therese Plagge gebraucht hatte, um die junge Rosa vor den Fußangeln Berlins zu warnen, doch unnötig jetzt und überflüssig, denn das entscheidende Wort war schon gesprochen.

Der letzte Sonntag im Juli. Sie hatten sich nach dem Essen getroffen und waren in die Felder hineingefahren, ein langer Weg durch die Hitze, abseits von Dörfern und Menschen. Nun saßen sie im Buchenschatten, die Luft summte, ein Kuckuck rief, und rundherum flimmerten die reifen Roggenfelder mit ihren Tupfern aus Klatschmohn und Kornblumen.

»Gelbrotblau, so ein Kleid möchte ich haben.«

Helga hatte es vor sich hingesagt, den Kopf zurückgelegt und etwas anderes in der Stimme als nur die Sehnsucht nach einem bunten Kleid. Die Linie vom Kinn zum Brustansatz, die kleine Bewegung beim Schlucken, es nahm ihm den Atem, ausgerechnet dies. Er streckte die Hand aus und ließ den Zeigefinger über ihren Hals gleiten, zum ersten Mal so eine Berührung, dann küßte er sie, ich liebe dich, ich will dich heiraten, und du? Ja, ich auch, und eigentlich mußte sie glücklich sein. Sie war gern mit ihm zusammen, hörte ihm gern zu, freute sich, wenn er abends vor dem Laden stand, der Aßmannsohn, der auf sie wartete, nur daß die Küsse, drängend, feucht, ein wenig schmatzend, ihr nicht so recht behagten. Dennoch, das Wort war gesprochen, sie gab es weiter an Rosa Prillich, die erst zu lachen und dann zu weinen begann, die einzige Tochter rannte ins Unglück, was konnte man tun. »Nichts«, sagte sie zu ihrem Mann, »nicht mal 'n Fliegenschiß. Der Junge läßt sie sitzen, das ist so sicher wie das Amen in der Kirche.«

Eine falsche Prognose, man weiß es, Karlo, mickrig zwar von außen besehen, doch unbeugsam in der Liebe, war nicht zu beirren. »Ich heirate sie«, erklärte er auch seinen Eltern, die vorerst nichts vermochten, als das Mädchen, die kleine Schlange, wie Frau Aßmann sich ausdrückte, vom Haus fernzuhalten. Die Villa wurde abgeschottet, die weiße Villa, das Traumziel, und Helgas Platz blieb draußen am Zaun. Jahrelang ging sie mit Karlo, Küsse in verschwiegenen Winkeln, auch ein bißchen mehr allmählich, »verlobt«, sagte er, »wir sind doch verlobt«, und widerstrebend ließ sie es zu. Die Zeiten änderten sich, Helga bestand ihre Prüfung, für Karlo rückte das Abitur näher, längst waren sie keine Kinder mehr. Dennoch, sie stand am Zaun, und die Stadt sah zu. Rosa Prillich öffnete ihnen schließlich den Garten hinterm Haus, nicht unbemerkt, so daß Dr. Aßmann ihr per Anwalt mit dem Kuppelparagraphen drohen ließ. Dem Sohn drohte er Enterbung an, hoffte jedoch auf die Studienjahre in Königsberg. Dort, sagte er zu seiner Frau, gebe es ganz andere Mädchen, da würden ihm die Augen aufgehen.

Aber an Königsberg war nicht zu denken, jetzt nicht, später nicht. Hitlers Krieg, von Dr. Aßmann in leidenschaftlichen Reden erst als Blitzkrieg, dann als Sprung von Sieg zu Sieg bis zum Endsieg gefeiert, zog sich in die Länge, und 1941, nach dem Abitur, wurde Karlo Soldat. Schneidemühl, stand auf dem Einberufungsbefehl.

An seinem letzten Tag zu Hause ließ Rosa Prillich ihn noch einmal in den Hintergarten. Für sie mit ihren Erfahrungen aus dem Ersten Weltkrieg war dieser zweite nichts als eine Neuauflage des alten Unglücks und der alten Lügen. Damals der Kaiser, heute Adolf Hitler, von seinem Sprachrohr Dr. Aßmann ganz zu schweigen, und die Opfer wieder arme junge Burschen wie Karlo, noch nicht gelebt und schon tot. Wer konnte wissen, was ihm bevorstand, in Rußland oder sonstwo, wenigstens sollte er in Ruhe Abschied nehmen.

Aßmanns dagegen blieben unerbittlich, kein Blick für Helga auf dem Bahnsteig, wo alle zusammentrafen. Karlo umarmte sie ungeachtet der Öffentlichkeit. »Wenn ich volljährig bin, heiraten wir«, sagte er so laut, daß es seinen Eltern auch noch diese Minuten vergällte, und nach zwei Frontjahren, die er ohne Schramme überstanden hatte, nach endlosen Feldpostbriefen und ein paar kurzen, hektischen Begegnungen erkämpfte er sich einen Sonderurlaub, fünf Tage zwecks Eheschließung.

Kriegstrauung mit verkürztem Aufgebot, ein Schnellschuß sozusagen, der Lage entsprechend. Helga hatte von Kranz und Schleier geträumt, vom feierlichen Einzug in die Georgskirche, Glockengeläut, Blumen, halb Rastenburg vor dem Portal, der große

Triumph. Aber Gepränge wäre ohnehin fehl am Platz gewesen, vier Jahre Krieg schon, 146 000 tote Soldaten allein beim verlorenen Kampf um Stalingrad. Auch in Rastenburg trugen immer mehr Frauen schwarze Kleider, und selbst hier, mitten im Bauernland, wurden die Nahrungsmittel knapp. Bomben waren zwar noch nicht gefallen, aber fast jede Nacht heulten die Alarmsirenen, vermutlich weil man im Wald, nicht weit von der Stadt, Hitlers Hauptquartier, die Wolfsschanze, gebaut hatte. Nein, nicht die Zeit für Glanz und Gloria, statt dessen nur das Standesamt, eine kurze, schmucklose Zeremonie, ohne Zuschauer und Gäste, die Familie unter sich.

Das Hochzeitsfoto, 27. 11. 43 steht auf der Rückseite, zeigt sie zum ersten und letzten Mal vereint, die Aßmanns, die Prillichs: Karlo, Leutnant inzwischen und ansehnlicher geworden, wenn auch längst noch nicht stattlich zu nennen, daneben die Braut mit einem weißen Schleierchen am Hut, und ihnen zur Seite die verfeindeten Elternpaare, zu selbstbewußt das eine, zu demütig das andere. Wilhelm Prillichs krummer Schusterrücken, der elegante Dr. Aßmann fast zwei Köpfe über ihm, schon die Haltung verrät, wer sie sind. Auch Rosa Prillich hat die Schultern zusammengezogen. In ihrem dunkelblauen Mantel, der später bei der Flucht verlorenging und erst in besseren Zeiten durch eine fast identische Kopie ersetzt werden konnte, blickt sie kummervoll auf die Tochter, und ich möchte sie in den Arm nehmen, »duck dich nicht«, sagen, »nicht vor diesen Leuten«, und bin froh, daß sie es noch gelernt

hat, den Aßmanns mit erhobenem Kopf entgegenzu-
treten.

Rosa Prillich, meine Großmutter. Fast habe ich vergessen, daß es meine Großmutter ist, von der ich erzähle, von meiner Mutter, meinem Vater. Eine Liebesgeschichte, Annette, eine verquere, niedrig gehängt
wie die Schusterkugel, das große Gefühl neben der
Banalität, doch auch der Tod spielt mit. Wollen Sie
hören, wie es weitergeht? Oder hängt die Geschichte
doch zu tief für eine Dichterin?

*I*ch war nicht nur die Dichterin, Amelie, ich war auch
eine Frau mit der Sehnsucht nach dem normalen, ganz
banalen Glück, obwohl die Hüter meiner Biographie
mir nur das Feierliche zubilligen wollen, so als sei ich
schon zu Lebzeiten entrückt gewesen. Annettes plato-
nische Liebe, du kennst das Lied. Ach Gott, ich denke
an die Levin-Affäre, so hochgehängt und doch so banal, und Bökendorf erst, Straube, Arnswald, die ganze
elende Intrige – nein, deine Geschichte gefällt mir,
erzähle weiter, spinne den Faden zu Ende.

*A*m Tag der Hochzeit war meine Großmutter mit den
Schwiegereltern ihrer Tochter endgültig verfeindet,
nach fünfjährigem, stumm vor sich hinschwelendem
Konflikt. Frau Aßmann, die ihr Geflügel wie auch die
gut durchgeräucherte Gänsebrust durchaus geschätzt
hatte, war nach dem verhängnisvollen Sportfest selbst-

verständlich zur Konkurrenz übergewechselt, doch ihre üble Nachrede, die Frische der Prillichprodukte betreffend, blieb wirkungslos, und seitdem der Krieg den Markt leergefegt hatte, war man nur noch selten aneinander vorbeigelaufen. Dann aber, als die Heirat bevorstand, meinte Rosa Prillich, daß sich die Beziehungen bessern müßten, ungeachtet aller früheren Kränkungen.

»Was soll denn nun werden?« fragte sie Karlo, der in die Hintere Kirchenstraße gekommen war, um wenigstens der Form halber die Erlaubnis zur Heirat einzuholen. »Geht doch nicht so weiter, wenn wir auf einmal verwandt sind«, und Karlo sagte etwas beklommen, er fände das auch, und seine Eltern würden zum Hochzeitsessen im Hotel Thuleweit einladen, Rehkeule, die hätte ein Patient vom Lande mitgebracht, und das sei doch eine gute Gelegenheit, sich näher kennenzulernen.

»Sache der Brauteltern, das Essen«, sagte Rosa Prillich, ließ es jedoch dabei bewenden, für Fragen des Protokolls war die Zeit zu knapp. Aber immerhin bot sich hier eine Möglichkeit, den ersten Schritt zu tun, mit einem fetten Suppenhuhn in der Markttasche, dazu noch Wurst vom eigenen Schwein, ein Stück Schinken und zwei Pfund Zucker. Es herrschte kein Mangel im Haus, auch dank ihres Tauschhandels mit dem, was Stall und Garten hervorbrachten. Trotzdem wollte sie die Geschenke als ihre letzte Reserve hinstellen, in der Hoffnung, Frau Aßmann dadurch milder zu stimmen.

»Mit unsereins plötzlich per du, muß ja auch komisch sein für so eine feine Dame, aber Mensch ist Mensch, und geht ja um die Kinder«, hatte sie zu ihrem Mann gesagt, bevor sie sich auf den Weg zum Wilhelmsplatz machte, vergeblich, wie sich zeigen sollte, Mensch war nicht Mensch, und Frau Aßmann per du mit Frau Prillich, da sei Gott vor.

So jedenfalls hatte Karlos Mutter sich am Familientisch ausgedrückt, drastischer noch, als es Rosa Prillich zu hören bekam, als sie vor ihr stand, eingeschüchtert von der schweren weißen Flügeltür, dem dorischen Fries darüber, dem Hall des Messingklopfers.

»Nanu, Frau Prillich, was führt Sie denn her?« Frau Aßmann schien aus allen Wolken zu fallen. »Und schon so früh?«

Rosa Prillich geriet aus dem Konzept. »Die Kinder«, murmelte sie, »die heiraten ja nun . . .«

»Ich weiß«, fiel Frau Aßmann ihr ins Wort. »Karlo hat wohl alles mit Ihnen geregelt. Wir sehen uns morgen beim Standesamt und essen danach zusammen, nicht wahr?«

Rosa Prillich nickte, ja, darum ginge es, sie habe ein Huhn mitgebracht, schön fett, und die Leberwurst . . .

Eine Art Panik ergriff sie angesichts ihrer Kontrahentin in der eleganten weißen Bluse, Seide, Lochstikkerei, Goldbrosche, und das am Vormittag. Man würde nun doch verwandt, stammelte sie noch, und Frau Aßmann, die es, wie sie ihrem Mann und Karlo später erklärte, Gott sei Dank nicht nötig hatte, sich wegen eines Suppenhuhns unter Niveau zu begeben, sagte: »Werte Frau Prillich, unser Sohn heiratet zwar

Ihre Tochter, aber deswegen brauchen die Eltern sich wohl nicht zu verbrüdern, und Ihr Huhn will ich Ihnen ganz gewiß nicht nehmen. Wäre das alles? Schon während der letzten Worte machte sie Anstalten, die Tür zu schließen, und Rosa Prillich wandte sich ab, wortlos, was sonst, ihre Tochter würde in diesem Haus, mit dieser Frau leben müssen.

»Gott soll sie strafen«, sagte sie zu Karlo, der extra kam, um ihr gut zuzureden, er liebe Helga, er ehre und achte ihre Eltern, das allein sei doch wichtig. Aber so leicht ließ sie sich nicht beruhigen. »Gott strafe sie, und essen könnt ihr allein, und Helga bleibt bei uns, bis der Krieg vorbei ist.«

Wilde Drohungen, nicht durchzuhalten, selbstverständlich saßen Prillichs beim Hochzeitsmahl, wenngleich schweigend und ohne die Rehkeule anzurühren. Selbstverständlich auch, daß Helga in das Aßmannhaus einzog, und was die Strafe Gottes anbelangt, so wird sie hauptsächlich Karlo treffen, ihn, der sie am wenigsten verdiente, besser also, Gott aus dem Spiel zu lassen.

Noch aber ist Hochzeitstag, noch sitzt man beim Nachtisch im Hotel Thuleweit, Weincreme, sogar Bohnenkaffee wird serviert zum Abschluß der frostigen Veranstaltung. »Danke«, sagte Rosa Prillich, die auch Nachtisch und Kaffee verschmäht hat, zu Frau Aßmann, vorletzte Worte gewissermaßen, die letzten werden fünf Jahre später gesprochen. Sie und Wilhelm kehren in die Hintere Kirchenstraße zurück, und für Helga öffnet sich die weiße Villa. Eßzimmer, Herrenzimmer, Damenzimmer, das weißgekachelte Bad, der

45

Wintergarten, meins, denkt sie, meins, ihre Ehe beginnt, die Ehe ohne Mann. Eine Nacht, ein Tag, noch eine Nacht, dann fährt er in den russischen Winter hinein, in viele Winter, und wenn er zurückkommt, dann nur zum Sterben, und Ostpreußen ist längst verloren.

Schon wieder ein Vorgriff, ich weiß zuviel, immer schiebt sich das Ende neben den Anfang, die Zukunft neben die Gegenwart, Helga Prillichs Gegenwart, die meine Mutter werden wird, wenn auch nicht in dieser Nacht, der Hochzeitsnacht, in der Karlo nicht genug von ihr bekommen konnte, vielleicht falle ich und habe dich nie wieder, und sie ließ es über sich ergehen wie die ersten Küsse damals im Sommer.

»Ich liebte ihn doch«, sagte sie später zu mir, »nur nicht auf diese Weise«, und wenn sie darunter das Bett verstand, das Bett aber in Kauf genommen hatte, weil das Bett und das Haus zusammengehörten, so war es ein schlechtes Geschäft, denn mit Ostpreußen ging auch die weiße Villa verloren. Genau dreizehn Monate lebte sie hinter dem Zaun, immer unter der Fuchtel von Frau Aßmann, die es für ihre Pflicht hielt, der Schwiegertochter eine Lebensform nahezubringen, »bei der nicht alle aus derselben Schüssel essen«.

Der Satz fiel im Februar, anläßlich einer Lektion zum Thema »Der fein gedeckte Tisch«, bei der Helga ständig die korrekte Plazierung von Tellern, Bestecken, Gläsern durcheinanderbrachte, auch deshalb, weil sie sich elend fühlte, seit längerem bereits, so elend, daß sie die Fassung verlor, das kleine Messer, statt es ganz rechts außen hinzulegen, auf den Boden warf und weinend davonrannte.

Rosa Prillich brach ebenfalls in Tränen aus über die Beleidigung, riet jedoch, nachdem beide sich beruhigt hatten, zur Geduld. »Jeder ist seines Glückes Schmied, du hast die Bagage gekannt, nun warte ab, bis dein Mann zurückkommt, und außerdem kriegst du ein Kind.«

Sie hatte einen Blick für diese Dinge, die Haut, man erkenne es an der Haut, behauptete sie und irrte sich auch diesmal nicht, zu Helgas Schrecken, zuviel, alles zuviel, und nun noch ein Kind. Wenn es sich erst mal bewege im Bauch, sehe die Sache ganz anders aus, versuchte Rosa Prillich sie zu trösten und griff, als Helga rief, daß sie sowieso nur ein Dreck seien für die Aßmanns, sie und das Kind, zu demselben Mittel wie einstmals Therese Plagge, dem Namen nämlich, dem Namen des Barons aus dem Wasserschloß. Bisher hatte sie ihn im Dunkel gehalten, um ihrer Tochter, deren sogenannte feine Art stets ein Anlaß zur Sorge gewesen war, keinen weiteren Pick in den Kopf zu setzen. Nunmehr jedoch schien ein Gegengewicht zur Aßmannschen Arroganz erforderlich, und so erklärte sie ihr, daß sie kein Dreck sei, sondern von vornehmer Herkunft großväterlicherseits, unehelich zwar, aber das Blut, darauf käme es an, und manche mit adligem Geburtsschein sehe aus wie eine Kuhmagd, sie dagegen wie eine echte Baronin, und nun krieg bloß keinen Pick im Kopf.

Zu spät, es war schon geschehen. In ihrem letzten

Schuljahr hatte sie ein Gedicht auswendig gelernt, O schaurig ist's, übers Moor zu gehn, es bei der Abschlußfeier vorgetragen und bis jetzt nicht vergessen, auch nicht den Namen der Dichterin, derselbe Name wie der dieses Großvaters, Droste. Sie ging in die Villa zurück, stellte sich vor den Dielenspiegel und sah sich an. Schmal und schlank, lange Beine, ein helles ovales Gesicht, Droste.

Ihr Bildnis, Annette, verstehen Sie jetzt, warum es bei uns in der Wohnung hing? Und lachen Sie etwa? Vermutlich, ich weiß aus Ihren Briefen, wie Sie sich mokieren konnten über adeliges Gehabe ohne den richtigen Stammbaum dahinter. Wenn es um die Familie ging, galt allein das makellose Blut, zweiunddreißig adlige Ahnen mindestens, sonst fiel man durchs Sieb, und nun die geborene Prillich! Im übrigen, was den Drostewahn meiner Mutter betrifft, so habe auch ich darüber gespottet. Aber das führt schon in meine eigene Geschichte hinein, und gerade ist doch erst meine Schwester gezeugt, Helgas Tochter aus der Hochzeitsnacht, zum Amüsement von ganz Rastenburg, denn Frau Aßmann verkündete allerorts, ihr Sohn bekomme ein Kind. Karlo Aßmann sei schwanger, witzelte man, obwohl das Lachen schon manchem im Halse steckenblieb angesichts der Lage im Osten, Rückzug statt Vormarsch, wohin sollte das führen. In der Stadt lief noch alles wie gewohnt, und Dr. Aßmann nannte jeden, der am Endsieg zweifelte, einen Volksfeind und Verräter, den es auszumerzen gelte. Man wollte ihm glauben, dennoch begann sich Angst einzunisten, nicht der richtige Boden für Witze.

Das Kind allerdings konnte noch in Ruhe geboren werden, termingemäß Ende August, Beate, Augapfel der Aßmanns, dessen Prillichseite man nach Möglichkeit ignorierte. Karlos Tochter, erklärte Frau Aßmann, solle kein Schustermädchen werden und ließ, um Besuche in der Hinteren Kirchenstraße zu verhindern, den Kinderwagen nicht mehr ohne ihre Begleitung aus dem Haus, die letzte Kränkung, die Rosa Prillich in Rastenburg erfuhr, und 1945, als man allen Besitz stehen und liegenlassen mußte, um das nackte Leben zu retten, half ihr der Gedanke an die Aßmannschen Verluste beinahe über die eigenen hinweg.

Rastenburg wurde am 27. Januar von sowjetischen Truppen erobert. Eine Schändung der heiligen deutschen Heimat, zu der es nicht kommen würde, hatte Dr. Aßmann kurz vorher noch öffentlich auf dem Marktplatz geschworen, zum Bleiben aufgerufen und erklärt, daß er an der Spitze aller, die eine Waffe tragen könnten, den feindlichen Panzern entgegentreten wolle, sich dann aber mit Frau, Schwiegertochter und Enkelkind in einem der letzten Züge nach Königsberg und von dort weiter nach Westen abgesetzt. Ein vernünftiger Entschluß, wie sich zeigen sollte. Denn nicht nur, daß er ihm das Schicksal jener Rastenburger ersparte, die im Vertrauen auf seine Worte zu lange geblieben und schließlich umgekommen waren, erfroren, ertrunken, erschossen, erschlagen, und in Goslar, Endpunkt seiner Flucht, konnte er darüber hinaus bald wieder am Operationstisch stehen, neue Beziehungen und später, nach geglückter Entnazifizierung, auch die neue Karriere aufbauen.

Immer noch, Annette, sehe ich diesen Weg mit Staunen. Staunend gebe ich sie weiter, die Berichte von Mutter und Großmutter, weil ich es nicht begreifen kann, so viele Tote, Ostpreußen dahin, Haus, Stall und Garten des Schusters verloren, doch Dr. Aßmann schwimmt im eigenen Pool, genießt Wohlstand und Ansehen und wird am Ende mit Pomp begraben. Die unbewältigte Vergangenheit, aus der die Gegenwart wurde, meine Gegenwart, ich habe soviel gelesen darüber, soviel geschrieben, bin Journalistin geworden, um den Dingen nachzuspüren und weiß inzwischen, daß es nur unbewältigte Vergangenheiten gibt und jede Gegenwart dazu wird und meine Großmutter recht hatte mit ihren Vereinfachungen. Keine Krähe hackt der anderen ein Auge aus, und eine Hand wäscht die andere, in Zeiten davor, in Zeiten danach, bei Nazis, Kommunisten, Sozialisten, Kapitalisten. Mach, was du willst, vernichte Juden, Christen, Moslems, laß Millionen Liter Gift auf den Dschungel regnen, treibe deinen Nachbarn und dein Land ins Unglück, zerstöre die Welt, wenn es sich auszahlt, nur sorge dafür, daß keiner sagt, du seist es gewesen, und ich staune immer wieder, daß alle Welt es hinnimmt und vergißt, vorbei ist vorbei, und auch Dr. Aßmann darf in Frieden ruhen samt alter und neuer Karriere.

Im übrigen ging es damals in Goslar, so kurz nach der Flucht, nicht gleich um die Karriere, es ging um den

Tag, um Nahrung und Wärme, ums Weiterleben. Man hatte der Familie eine Bodenkammer zugewiesen, mitten in der schiefergedeckten Altstadt, deren Zauber vom Krieg verschont worden war. Kein Giebel zerstört, kein Ornament beschädigt, aber was nützte in dieser Zeit der Glanz vergangener Jahrhunderte. Die Stube war winzig, zehn Quadratmeter nur, jede Bewegung, jedes Wort unter Frau Aßmanns Kontrolle, eine eisige Enge, denn für den Kanonenofen, dessen Rohr beim Feuern schwarze Rauchwolken ausstieß, gab es kaum Holz und Kohlen. Doch als Dr. Aßmann die Stelle im Krankenhaus bekommen hatte, beschaffte er Heizmaterial, dann einen besseren Ofen und schließlich, aussichtslos normalerweise im völlig überfüllten Goslar, drei Zimmer am Claustorwall, eins davon für Helga und das Kind. Aber sonst änderte sich wenig im Zusammenleben, so daß Helga nur die Hoffnung auf Karlos Heimkehr blieb. Kurz vor Weihnachten war sein letzter Brief eingetroffen, danach nichts mehr, doch denkbar, daß er bei dem Chaos im Land die Goslarer Adresse noch nicht aufgespürt hatte. Der Krieg jedenfalls war zu Ende, so viele vermißte Soldaten standen plötzlich wieder vor der Tür, warum nicht auch Karlo, mit dem alles, was die Tage unerträglich machte, anders werden sollte.

»Zieh mit der Kleinen zu uns«, schlug ihre Mutter vor, »wir gehören doch zusammen«, ein mehr rhetorischer Trost freilich. Die Prillichs besaßen nur ein winziges Zimmerchen, und daß es in Langelsheim lag, notfalls zu Fuß erreichbar, war allein Rosas Hartnäkkigkeit zuzuschreiben. Schon bei den ersten Gerüchten über die russische Offensive hatte sie in richtiger Einschätzung der Aßmannschen Mentalität ein Alarmsystem mit Helga vereinbart, auch den großen Koffer gepackt, den Rucksack, ein Bündel, und sich zu gegebener Zeit, Wilhelm im Schlepptau, an die Tochter gehängt, auf Biegen und Brechen, ein Wunder, daß sie die eisigen Nächte vor irgendwelchen Aßmannquartieren schadlos überstanden. Der Koffer war schon in Königsberg beim Kampf um den Zug verschwunden, später das Bündel, ganz zum Schluß, im Braunschweiger Sammellager, wo man die Flüchtlinge auf die einzelnen Ortschaften verteilte, auch noch der dunkelblaue Mantel, diesmal als freiwilliges Opfer für Schlafplätze in Helgas Nähe. Umsonst, sagte sie, ist der Tod, und wenn es ihr trotz allem nicht gelang, nach Goslar zu kommen, so lag Langelsheim wenigstens nur sechs Kilometer entfernt, Haltepunkt an der Bahnstrecke sogar, nicht übel auf den ersten Blick. Aber es war mehr, ein Glücksfall geradezu, den Prillichs wie auf den Leib geschneidert.

Das letzte Gepäckstück nämlich, der über alle Fährnisse hinweggerettete Rucksack, enthielt neben ein paar anderen Habseligkeiten auch Hammer, Nägel, Zwirn, Pech, Pfriem, etwas Leder, und Wilhelm Prillich mit seinem Handwerkszeug und dem Talent, selbst das elendeste Schuhzeug wieder tragbar zu machen, kam den Langelsheimern wie gerufen. Selten, so ein schneller Konsens zwischen Einheimischen und Flüchtlingen, zumal man in dem kargen Harzer Vorgebirge Fremden eher abweisend entgegentrat, vor allem, wenn es sich um Habenichtse handelte, die womöglich nach dem sauer erworbenen Besitz der Alteingesessenen schielten. Aber selbst der Rest an Mißtrauen sollte über kurz oder lang verschwinden, dafür sorgte Rosa Prillichs markterprobte Zutunlichkeit, und hilfreich auch, daß es ihr gelungen war, die Zuneigung von Dave Mully zu gewinnen.

Schwarz wie die Nacht und ein Herz aus Gold, sagte sie zu seiner Charakterisierung, ein amerikanischer Besatzungssoldat, neunzehn Jahre alt, der irgendwann im April, als sie kurz vor der abendlichen Sperrstunde nach Hause kam, an einem Baum lehnte und seinen Stahlhelm in die Luft warf, versonnen wie ein Kind beim Ballspiel. Sie war stehengeblieben, und nach einer Weile hatte er ihr sein dunkles Gesicht zugewandt, »hello, mom«.

Sie nickte freundlich, »na, mein Junge«, was ihm trotz der fremden Worte offenbar gefiel. Jedenfalls setzte er den Stahlhelm auf und folgte ihr, erst in den Hausflur, dann in das Dachzimmer, wo Wilhelm Prillich zwischen Herd und Bett eine klaffende Stiefelspitze zusammennähte.

Der Soldat schlug ihm auf den Rücken, »hello, old man«, und Rosa Prillich, nun doch einigermaßen verblüfft, nahm die Blechkanne vom Herd, um ihm eine Tasse Malzkaffee einzuschenken. Er nickte vergnügt, stellte aber das Getränk nach dem ersten Schluck angewidert auf den Tisch, mit einem Wortschwall, aus dem sich nur »nix gut« herausfiltern ließ. Sie hob bedauernd

die Hände, »nix, Junge, nix«, worauf er »okay, mom«
sagte und verschwand, so unvermittelt, wie er sich in
die Stube geschoben hatte.

Bald darauf stand er wieder vor der Tür, diesmal mit
Kaffee, Schokolade, Erdnußbutter und Corned beef,
der Beginn einer herzlichen, nützlichen, leider nur kurzen Freundschaft. »Hello, mom, hello, old man«, rief
er schon auf dem Flur, jeden Abend, ungeachtet des
Fraternisierungsverbots, Dave Mully, der mit dem
Stahlhelm spielte, ignorierte auch diesen militärischen
Unfug. Zufrieden saß er da, erzählte, während Rosa
Prillich ihm die Strümpfe stopfte, irgendwelche Geschichten in seiner Sprache, die sie nicht verstand, oder
sah zu, wie Wilhelm, dem das Leder längst ausgegan-
gen war, versuchte, es durch brüchige Fahrradschläu-
che zu ersetzen, manchmal auch nur durch dünne Holz-
platten. »Nix gut«, murmelte er jedesmal, »nix gut«,
und im Mai, bevor die amerikanischen Truppen den
Engländern Platz machen mußten, schleppte er ein paar
alte Autoreifen die Treppen hinauf. Dave Mullys Ab-
schiedsgeschenk, unschätzbar in diesen Not- und Kun-
gelzeiten, Sohlen und Absätze in Mengen. Die ländli-
che Kundschaft zahlte Mehl, Schmalz, Eier dafür, vom
Renommee gar nicht zu reden, kein Wunder, daß Wilhelm und Rosa Prillich ihn in liebevoller Erinnerung
behielten.

Den minimalen Wohnraum dagegen brachten die
Reifen fast gänzlich auf Null, wohin mit Helga und
dem Kind. Aber Aßmanns hätten ihre Enkelin sowieso
nicht herausgegeben, nicht kampflos, »und ist viel-

leicht doch besser«, sagte Rosa Prillich, »wenn du bei der Bagage bleibst, wer weiß, was die Karlo sonst alles vorerzählen, die wollen euch doch auseinanderbringen«.

Sicher richtig, soweit es die Aßmanns betraf. Karlos unbeirrbare Treue jedoch sollte man nicht in Zweifel ziehen, und fraglich eher, wie lange Helgas Fügsamkeit gedauert hätte, diese seltsame Geduld, für die sie später Zeit und Umstände verantwortlich zu machen suchte. Man habe, sagte sie, damals mehr hingenommen als heutzutage üblich, Protestieren sei noch keine Tugend gewesen, und dann die elenden Nachkriegsjahre, Stolz, von wegen Stolz, bei den Aßmanns wäre man wenigstens nicht verhungert, und außerdem hätte sie auf Karlo gewartet.

Karlo, immer noch die große Illusion, im Fluchtgepäck aus Rastenburg gerettet, unversehrt beinahe. Erst beim Wiedersehen mit ihm ging der Traum von der weißen Villa endgültig verloren. Aber müßig, Gedanken über den Bestand der Ehe daranzuhängen. Die Ehe endete nicht mit dem Ende der Illusion, sie wurde auf dem Goslarer Friedhof zu Grabe getragen. Als Karlo im Juli 1948 aus der Gefangenschaft kam, reichte seine Kraft gerade noch aus, ein zweites Kind zu zeugen, dann starb er. Und um Helga gerecht zu werden: Sie zahlte ihren Preis.

Mein Vater, den ich niemals sehen sollte, hatte sich bis nach Goslar geschleppt, zum Haus am Claustorwall, in den zweiten Stock. Helga öffnete die Tür, da stand er in dem viel zu großen russischen Soldatenmantel, grau und zusammengefallen, mit Augen, in denen schon der Tod wohnte. Erst auf den dritten Blick erkannte sie ihn, ein Fremder, ihr Mann, der sie in die Arme nahm. Sie sah, roch, schmeckte den Tod und war froh, als Frau Aßmann Karlo von ihr wegholte.

In den Erinnerungen freilich klang es anders. Da war vom Glück die Rede, vom großen, kurzen Glück, vom Dank für diese Gnade. Meine Mutter mit ihren Verschleierungen, möglich, daß sie die Wahrheit sogar vor sich selbst geheimhielt und daran glaubte, was sie uns erzählte: Ein Zimmer, in das die Sonne schien, immer die Sonne, dort lag er, und nur sie durfte bei ihm sein, ihn waschen, ihm zu trinken geben, das Bett richten am Morgen und am Abend, seine Hand halten während des langen Abschieds. Die große Liebe bis zum letzten Atemzug, ein goldenes Bild für mich, das Kind dieser Liebe, Karlo sanft und verklärt zwischen weißen Kissen, Frieden, ein Engel breitet die Flügel aus. Und nichts von dem vergifteten Blut, dem grindigen Körper, der Gier nach Leben.

Er starb im Dezember, Urämie, sagte der Totenschein, und Frau Aßmann warf der Schwiegertochter vor, ihrem Sohn das letzte Mark aus den Knochen gesaugt zu haben. Mark aus den Knochen, dunkle Worte, die ich als Kind gehört hatte. Schaudernd wie auf der Geisterbahn flüsterte ich sie vor mich hin, und gespenstisch, was sie verbargen: das Ende der Helga/ Karlo-Geschichte. Meine Mutter, die das goldene Bild gemalt hatte, zerbrach es später wieder, in einer ihrer alkoholischen Nächte, als sie mich aus dem Schlaf holte

und dem Leben nachjammerte, der Jugend, die ihr der
Krieg und die Aßmanns kaputtgemacht hätten, und die
Liebe sei in Karlos Bett gestorben, die Hölle, das war
die Hölle, er mit Geschwüren überall, halbtot schon
und stinkend, und trotzdem immer nur das eine, zieh
dich aus, Helga, leg dich zu mir, Helga, und dann fing
er an, immer wieder wollte er es und versuchte es und
weinte, wenn es nicht ging, und sie schwanger, und
nur noch Ekel und Mitleid, das verfluchte Mitleid, und
die Aßmann mit dem Ohr an der Tür.

Unvergeßlich bis in die Träume hinein, wie meine
Mutter, aufgedunsen und aufgelöst, das Bild meines
Vaters zerstörte. Ich war sechzehn damals und haßte sie
dafür, eine schwarze Welle von Haß, und wenn sie auch
längst verebbt ist, die Spuren bleiben. Aber ich bin
erwachsen geworden und kann ihre Geschichte erzählen. Unsere Geschichte, denn auch meine hatte angefangen, als Karlo sich mit der Liebe gegen den Tod zu
stemmen suchte, vergeblich, und Frau Aßmann uns
nach seiner Beerdigung aus dem Haus trieb.

Ein naßkalter Nachmittag kurz vor Weihnachten,
Schneetreiben auf dem Friedhof, schwerer feuchter
Schnee, Helga schwanger im dritten Monat. Der mit
Aßmanns befreundete Pastor hatte, um seine Sache gut
zu machen, in der eisigen Kapelle eine viel zu lange
Predigt gehalten und darüber hinaus den Posaunenchor
ans Grab beordert, der zunächst »Wenn ich dereinst
muß scheiden«, dann, nach den letzten Gebeten, auch
noch »Ich hatt' einen Kameraden« in die weiße Stille
blies, wobei Frau Aßmann vollends die Fassung verlor

und die kleine, ohnehin verstörte Beate mitriß. Ihr schrilles Kindergeschrei nahm kein Ende. Sie schrie auf dem Heimweg, sie schrie noch im Bett, bis endlich der Schlaf kam und Helga ins Wohnzimmer gehen konnte, durchgefroren, übermüdet und so gefühllos, als habe die Kälte sie auch innerlich vereist. Doch beim Eintauchen in die helle Wärme löste sich die Erstarrung. Sie fing an zu weinen, trostbedürftig wie vorher das Kind, und Frau Aßmann schlug ihr die bewußten Worte um die Ohren, »laß das, du hast kein Recht dazu, du nicht, du hast ihm das letzte Mark aus den Knochen gesaugt«.

In der Eruption, die darauf folgte, brach alles heraus, was sich aufgestaut hatte in den vergangenen Jahren, alle Demütigungen, alle unterlassenen Antworten und Rechtfertigungen, die Wut, der Haß, kein Halten mehr, und Dr. Aßmann, in dem sich der Mediziner regte, wollte ihr ein Beruhigungsmittel verabreichen. Sie fegte ihm das Glas aus der Hand, dann lief sie so, wie sie war, ohne Mantel und Mütze, in den Dezemberabend hinein, sechs Kilometer durch das Schneetreiben, das Ende der Aßmann-Beziehung.

Rosa Prillich lag, als an ihrer Tür gerüttelt wurde, schon im Bett, mit Wärmflaschen an den Füßen und an dem steifen Rücken. Sie hatte bis zum Schluß bei der Beerdigung ausgeharrt, zweifach trauernd, denn vor kurzem erst war der schweigsame Wilhelm unter die Erde gekommen, und für ihn, sagte sie, sei es eine Erlösung gewesen, kaum noch auszuhalten, die Kopfschmerzen hinter dem zerschossenen Auge, ver-

dammter Krieg, aber achtundsechzig sei wenigstens
ein Alter, und wer gelebt habe, könne ruhiger sterben.
Sein Bett war durch ein Sofa ersetzt worden, sonst
hatte sich nichts verändert, immer noch dasselbe kleine
Zimmer und auch der Schustertisch am gewohnten
Platz. Als Wilhelm Prillich Hammer und Pfriem nicht
mehr halten konnte, hatte sie, seine lebenslange Zuschauerin, die Arbeit fortgeführt, anfangs zur allseiti-
gen Zufriedenheit. Doch nach der Währungsreform
war ein Konkurrent aufgetaucht, sehr tüchtig leider,
und immer mehr Kunden liefen zu ihm über.

Sie holte Helga an den Ofen, zog ihr die nassen
Sachen aus und gab ihr Holunderbeersaft zu trinken,
heiß und mit einem Schuß Rum.

»Hör auf zu heulen«, sagte sie, »von jetzt an bleibst
du hier.«

»Beate«, schluchzte Helga, »sie werden mir Beate
wegnehmen.«

»Die werden gar nichts«, sagte Rosa Prillich mit
Entschiedenheit. »Leg dich in mein Bett, das ist schon
warm, und reiß dich zusammen, du hast ein Kind im
Leib«, und am nächsten Morgen, nach einer schlaflosen
Nacht auf dem schmalen Sofa, ging sie ihrer großen
Stunde entgegen.

Meine Großmutter Rosa Prillich, ich sehe sie das
Zimmer verlassen, leise, um die Tochter nicht zu stören, den Handwagen aus dem Schuppen holen, Säcke
hineinwerfen, ihn zum Langelsheimer Bahnhof ziehen,
so kommt sie nach Goslar.

Frau Aßmann, noch im Morgenrock und das Haar

voller Lockenwickler, öffnete die Tür nur einen Spaltbreit. »Was wollen Sie denn hier?«

»Die Sachen von meiner Tochter«, sagte Rosa Prillich.

»Wieso?« Frau Aßmann machte Anstalten, die Tür wieder zuzuschlagen. »Was soll das? Kann sie nicht selbst herkommen?«

»Die Sachen«, wiederholte Rosa Prillich, drohend angeblich, und ich stelle mir vor, wie sie den Kopf zurücklegte und die Feindin anstarrte, irgend etwas im Blick, das Frau Aßmann bewog, ihr Helgas Zimmer zu öffnen, in dem auch Karlo gelegen hatte, gegenüber dem Fenster, so daß er noch einmal Herbst und Winter in den Bäumen sehen konnte. Eine leere Wand jetzt, und Beates Bett, die bei seiner Ankunft das Zimmer hatte räumen müssen, noch nicht wieder am Platz.

»Da!« sagte Frau Aßmann und sah wortlos zu, wie der Inhalt von Schrank und Kommode in den Säcken verschwand. Beim Bettzeug wollte sie aufbegehren, »das gehört uns«, doch Rosa Prillich fragte nur, ob man deswegen etwa vor Gericht gehen müsse, und verstaute, als keine Antwort kam, gemächlich Oberbett, Unterbett, Kopfkissen, auch noch die Wolldecke und den kleinen Teppich und forderte schließlich Beates Sachen, überhaupt, wo das Kind denn wäre.

»Beate schläft bei uns im Zimmer«, erklärte Frau Aßmann, »und dabei bleibt es, und machen Sie endlich, daß Sie wegkommen«, worauf Rosa Prillich erst einmal schwieg, um jede Sacköffnung eine Schnur band und die Enden sorgfältig verknotete. Dann richtete sie sich auf, mühsam, weil der Rücken weh tat. Es war kalt in der Stube, deshalb hatte sie den Mantel anbehalten, ein graues, unförmiges Stück, in der schlimmen Zeit vom Langelsheimer Schneider aus zwei Wehrmachtsdecken gefertigt und ihrer Meinung nach auch jetzt noch gut genug. Ohne Hast knöpfte sie ihn zu, streckte die Schultern, zog das Kopftuch fest, sammelte sich zum letzten Angriff. »Das Kind gehört zur Mutter«, sagte sie dann. »Der haben Sie genug angetan, und wenn Sie Sperenzchen machen, werde ich hier in der Stadt mal erzählen, was für ein Parteimensch der Dr. Aßmann gewesen ist und daß er nur darum seinen Posten gekriegt hat und wie er sich in Rastenburg die Villa von dem armen Dr. Dobrin unter den Nagel gerissen hat, und das ist noch nicht alles, und jetzt holen Sie Beate.«

Meine Großmutter, geübt in Demut und Bescheidenheit, und dieser Triumph. Mit vollgeladenem Handwagen, Beate zwischen den Säcken, kehrte sie nach Langelsheim zurück, eine Blitzaktion und etwas vorschnell eigentlich, wenn man die Enge unterm Dach bedenkt, das geringe Einkommen, die Tochter ebenfalls mittellos, und bald ein zweites Kind zu versorgen. Abends mußte man den Tisch auf den Kopf stellen, um ein Bett für Beate zu schaffen, fast war sie schon zu groß dafür. Doch bevor sie gänzlich herauswachsen konnte, schickte Dr. Aßmann die Nachricht, daß eine Wohnung in Goslar bereitstehe, drei kleine Stuben und Küche in einem der alten Fachwerkhäuser, auch die Miete wollte er zahlen und Unterhalt für die

Enkelkinder, und ganz gleich, was ihn dazu trieb, ob Angst, Pflichtgefühl oder der Wunsch, Beate nicht völlig zu verlieren, allein das Ergebnis zählte. Vielleicht war er auch nicht nur der schwarze Bösewicht wie in den Muttergeschichten, vielleicht hätte aus seinem Mund manches anders geklungen.

Das Haus stand an der Gose, alt und geduckt, nichts auf die Dauer, wie sich erwies, doch vorerst ein Segen. Im März fand der Umzug statt, im April kam ich zur Welt, eine leichte Geburt, ein gesundes Kind. Meine ersten Eindrücke waren die niedrigen Stuben, die schiefen Fenster, der Blick auf das eilig dahinfließende Wasser. Und Ihr Bild, Annette, hing schon über dem Sofa. Von Anfang an geisterten sie durch meine Kindermärchen, die Fee aus dem Wasserschloß.

*E*s ist eine vertraute Geschichte, die du erzählt hast, Amelie. Fremd für mich zwar Kleidung und Sitten, das Erlaubte und Unerlaubte, doch die Gefühle, wie immer sie sich zeigen, ob verhüllt oder entblößt, hoch- oder tiefgehängt, sind, so scheint es mir, gleichgeblieben, auch die Träume, die richtigen, die falschen. Ich habe mein Lied davon gesungen, und der Boden unter den Füßen, ist er mir nicht doch weggerutscht am Kreuzweg von Bökendorf? Müßig, den nicht gelebten Möglichkeiten hinterherzudenken, und dennoch, ich möchte noch einmal dort stehen, noch einmal entscheiden dürfen und endlich wissen, wohin es gegangen wäre, wenn ich die andere Richtung gewählt hätte in jenem letzten Sommer.

Ein zauberischer Sommer, und nie wieder haben die Rosen so geduftet wie damals, als ich einen meiner Träume hinter mir ließ, den Traum von Kranz und Schleier, Hausstand, Kindern, Enkeln. Frauenglück, Amelie, und lacht nicht darüber, ihr Heutigen, es war, außer den frommen Ekstasen der Nonne, kein anderes vorgesehen für uns zu meiner Zeit. Auch Jenny und mich hatte man so erzogen, trotz der Hürden zwischen Ideal und Wirklichkeit. Ehen wurden nicht zum Vergnügen geschlossen, nur eines galt, die Sicherung von Familie und Besitz, und wir, die Drostes auf Hülshoff, verfügten zwar über eine makellose Ahnenreihe, auch über von Generation zu Generation weitergegebene Liegenschaften und Ländereien, nicht jedoch über die Mittel, mit denen ein Schloßfräulein zur Schloßfrau avancieren konnte. Ruinös, so kostspielige Heiraten, für Töchter unserer Art kamen nur zweite, dritte, vierte Söhne in Betracht, die, durch Staatsämter und Pfründen leidlich versorgt, ihre eigene Wahl treffen durften. Aufs Geld freilich sahen auch sie, oder Liebe mußte im Spiel sein, die große Liebe, der Lotteriegewinn, und welchem Mädchen fiel dergleichen schon zu. Meine Schwester Jenny hätte ihn beinahe gezogen, nur mit dem falschen Namen darauf: Wilhelm Grimm, einer der Märchenbrüder. Bürgerlich, protestantisch, besitzlos, keine Partie für ein Fräulein von Droste, befand die Familie, und die fügsame Jenny verschlief ihre Jugend hinter der Dornenhecke, bis der alte Ritter

Laßberg kam und sie zur Herrin der Meersburg machte. Die Meersburg, das Haus für meine Liebe und für meinen Tod, so fügte es sich.

Jenny, die Hübsche, die Sanfte, erkennbar von weitem schon als Inbild der künftigen Gattin und Mutter, anzunehmen, daß sie ohne die Grimmsche Verzauberung rechtzeitig einen passablen Ehemann gefunden hätte. Für mich jedoch, weder schön noch sanft, kränkelnd dazu und schon seit Kindertagen leicht jenseits der Balance, bestand kaum Hoffnung. Zwar hatte man mich gezähmt und zurechtgestutzt, doch das Exaltierte blieb und sprühte Funken beim Plaudern, Plänkeln, Tanzen, die ach so amüsante Annette. Manchen stieß es ab, manchen zog es an, und war er ein Tor, ließ ich ihn links liegen. Anders jedoch, wenn einer, der mir gefiel, um mich warb. Dann, statt klug die Augen niederzuschlagen, versuchte ich noch mehr, ihn auszustechen mit Witz und Scharfsinn, setzte meine Meinung gegen seine, argumentierte, kritisierte, korrigierte. Eitel und anmaßend nannte man dieses Benehmen, männlich sogar, ein vernichtendes Urteil. »Warum verdirbst du dir alle Chancen?« fragte Jenny bekümmert, wenn ich wieder einen Verehrer brüskiert hatte, und ermahnte mich, beim nächsten mein Licht unter den Scheffel zu stellen, vergeblich.

Warum, Amelie? Ich wollte nicht die hochfahrende Kokette sein. Ich wollte geliebt werden, einen Platz haben mitten im Kreis, nicht am Rand. Doch gleichzeitig schrieb ich gerade an meinem ersten Drama, hatte den Kopf voller Verse und Gedanken, kannte andere

Leiden, andere Ekstasen als die üblichen, auch andere Sehnsüchte, alles so entfernt vom gesellschaftlichen Ringelreihen. Wenn ich über die Hülshoffer Heide lief, die grüne, die rote, die braune, wenn ich mich in den warmen Sand setzte, die Lerche hörte, die Strophen der Grasmücke, den Raubvogelschrei, zerriß mich fast der Wunsch, frei zu sein wie ein Mann, und der Horizont, dachte ich, müßte sich öffnen und mir den Weg zeigen in die Weite der Welt, zu den Wüsten Afrikas, der Pracht römischer Kirchen und spanischer Paläste, zu chinesischen Pagoden, den Gestaden des Odysseus. Ins Weite treiben, ins Glück neuer Bilder und neuer Worte. Und dann wieder, mitten in der Aufwallung, die Sehnsucht nach dem ganz normalen Glück, eine Sehnsucht des Herzens, aber auch des Körpers, jenes Pols, den wir wegzuschweigen suchten, o süßes Sehnen, sangen die Lieder, und nichts davon, woher das süße Sehnen rührte, wohin es zielte und welche Qualen es bereiten konnte. Die Sünde der Wollust. Hast du Wollust empfunden, meine Tochter, fragte Hochwürden in der Beichte, und ich mußte nicken, Sünde, Schuld, meine große Schuld, obwohl ich nicht wußte, warum, nicht einmal, daß es Wollust hieß, was über mich kam. Ich nickte voller Angst, die einzige zu sein mit dieser Sünde, tat Buße im Exzeß und träumte unwissend und wissend zugleich, von Hochzeitsnacht und Eheglück. Doch wenn es greifbar schien, trat ich es mit Füßen.

Ich gegen mich, Kranz und Schleier auf der einen Seite, Papier und Feder auf der anderen, und wenn ich euch, die Nachgeborenen, beneide, Frauen wie dich,

Amelie, dann deshalb, weil eure Horizonte nicht nur im Traum aufgerissen werden. Sie stehen offen, kein Entweder-Oder beschränkt euer Leben.

*E*inen Moment, Annette, ich muß Sie unterbrechen. Kein Entweder-Oder, meinen Sie? Kein Zwang zur Entscheidung zwischen den beiden Polen? Wir haben, erinnern Sie sich, das Thema schon berührt, und was den Boden unter den Füßen betrifft, auch ich kann ein Lied davon singen, doch davon später, jetzt nur ein Wort zu dem realen Horizont.

Gewiß, er steht uns offen, allen jedenfalls, die zahlen können, und zahlen können viele. Zwanzig Stunden zu den Pagoden, acht nur nach Amerika, von Afrika, Rom und Ihren spanischen Palästen gar nicht zu reden. Ein großes Glück, beneidenswert, Annette, ich habe es erfahren, zu oft vielleicht, um es noch als Glück wahrzunehmen, weil jedes Glück, das leicht zu haben ist, unser Gefühl ein bißchen stumpfer werden läßt. So intensiv jedenfalls wie Ihre Sehnsüchte können meine nie mehr aufflammen, eigentlich macht es mich traurig. Und die Stätten Ihrer Träume verlieren, seitdem sie käuflich sind für jedermann, den alten Zauber, die Gestade des Odysseus etwa, Müllkippen inzwischen für die halbe Welt. Eines Tages werden sie unbewohnbar sein, und wer alles haben konnte, hat dann gar nichts mehr.

Nein, ich bin nicht sentimental, schon gar nicht konsequent. Auch mein Müll ist in Griechenland geblieben, und trotz der Katastrophe an unserem offenen Horizont würde ich mit Ihrem geschlossenen nicht leben wollen. Dennoch, falls es Sie tröstet: Wir haben viel gewonnen und viel verloren, und es ist ungewiß, was am Ende unterm Strich wird.

Aber dies nur nebenbei, wozu die Aufrechnung der Vor- und Nachteile Ihres und meines Jahrhunderts. Erzählen Sie weiter.

Kranz und Schleier auf der einen Seite, Papier und Feder auf der anderen, heute, Amelie, erkenne ich, was meine angebliche Impertinenz sagen sollte: Hier stehe ich, so kannst du mich haben, mit Herz und Geist, unteilbar, ich bleibe, wie ich bin.

Aber die jungen Herren meines Standes konnten eine wie mich nicht gebrauchen. In dem kleinen literarischen Zirkel von Münster, meiner Zuflucht damals, hatte man das Gedicht »Unruhe« abgeschrieben und weitergereicht, und nur natürlich, daß sie vor der letzten Strophe zurückzuckten:

Fesseln will man uns am eignen Herde,
Unsre Sehnsucht nennt man Wahn und Traum,
Und das Herz, dies kleine Klümpchen Erde,
Hat doch für die ganze Schöpfung Raum.

Ich sei wohl nicht geeignet für die Ehe, sagte ich zu Jenny, allein diese ewigen Krankheiten. Aber immer noch stand ein Rest Hoffnung im Hintergrund, erst nach der Straube-Affäre machte ich mich davon frei.

Heinrich Straube, du kennst den Namen, du kennst

die Bökendorfer Geschichte, andere haben sie dir erzählt, Annettes Jugendkatastrophe. Was wissen andere.

Ich war dreiundzwanzig damals, jung aus eurer Sicht, bei uns jedoch hatte eine Frau dieses Alters oft schon ihr drittes oder viertes Kindbett hinter sich, vorausgesetzt, daß sie nicht in einem früheren gestorben war. Aber sei's drum, Jugend, um so leichter läßt sich von ihrem Ende sprechen. Katastrophe hingegen bitte ich zu streichen, nicht Katastrophe, Entscheidung statt dessen, und ich war es, die entschied.

Bökendorf, das Gut meiner Großeltern Haxthausen im sanften Hügelfluß des Weserberglandes, war ein Paradies für mich mit seinen von Efeu umwucherten Arkaden, mit den stillen Plätzen im Park, der großen Blutbuche, der Taxuswand, ach ja, die Taxuswand. So viele ineinander verflochtene Sommer. Ich sehe mich durch das Tor fahren, aus der Kutsche steigen, ins Haus gehen, ein trippelndes Kind zuerst, und alles um mich herum übergroß, mein Riesenreich, das schrumpfte mit den Jahren, so wie der Großvater, vor dessen prüfenden Blicken ich, wenn er den Eßsaal betrat, Schutz gesucht hatte im runden rosigen Wohlwollen der Großmutter.

Meine Großmutter, Amelie, auch ich kann von einer Großmutter erzählen, Stiefgroßmutter eigentlich, doch weder sie noch ich dachten daran, daß meine Mutter die Tochter jener ersten Frau von Haxthausen war, die, achtzehn gerade, das Wochenbett nicht überstanden hatte. Die zweite, Maria Anna, geborene von

Wendt, erwies sich als robuster: vierzehn lebende Kinder, von den toten zu schweigen, Frauenglück, hingenommen in unerschütterlichem Gottvertrauen. Fromm und wohltätig, so warb sie um ihren Platz im Himmel, voll Heiterkeit dabei, denn wenn dem Herrn, sagte sie, das Lachen nicht gefiele, hätte er es seinen Schäflein nicht gegeben. Ein Gott nach ihrem arglosen Bild, ich hoffe, sie wird mir die Bemerkung verzeihen, sie weiß, wie sehr ich sie liebte, sie kennt meine Trauer beim Abschied von ihr und Bökendorf.

Ich denke an die Bökendorfer Sommer, an die Wanderungen ins Land hinein, die Lieder, die wir im warmen Gras zur Gitarre sangen, die Abende voller Geschichten, Gedichte, Musik. Die älteren Kinder der Großeltern gehörten zur Generation meiner Mutter, ihre letzten dagegen waren gleichaltrig mit mir: Die stille Ludowine und Anna, meine Freundin und Vertraute, und der ungestüme August, dein Onkel August, wie meine Mutter ihn hartnäckig zu nennen pflegte, hatte mich Reiten gelehrt, Zäune zu übersteigen, Verbote zu umgehen. Inzwischen allerdings war er lebemännisch geworden. Er hatte in Göttingen Jura studiert und sollte sich nun um die Verwaltung der Güter kümmern, war aber mehr der Literatur zugetan, genau wie seine Studienfreunde, die weiterhin in den Ferien nach Bökendorf kamen, hochgemute und hochmütige Jünglinge, auch Wilhelm Grimm gehörte dazu. »Löwen« wurden sie von Anna genannt, die, vier Jahre jünger noch als ich, den Frohsinn ihrer Mutter geerbt hatte, ohne ihre Güte freilich, wie konnte ich sie für meine Freundin halten. Ihre größte Sorge war, den Löwen zu mißfallen, ganz ohne Grund bei soviel niedlicher Koketterie, soviel Morgenfrische und unverfänglichem gesunden Menschenverstand. Nein, das Mißfallen traf nicht sie, es traf mich, merkwürdig nur, wie lange ich zu ignorieren suchte, daß mein Paradies mit dem leise nervösen Knistern beim Spiel, den Verliebtheiten und Schwärmereien, den kleinen Triumphen und Niederlagen seine Unschuld verloren hatte. Daß es sich allerdings, wie einer der Onkel kolportiert hat, nirgendwo besser küßte als in den Bökendorfer Treibhäusern, nimm nicht für bare Münze, Amelie. Geredet wurde viel, aber beim Tändeln mit den Töchtern und Freundinnen des Hauses mußte man sich auch in Bökendorf an die Gebote halten. Oder irre ich mich? Wußte nur ich nichts von den Heimlichkeiten? Eines jedenfalls ist sicher: Mich und Straube bewachte man mit Argusaugen.

Heinrich Straube war kein Löwe wie die anderen, das hatte ich schon gespürt, als August Haxthausen ihn Ende April 1819, kurz bevor ich zu einer Kur nach Bad Driburg reiste, auf Hülshoff präsentierte.

Ein Frühlingstag, der Teetisch gedeckt, eigentlich erwarteten wir meinen Vater von Münster zurück. Meine Mutter saß auf dem Kanapee, den Kopf mit der gerüschten Haube über ihre Stickerei gebeugt, Jenny zeichnete, sie zeichnete fast immer, und ich, von der letzten langen Winterkrankheit so geschwächt, daß der Arzt mir sogar das Lesen verbot, blickte in den Park hinaus, wo, von Buchsbaum umsäumt, rote Tulpen blühten, Goldlack und Vergißmeinnicht. Ich trug noch das warme lila Wollkleid, dazu ein gestricktes Schultertuch und wollte, als Kempe, der Diener, Besuch meldete, mir wenigstens einen Spitzenschal holen, aber meine Mutter sagte: »Laß, es ist nur Onkel August.« Straube schien von Anfang an nicht zu zählen, obwohl sie seinen Namen bereits kannte. Zusammen mit August Haxthausen hatte er eine glücklose literarische Zeitschrift herausgegeben, und irgendwann war er mir in Bökendorf auch schon über den Weg gelaufen, kurz nur und gleich wieder vergessen. Seltsam eigentlich, aber zu dieser Zeit brauchte ich wohl noch keinen wie ihn.

Jetzt trat er hinter dem eleganten August ins Zimmer, nicht sehr groß und beinahe schäbig in dem abgetragenen braunen Schoßrock, und während er sich an der Tür verneigte, zweimal und etwas zu ausgiebig, drohte ihm die Brille von der Nase zu fallen.

»O bitte«, sagte meine Mutter, »echauffieren Sie sich nicht, nehmen Sie Platz.« Ihre Herablassung beschämte mich. Ich wollte ihm Tee einschenken, doch sie rief Kempe, und als Straube mir gegenübersaß, zu aufrecht schon wieder und an die Tasse geklammert, dachte ich, daß er sanft sei, sanft und gütig und der Güte bedürftig. Kein angenehmes Äußere, nein, das nicht, man nannte ihn häßlich, zu Recht gewissermaßen, sein vorgeschobener Unterkiefer, das lange spitze Kinn und die wie ein Entenschnabel nach oben gebogene Nase gaben dem Gesicht etwas Abstruses.

»Ein Kasperkopf«, meinte Jenny. Für mich jedoch

blickte Trauer aus den verschrobenen Zügen, die Trauer des Frosches, der niemals ein Prinz werden kann. Aber vielleicht war ich auch nur auf der Suche nach einer verwandten Seele, und so oder so, es rührte mich, dieses Gesicht, es rührte mich beinahe zu Tränen.

»Mein Freund Straube«, sagte August Haxthausen, »ist gerade dabei, sein Studium der Philologie gegen Jus einzutauschen. Vor allem jedoch ist er ein Dichter. Wir alle setzen große Hoffnungen in ihn, und ich versichere Ihnen, beste Tante, man wird von ihm hören. Du mußt ihm deine Verse zeigen, Nette, er weiß, daß du unser kleines Genie bist.«

Verwandtenhäme, doch Straubes Frage, woran ich gerade arbeite, versöhnte mich. Arbeit, niemand hatte das, was ich tat, jemals Arbeit genannt. Es trieb mir die Farbe ins Gesicht, ärgerlich, dieses ständige Erröten.

Ein Ritterepos, sagte ich hastig, »Walter« betitelt, aber ich sei krank gewesen und noch nicht zum Abschreiben gekommen.

»Hätten Sie Skrupel, es mir trotzdem zu geben?« fragte er, und bevor ich antworten konnte, durchkreuzte meine Mutter das Gespräch.

»Wir wollen unseren Gast doch nicht inkommodieren«, sagte sie. »Jurisprudenz, Herr Straube? Liegt es in der Familie?«

Er schüttelte den Kopf, nein, das keinesfalls, sein Vater sei Geschäftsmann gewesen und die Großväter kurhessische Pastoren.

»In der Tat«, murmelte sie so steif, als sei ein unpassendes Wort gefallen und läutete nach dem Diener, damit er den Gästen die Zimmer zeige.

Aber ich will ihr nicht unrecht tun. Während der drei Tage, die er bei uns blieb, behandelte sie ihn freundlich, auch deshalb, weil mein Vater sich gern mit ihm unterhielt, über seine historischen, botanischen, ornithologischen Passionen, zu denen auch Straube manches zu sagen wußte. Etwas wortreich bisweilen, etwas zu sehr um Wohlwollen bemüht, aus Not offenbar, seine Familie, hatte August mir erzählt, sei bankrott, nur die Freunde hielten ihn noch über Wasser, ein komischer Kauz in gewisser Weise, aber genial, und man müsse ihn gern haben. Abhängig, dachte ich, wenn er, eifrig nach vorn gebeugt, seinem Gegenüber die Worte von den Lippen zu lesen schien, und die Exklamationen vor den Volieren mit den vielen Vögeln aus unserer Gegend, an denen mein Vater seine Studien trieb, das laute Entzücken angesichts des Flatterlebens und der davon inspirierte literarische Exkurs zogen mir das Herz zusammen.

Meine Mutter jedoch schien ihm mit Vergnügen zu lauschen, auch seinen Gedichten, glatte, wohlklingende Gedichte ganz nach ihrem Geschmack, und da August, der Kenner, sie fast überschwenglich lobte, schob ich es meiner Ignoranz zu, daß sie mich so wenig erwärmten.

»Besuchen Sie uns wieder, lieber Straube«, sagte mein Vater zum Abschied, und meine Mutter bekräftigte die Einladung: »Ja, bald, es war amüsant mit Ihnen.« Doch ich kannte die Untertöne, er war zugelassen, nicht akzeptiert, und als die Kutsche mit ihm davonrollte, sagte sie: »Ein angenehmer Mensch für seine Verhältnisse, aber ich wünschte, August hätte nicht die Stirn, sich ständig mit Protestanten zu liieren. Erst Grimm und Arnswaldt und nun noch Straube. Es ist auch eine Kränkung für die Großmutter, und du, Nette, solltest dich vor fremden und zudem gänzlich unpassenden Herren etwas reservierter zeigen, ich muß doch bitten.«

Ein siebter Sinn, der sie wachsam machte? Wenn es so war, dann führte er in die Irre. Jedes Wort zwischen uns unter vier Augen war verhindert worden, kein einziger Spaziergang im Park möglich gewesen, und vielleicht hätte ich ohne den Bann, mit dem sie ihn belegte, Straube bald wieder aus der Erinnerung entlassen. So jedoch, eine Mischung aus Protest und Mitgefühl, rief ich ständig sein Bild zurück, füllte und rundete unsere wenigen Sätze zu Gesprächen, wie ich sie nie führen konnte in meinem Hülshoffer Alltag, und begann, ihm, dem Dichter von der traurigen Gestalt, einen Podest zu errichten, hoch über Adelsstolz und arroganter Selbstgerechtigkeit. Zu hoch, viel zu hoch, ich merkte es erst, als er herunterfiel, und nicht seine Schuld, daß es mich so verstörte. Straube, das Geschöpf meiner Phantasie. Die Bökendorfer Großmutter wußte ihn besser einzuschätzen. »Ein lieber, weicher Mensch«, sagte sie, als ich in Bad Driburg um die Erlaubnis bat, ihm eine Abschrift des »Walter« schikken zu dürfen, »und mit der Gnade von Gott, sich immer passend zu geben, bei mir fromm, bei August frivol. Sicher hat er ein gutes Herz, nur kein starkes. Aber den ›Walter‹ kannst du ihm anvertrauen.«

Meine Großmutter im schwarzen Kleid, weiße Spitzen an Hals und Haube. Ich sehe sie am Fenster sitzen, ein Häkelzeug in der Hand und die großen klaren, fast runden Augen auf mich gerichtet. Fliederduft strömte herein, es war Mai, bis September wollten wir in Driburg bleiben. Die Ärzte hielten eine ausgedehnte Kur für geboten, meinen Eltern war sie zu kostspielig, so hatte die Großmutter alles auf ihre Rechnung genommen, zu unser beider Wohl, wie sie versicherte, denn meine Gesellschaft sei ihr zuträglicher als der ganze Driburger Schwefel. Wir wohnten in einem bequemen Hotel, nur wenige Schritte zum Park mit den Badehäusern, wo die Damen und Herren der Kurgesellschaft in eleganten Roben auf und ab spazierten, schlückchenweise das angeblich so gesunde, faulig riechende Wasser tranken, nach allen Seiten grüßten, winkten, lächelten, sich plaudernd auf den Bänken niederließen oder auch nur still dem schönen, jungen Geiger lauschten. »Eitel, ach so eitel vor dem Vater im Himmel«, seufzte meine Großmutter, mischte sich aber mit Vergnügen in das Treiben, lud alte und neue Bekanntschaften zum Tee und füllte unseren kleinen Salon mit ihrer kindlich frommen Fröhlichkeit.

Ein wenig mühsam, immer nur den Preis des Herrn zu hören, ganz ohne Schauder vor den dunklen Seiten seiner Schöpfung, die mich bedrängten, den Fallgruben am Weg, der Frage, warum er soviele Schmerzen vor seine Gnade, soviel Schuld vor die Vergebung gesetzt hat. »Aber Kind«, ermahnte sie mich, als ich einmal davon zu sprechen wagte, »es reicht doch, wenn ER es weiß«, nicht genug für mich, nein, nicht genug. Doch ihre Milde und immerwährende Güte taten mir wohler als jede Medizin. Unter den freundlichen Blikken, und niemals der scharfe Ruf »Nette«, besserten sich die Beklemmungen und die Schwächezustände von Tag zu Tag, eine erfolgreiche Kur, obwohl ich, hier wieder einig mit der Großmutter, den Driburger Brunnen nicht allzu regelmäßig in Anspruch nahm. Nur was dem Menschen schmecke, bekomme ihm auch, sagte sie und schrieb, als der September zu Ende ging, nach Hülshoff, daß die Wangen der lieben Nette wieder zu blühen anfingen, doch würde die gesunde Luft des Weserberglandes der weiteren Genesung sicher förderlich sein, das beste also, sie gleich mit aufs Gut zu nehmen, wozu das unnütze Hin und Her.

So begann das Bökendorfer Jahr, regnerisch, als wir Driburg morgens verließen, doch dann fuhr uns die Kutsche in die Sonne hinein, in einen Herbst wie nie zuvor, so heiß und drückend, als wollten die Hundstage sich noch einmal wiederholen. Selbst die Abende brachten kaum Kühlung, die Luft summte, Schmetterlinge taumelten ins Kerzenlicht, und manchmal, wenn ich schlaflos und mit schmerzendem Kopf in die unbewegte Stille hinaushorchte, wünschte ich mir, daß ein Sturm käme, um den Sommerspuk davonzufegen.

Straube traf nur einige Tage nach uns ein, unangemeldet, niemand hatte mit ihm gerechnet. Es war Zeit zum Abendessen, als die Großmutter und ich von einem Krankenbesuch im Dorf zurückkamen und die Kutsche, mit der August seine Göttinger Freunde an der Höxter Poststation erwartet hatte, durchs Tor rollen sahen. August entstieg ihr als erster, es folgten Wilhelm Grimm und Ludwig, sein Malerbruder, schließlich, elegant und makellos wie immer, der junge Herr von Arnswaldt, Sohn eines hannoverschen Ministers und Augusts Intimus, von dem es hieß, daß er einer glänzenden Zukunft entgegenginge. Er war der Schwarm aller Mädchen, Annas vor allem, der er den Hof machte und Anlaß zu Hoffnungen gab. Dies jedoch, so schien es mir, tat er bei mancher. Auch ich war nahe daran gewesen, ihm zu verfallen, an einem Sommernachmittag, als er mir von seiner Sehnsucht nach Gottes Gnade und der Angst, sie nie erreichen zu können, erzählte, meine eigenen Nöte, fast meine Worte, magisch geradezu die Übereinkunft, und nur, daß er abends beim Wein mir die Hand aufs Knie legen wollte, ernüchterte mich wieder. Anna saß an seiner anderen Seite. Ich stellte mir vor, wie er bei ihr das gleiche versuchte, und mein spöttisches »echauffieren Sie sich nicht« wurde am ganzen Tisch vernommen. Seitdem ignorierten wir uns gegenseitig. Ein Gruß, eine Verneigung, dabei blieb es. Ich wußte nicht, daß er auf seine Stunde wartete.

Nun also sprang er vom Trittbrett und eilte auf meine Großmutter zu, und während wir die Kutsche schon leer glaubten, schob sich Straube heraus, umständlich, verlegen, devot, ganz wie in meiner Erinnerung, selbst der braune Schoßrock schien derselbe zu sein, und das Gesicht rührte mich auch dieses Mal. Doch die Begrüßung verlief sich im allgemeinen Trubel, auch die Abendtafel brachte uns nicht zusammen, und später bei der Pfirsichbowle saß er wieder am anderen Ende des Tisches.

Wir tranken sie draußen unter den Efeu-Arkaden, und sogar die Großeltern, frühe Schläfer sonst, konnten sich von der Nacht nicht trennen, Dämmerung erst, dann Dunkelheit, der fast runde Mond über dem Park, Rosenduft, immer noch Rosenduft, und das endlose Lied der Grillen.

Grillenlied, ein Wort, das ich hingeworfen und August Haxthausen aufgefangen hatte. »Unsere Dichterin ist wieder zu poetisch«, spottete er, »ein einziger Ton, das nennt sie schon Lied.«

»Sing es uns vor, dein Grillenlied!« rief Anna, noch munterer als sonst, weil Arnswaldt neben ihr saß, »du singst doch so schön«, und erst Straube brachte ihr Gelächter zum Schweigen.

»Warum nicht Lied?« fragte er. »Wenn ich dem Grillenton lausche, höre ich so viele andere Stimmen, die darin mitsingen. Es kommt auf das Ohr an, nicht nur auf den Ton«, und meine Großmutter nickte ihm zu. »Ganz recht, auch Grillen sind Gottes Geschöpfe, ein jedes singt zu seiner Ehre, genau wie Annette, die mich heute abend so sehr erfreut hat mit ihrem schönen Gedicht.«

Sie erhob sich und gab auch dem Großvater ein Zeichen. Er war sechsundsiebzig, elf Jahre älter als sie, aufrecht noch, doch nach längerem Sitzen eines Halts bedürftig. Arm in Arm gingen sie an mir vorbei, und ich griff nach ihrer Hand, dankbar, daß sie mir zu Hilfe gekommen war, dankbar auch für das Lob, das unverdiente.

Ein falsches Lob, Amelie, nur ihrem frommen Herzen entsprungen. Meinem Gedicht kam es nicht zu, es war diesem frommen Herzen zugedacht, und beim Schreiben darf man nicht an fremde Herzen denken. In Driburg hatte sie eines Abends von ihrem Gebetbuch aufgeblickt und mich gefragt, ob ich nicht einen Kranz geistlicher Lieder für sie verfassen könne, passend zu den heiligen Kirchenfesten, ein Weihnachtsgeschenk, wie konnte ich nein sagen. Es sei auch nicht schwer, dachte ich, doch bei dem Versuch, schreibend noch einmal in das schützende Haus des Kinderglaubens zurückzukehren, zu Krippenzauber, Karfreitagsschmerz, Osterjubel, Pfingstverheißung, erkannte ich deutlicher denn je die Risse im Gemäuer und daß meine Zwiesprache mit Gott ihr ungetrübtes Gemüt eher verstören als beglücken mußte. Sie betete an, ich fragte, klagte, flehte um Gnade, und wenn ich wie sie sein wollte, verweigerten sich die Bilder, die Verse. Bis sich plötzlich an diesem Morgen beim Anblick des Sonnenaufgangs wie von selbst ein Gedicht geformt hatte, ganz im großmütterlichen Geist, gut genug, um es der Abendgesellschaft vorzulesen. Doch schon während der ersten Strophe war mir der Hals eng geworden vor Scham, mich damit dieser Runde preiszugeben. Eine poetische Runde, jedermann hier schrieb und dichtete so gut es ging, jeder nannte den anderen einen Dichter und konnte beim Vortrag des allgemeinen Beifalls sicher sein. Nur ich wurde immer häufiger mit sonderbaren Blicken bedacht, mit Schärfe und Häme.

»Lied«, hatte ich das Gedicht genannt und kein Wort der Kritik bisher. Doch kaum hatte sich die Tür hinter den Großeltern geschlossen, sagte Wilhelm Grimm: »Die gnädige Frau ist sehr gütig, indes, es wäre nicht von Schaden, wenn unsere Dichterin sich Rat bei den Grillen holte. Wie hast du es formuliert, Straube? So viele Stimmen in dem einen Ton? Sehr hübsch, sehr zutreffend, nichts geht über das eindringliche Wort, das keines Ornamentes mehr bedarf. Laßt uns auf die Grillen horchen, ihr Dichter.«

Grimm, ein Löwe, der zu fauchen begann bei meinem Anblick, vielleicht, weil ich ihn an Jenny erinnerte, die Bökendorf meiden mußte um seinetwillen. Aber vielleicht verübelte er mir auch, daß ich ihm und seinem Werk nicht wie die anderen zu Füßen lag, sondern mir ein eigenes anmaßte. Ich wolle durchaus brillieren, hatte er bereits vor Jahren, wir kannten uns kaum, in die Welt gesetzt, kein Wunder, daß meine Stacheln sich spitzten.

»Ja«, sagte ich, »laßt uns horchen, vielleicht gibt's ein paar Grillenmärchen für den grimmigen Grimm.«

Straube lachte, »da siehst du es, nicht alle Damen sind dir wehrlos ausgeliefert«, und Grimm: »Sehr wohl mein Freund, manche führen das Florett scharf genug und benötigen keinen Ritter.«

Er lächelte mir zu, und ich lächelte zurück, bereit, das Wortgefecht auf die leichte Schulter zu nehmen.

Den weißen Hirsch hetzen die Hunde, pflegte meine Mutter zu sagen. Doch woher sollte ich wissen, daß man schon zur Jagd blies gegen mich.

Ach, Amelie, ich möchte sie ins Dunkel fallen lassen, diese Geschichte. Es waren keine Fremden, die mich hetzten. Es war August Haxthausen, mein junger Onkel, auf dessen Pony ich reiten durfte zu Kinderzeiten, es war Anna, fast eine Schwester, es war Wilhelm Grimm, um den Jenny trauerte. Und Arnswaldt, der zärtliche Betrüger, hör zu, ich erzähle es dir.

In der Nacht hatte ich kaum Ruhe gefunden. Mein Zimmer lag westwärts, die Wärme staute sich, schon in aller Frühe stand ich auf. Kein Laut nebenan, wo Ludowine schlief, die erste sonst, auch von Anna nichts zu hören, das Haus schwieg noch. Unten im Frühstückszimmer waren beide Fensterflügel weit geöffnet, Sonnenstrahlen fielen auf den gedeckten Tisch, die silberne Kanne glänzte. Ich liebte dieses Zimmer im Morgenlicht. Meine Großmutter hatte es, als keine Kinder mehr die Politur zerkratzen konnten, neu einrichten lassen, helle Kirschbaummöbel, glatt und schmucklos, wie sie neuerdings in Mode kamen, die Stühle und das Kanapee grünweiß gestreift, grünweiß auch die Tapeten und der englische Teppich, und draußen der Rasen voll eiliger Amseln und Stare. Die Augen halb geschlossen, sah ich ihrer Bewegung zu, bis sie sich in ein Muster aus schwarzen, tanzenden Punkten verwandelten. Auf den Blick, dachte ich, kommt es an, ein anderer Blick, und wir alle sind nur Muster und Ornamente, und stellte mir die Lerche vor, aufsteigend zu ihrem Zenit, und wir geringer für ihr Auge als sie in unserem.

»Guten Morgen«, sagte Straube. Ich hatte seine Schritte überhört, nun kam er näher, wiederholte in gewohnter Weise Verbeugung und Gruß und sagte: »Wie reizend, Ihr Kleid paßt zum Kanapee.«

Mein neues Kleid, grünweiß gemustert, von gleichem Grün wie die Bezüge. Die Großmutter hatte es mir bei der besten Driburger Schneiderin machen lassen, hauchfeiner Musselin, rieselnder Voile am Sommerausschnitt, sehr hübsch, sehr teuer. August Haxthausens Blick war, als er uns in Driburg besuchte, sogleich daran hängen geblieben. »Wieder ein Geschenk von meiner Frau Mama, wie? Natürlich, du bist ja ihr Augäpfelchen.«

Straube setzte sich an den Tisch, ich goß Kaffee ein und reichte ihm Milch und Zucker.

»In der Tat, passend zum Kanapee«, wiederholte er.

»Meine Kleider passen stets zum Kanapee«, sagte ich etwas spitzig, worauf sich, während er große Mengen von dem frischen, mit Butter und Honig bestrichenen Brot verzehrte, ein erst tastendes, dann immer unbefangeneres Gespräch ergab, und seltsam, wie schnell sich die Fremdheit verlor beim Gang durch den Park, immer noch Morgenstille, die betauten Spinnweben zwischen den Blättern funkelten wie Glas.

»Hat Grimm Sie sehr getroffen gestern abend?« fragte er.

Ich antwortete nicht.

Er sah mich an, das Kinn noch weiter als sonst vorgeschoben. »Es mußte sie treffen. Kritik wie die seine mag man allenfalls unter vier Augen hören.«

Er schwieg, und wir gingen weiter bis zum Ende des Weges. Dort blieb er stehen und fragte, ob ich seine ehrliche Meinung wissen solle, fügte jedoch, ohne mein Ja oder Nein abzuwarten, sogleich hinzu, daß Grimm recht habe in mancher Hinsicht, harsch zwar sein Urteil, aber durchaus treffend. »Zuviel schmükkendes Beiwerk, ein Übermaß an Adjektiva, glauben Sie mir, schon bei Ihrem ›Walter‹ ist es mir aufgefallen, und wenn ich an das gestrige Gedicht denke, ›Sorglos unbewußt‹ heißt es da, wozu dieses unnütze ›sorglos‹, ein Wort zuviel, merken Sie es nicht?«

»Die Adjektiva«, wandte ich ein, »die Adjektiva braucht man zum Ausgleich des Versmaßes.«

»Der Dilettant braucht sie«, rief Straube, beide Hände gen Himmel erhoben, »nicht der Dichter. Der Dichter findet sein Versmaß ohne diesen Firlefanz, und Sie, mein Fräulein, könnten eine Dichterin werden, ich spüre es, ich weiß es und flehe Sie an, lassen Sie die Dilettantin hinter sich.«

Ein Appell, eine Beschwörung. Noch nie hatte man so zu mir gesprochen, noch nie so viel Hoffnung geweckt durch Kritik. Ob er, fragte ich, mir meine Fehler zeigen wolle, wir könnten den »Walter« durchgehen, gleich jetzt, am Tisch unter der Blutbuche.

»Nun ja«, sagte er, »kein Werk, um das es sich lohnt, aber Sie werden etwas dabei lernen.«

Lernen, Amelie, darauf kam es mir an. Seitdem ich wußte, daß sich an Worten hämmern läßt wie am Gra nit, hatte ich versucht, über das gefällige Dilettieren hinauszukommen, weg vom Hülshoffer Teetisch, wo meine Mutter nach wie vor Annettes Stückchen zum besten gab. Da saßen sie dann, die Damen mit ihren Handarbeiten, die Herren nur um Scharfsinn bemüht, und wer als geistvoll gelten wollte, tat seine Meinung kund, Zustimmung oder auch nicht, das eine meist so unsinnig wie das andere, und ich mußte lächeln, nikken, Erklärungen abgeben und habe danach manche gelungene Stelle entfernt, nur weil mir, was irgendeiner dieser simplen Seelen gefiel, verdächtig schien. Arrogant, ich weiß, aber wie hätte ich ohne Arroganz bestehen sollen in dieser engen Welt. Ach ja, und der literarische Zirkel, so viele Köpfe, so viele Urteile, keinem davon war recht zu trauen, auch dem eigenen nicht vor lauter Verwirrung. Ich brauchte einen Mentor, die Instanz für Gut und Schlecht, einen wie Sprickmann früher, den alten Münsterschen Professor, dessen Lob und sanfter Tadel mir gab, was damals am wichtigsten war, Vertrauen in mein Talent. Ein Glück zur richtigen Zeit und nun das Glück, mit Straube unter der Blutbuche zu sitzen, die Schwächen meiner Arbeit zu erkennen, die wuchernden Bilder, den modischen Firlefanz, die angelesenen Gefühle, und gewiß zu sein, daß ich mehr vermochte, nicht heute, nicht morgen, aber der Tag würde kommen. Und ein Glück auch, wenn er neben mir herging und mich teilnehmen ließ an seiner Göttinger Gedankenwelt, von den Strömungen der Zeit sprach, ihren Spiegelungen im Denken und Dichten, ein ganz neuer Straube, nicht mehr der

armselige Hülshoffer Besucher, den sie häßlich nannten. Ich sah Geist, Witz und Beseelungen statt dessen,
zum Amüsement von Anna, meiner Vertrauten, wem
sonst sollte ich von dem Glück erzählen.

»Du mußt ihn durch eine sehr verliebte Brille sehen«, sagte sie, und als ich zu erklären suchte, was uns
verband: »Aber ja, ich weiß, bei dir in den höheren
Sphären darf es natürlich nicht so simpel zugehen wie
bei unsereins.«

Sie saß am Fenster und bemalte braunen Samt mit
gelben, roten und grünen Blättern, ein Tabaksbeutel
für Arnswaldt zum Examen, das in Kürze anstand.
Etwas in ihrer Stimme irritierte mich, und ich fragte,
ob sie noch meine Freundin sei.

Anna antwortete nicht gleich. Tief über den Stoff
gebeugt, zeichnete sie mit einem dünnen Pinsel Rispen
in die gelben Blätter, sorgfältig, ohne Eile. Dann erst
stand sie auf und umarmte mich, ja doch, gewiß doch,
wie könne ich daran zweifeln, dennoch, es störe sie,
wenn ich den Kopf so hoch trage, man mokiere sich
immer mehr darüber, August und Arnswaldt, die doch
wirklich sehr schön dichteten, machten viel weniger
Aufhebens, und im übrigen, was meine Mutter wohl
zu Straube sagen würde, sie könne mich nur warnen.

Vor meiner Mutter gebe es nichts zu verbergen,
meinte ich leichthin, noch weit entfernt von dem, was
zur sogenannten Katastrophe führen sollte, und selbst
meine zunächst besorgte Großmutter ließ sich für unser
poetisches Miteinander erwärmen. »Ich sehe ja, im-
merfort tragt ihr Bücher und Papiere mit euch herum«,

sagte sie, »und es freut mich, wenn er dir behilflich ist. Der gute Straube, er kennt seinen Platz in unserem Herzen, aber auch seinen Platz in dieser Welt«, und schenkte mir einen Granatanhänger aus ihrer Schmuckschatulle mit der verlegenen Mahnung, ihn, da doch weder Geburtstag noch Weihnachten sei, nicht gleich Anna oder August vorzuführen.

Ob ich den Kopf zu hoch trage, wollte ich von Straube wissen.

»Nicht, wenn wir zusammen sind«, sagte er, und mir wurde bewußt, wie gelassen ich mich bei ihm fühlte, ohne Angst vor Bloßstellungen und den hektischen Zwang zu dem, was Grimm Brillieren nannte. Straube, Freund und Mentor, warum mußte Liebe ins Spiel kommen und die Freundschaft verderben.

Septemberende, unsere Zeit war fast vorbei, zwei Tage noch bis zu seiner Abreise. Wir saßen auf der Bank an der Taxushecke, vor Wind und fremden Blikken geschützt, und Straube, ich sah es mit Unbehagen, hatte ein Blatt aus der Rocktasche gezogen, neue Gedichte, schon wieder. Sie flossen ihm aus der Feder, ganz und gar seiner strengen Theorie genügend, kein Adjektivum zuviel, und was immer er schrieb, kam mir hülsenhaft vor, glatt und leer. Ich hoffte immer noch, daß es ein Irrtum war und versuchte, für seine Verse die Bedeutung herbeizureden, die ihnen fehlte.

Den Kopf gesenkt, zog er mit der Stiefelspitze Striche in den Sand. »Warum nur vermögen Sie meinen geheimsten Gedanken zu folgen? Niemand versteht mich wie Sie. Warum nur?«

»Weil Sie mir lieb sind«, sagte ich beschämt, »lieb wie ein Bruder«, mißverständlich, ein Wort zuviel, denn nun begann er seinerseits, von der Liebe zu reden, nicht wie ein Bruder, »nein, nicht nur wie Ihr Bruder, ich weiß, Sie wünschen es so wenig wie ich«, und daß er darum gekämpft habe, sich die Gefühle zu verbieten, so ungleich wir beide, so hoch und so niedrig, aber weshalb noch verbieten, der Geist, dessen sei er sich jetzt sicher, der Geist und die Harmonie der Seelen zähle auch bei mir, die er liebe, mehr als Adel und Besitz.

Er sah mir in die Augen, und für einen Moment nahm ich überdeutlich die Absurdität seiner Züge wahr, das verschrobene Kinn, die Entenschnabelnase, ein Signal vielleicht, ich hätte es beachten sollen.

»Noch sind wir zwei Hälften«, sagte er, »aber nach meinem Examen, wenn ich ein Amt habe, ein leidliches Auskommen können wir ein Ganzes werden, Sie und ich, die Symbiose von Liebe und Kunst, ohne äußeren Glanz gewiß, aber um so größer der innere«, und während er sprach, sah ich durch ihn hindurch in eine erfüllte Zukunft, alle Widersprüche aufgelöst, keine Kluft mehr zwischen den zwei Polen, Straube, der Freund, der Mentor, der Gatte.

Ach, Amelie, es klingt nach Lüge, und das war es auch, eine Lüge, die ich mir als Wahrheit verkleidete, schon beim ersten Kuß hätte ich es spüren sollen. Küsse, hatte ich gehört, könnten die Welt aus den Angeln reißen. Bei diesem jedoch, so mild und herzenswarm, blieb alles im Lot, kein Grund zur Unruhe, und Jahrzehnte später, als ich in einem Gedicht – »Die Taxuswand«, kennst du es? – der verlorenen Jugend gedachte, floß bestenfalls Melancholie aus Straubes blassem Bild, die Leidenschaft aber sprach von jenem anderen, der nicht nur mein Herz erwärmte, nein, nicht nur das Herz.

Arnswaldt, alle Welt weiß es oder glaubt es zu wissen. Arnswaldt, der Betrüger mit dem noblen Gesicht. Die Wahrheit sei Kern und Stern seines irdischen Wandels gewesen, wurde ihm später am Grabe nachgerufen, und das Gemeine ihm fern. Ein Mann von Ehre, ich hasse ihn.

Doch, es stimmt, nobel, Ihr Herr von Arnswaldt, sein Bild liegt vor mir auf dem Tisch, der junge Edelmann mit Plastron und Favories, nicht verwunderlich, Annette, daß Sie sich von ihm verführen ließen, und sei es nur, um Straube, der kümmerlichen Mesalliance, zu entkommen. Fluchtbewegung würden wir es heute nennen, auch ich habe so etwas hinter mir...

Ja, ich war auf der Flucht, ein leichtes Spiel für Arnswaldt, und verzeih die Unterbrechung, Amelie, ich muß die Sache zu Ende bringen.

Straube – nenne ihn nicht kümmerlich, du neigst zum Versimpeln –, Straube, für Weihnachten in Bökendorf angesagt, hätte mich dort beinahe verpaßt, denn eigentlich sollte ich längst in Hülshoff sein. Die

Krankheit jedoch hatte es verhindert, ein kurzer, heftiger Anfall, die üblichen Symptome, und der Arzt verbot die Fahrt ins rauhe Münsterland, zur Erleichterung meiner Großmutter, die mich am liebsten für immer behalten wollte. Ihr Geschenk hatte sie mir bereits gegeben, Ohrringe, zu dem Granatanhänger passend. Nun konnten sie auf dem Gabentisch liegen, und es amüsierte mich, daß August mit zusammengekniffenem Mund ihren Wert zu taxieren schien.

Er und Straube trafen erst am Heiligen Abend ein, es dämmerte schon, Dämmerung, Nebel und Nieselregen, graue Weihnachten, für mich aber noch voller Glanz. Während unserer Trennung war der Liederzyklus weitergewachsen, eine fortwährende Zwiesprache mit ihm, dem Freund, drei Monate, in denen er sich wieder meinen Illusionen anverwandeln konnte, und ich weiß noch, wie es mich verstörte, als ein ganz anderer die Halle betrat und die Freude in sich zusammenfiel.

Weihnachten mit Straube, nur zu Kinderzeiten hatte ich dem Fest so entgegengefiebert. Seit dem frühen Morgen stand der Baum im Saal, eine mächtige Tanne, frisch geschlagen, nach Winterwald duftend. Anna und ich hatten vergoldete Nüsse in die Zweige gehängt, Ketten aus buntem Papier, Äpfel, Glitzersterne, die kleinen, bei jedem Lufthauch klirrenden Kristallglokken, und Kerzen aufgesteckt, aus Honigwachs von der Großmutter eigenhändig gezogen, niemand konnte es so gut wie sie. Unter Decken verborgen wartete der Gabentisch, die Mädchen trugen Geschirr für das Fest-

mahl herein, das beste Service, den großen, kostbaren
Tafelaufsatz, sie sangen, das ganze Haus sang an diesem
Tag, doch am Abend, als wir uns um den Christbaum
versammelten, der Diener mit dem langen Kerzen-
stock die Lichter anzündete, das Tuch von der Krippe
nahm und mein Großvater die Bibel aufschlug,
wünschte ich mir nur, alles möge schnell vorüberge-
hen. Kaum, daß ich Straubes frommen Blick ertrug,
mit dem er der Weihnachtsgeschichte lauschte, kaum
den inbrünstigen Gesang, die beflissene Freude angesichts seiner Geschenke, Stoff für einen neuen Rock
und allerlei Weißzeug, Gaben wie für Dienstboten oder
den Dorflehrer, und dann dieses hastige Vergnügen bei
der Suppe, dem Karpfen, der gefüllten Gans. Einen
Teil der Nacht verwandte ich darauf, das lädierte Bild
zu übermalen, doch erst bei unserem frühen Morgen-
kaffee, als ich ihm die neuen Gedichte zeigte und er mit
mir sprach wie niemand sonst, wurde er wieder zu
dem, den ich zu lieben glaubte.

Liebe, immer die Liebe. Wir gingen durch den kahlen Park, Nebeltropfen im Gesicht, modriges Laub
unter den Füßen, liebst du mich noch, fragte er, und ich
sagte ja und wollte nicht zugeben, daß es nur die halbe
Liebe war. Ich hätte nach Hülshoff zurückkehren sollen. Doch statt dessen wählte ich wieder die Krankheit
und blieb in Bökendorf, blieb zu Ostern, zu Pfingsten,
noch einmal kam Straube, das war das Ende.

Es begann am zweiten Pfingsttag, als Anna, sonst die
Langschläferin im Haus, Straube und mich frühmorgens hinter dem wuchernden Rhododendron auf-

spürte, wo wir ein paar laue Zärtlichkeiten tauschten, was war es schon. Doch vorbei das Versteckspiel. Sie erwartete mich in ihrem Zimmer, gekränkt, empört, und mein Geständnis brachte sie vollends außer sich. Straube heiraten, ein geistiges Leben führen mit Herrn Niemand von Habenichts, da sei er wieder, mein Dichterdünkel. Mittellos und das Haus voller Kinder, man würde schon sehen, wo der Geist bliebe, und dieser Affront vor aller Welt, die gesamte Familie in Mißkredit, nie hätte sie das bei mir für möglich gehalten.

Vertraute Gedanken, ich war darin großgeworden, und nun wollte ich mich davonstehlen. Anna mit der kleinen Haarkrone und den Korkenzieherlocken, so unangreifbar, so glatt und rosig und bar jeden Zweifels, warum konnte ich nicht wie Anna sein.

»Du wirst Arnswaldt trotzdem noch bekommen«, sagte ich.

»Dir könnte es auch gutgehen«, sagte sie, »wenn du nur endlich die Flausen vergäßest und dein ewiges Getue«, vielleicht der Moment, in dem ich begann, die Dinge auf die Spitze zu treiben, auf den Punkt, von dem es kein Zurück mehr gab.

Vielleicht, dieses vage Vielleicht, wie willst du deiner selbst sicher sein beim Blick ins Vergangene, woher die Gewißheit nehmen und die verläßlichen Worte. Aber ich erinnere mich an das unruhige Zittern unter der Haut, als ich danach durch die Felder lief, in rastlosen Debatten mit mir selbst, an die Erregung, mit der ich nachmittags beim Pfingsttanz über die Tenne wirbelte, so ausgelassen, daß August Haxthausen mich fragte, wo denn mein Jungfernreißen geblieben sei, ob ich es etwa herbeizitieren und davonschicken könne ganz nach Gusto, und wie ich den Kopf zurückwarf und ihm ins Gesicht lachte.

Er hatte einen neuen Freund mitgebracht, Wolf oder Fuchs oder wie immer er hieß, ein witziger Mensch, dem ich gefiel, und abends unter den Arkaden, die gleiche Runde fast wie im September, doch der Rosenduft wurde vom Jasmin zugedeckt, Nachtigallenlieder statt des Grillentons und tanzende Leuchtkäfer im Gebüsch, begann er mir seine Bälle zuzuwerfen, Komplimente, Scherze, mehr oder minder gewagt. Ich fing sie auf, gab sie zurück, schnell und übermütig, da spürte ich Arnswaldts Blicke, anders als je zuvor, ganz andere Augen. Wir sahen uns an, er lächelte, und nun warf ich meine Bälle für ihn.

Schamlos, nannte es Anna. Ich las es in ihrem Gesicht, auch den Zorn, die Eifersucht, und ich glaube, noch in dieser Nacht wurde von ihr, August Haxthausen und Arnswaldt das Komplott geschmiedet, umständlich, voller Finessen, sie machten sich Mühe. Ein Wort zu der Großmutter, ein Brief nach Hülshoff, es hätte genügt. Aber die Jagd, Amelie, die Jagd, und jeder hatte seine Gründe.

Am nächsten Morgen fuhr August mit den Freunden nach Göttingen zurück und Arnswaldt nach Hannover, wo er, das Examen hinter sich, ein aussichtsreiches Amt bekleidete. Ein paar Floskeln beim Abschied, eine knappe Verbeugung, gut, dachte ich halbherzig, daß er geht. Doch einige Wochen später erschien er schon wieder in Bökendorf, per Extrapost unterwegs nach Köln, von Amts wegen, wie er sagte, und da sei ihm die Idee gekommen, der verehrten Frau von Haxthausen in die Suppe zu fallen, und ob er um Kost und Logis bitten dürfe.

»Welch angenehme Überraschung«, sagte meine Großmutter und lächelte Anna zu, die mehr wußte. Nicht alles, nur wenig vermutlich, Männersache, der Plan. Aber auch für das wenige, hoffte ich, würde sie büßen müssen mit ihrem Arnswaldt, den sie zehn Jahre später schließlich doch noch bekam, und wünschte ihr Unglück, ihr und ihm, bis ans Ende meiner Tage.

Enttäuscht von der Dichterin, Amelie? Bist du etwa stets nur edelmütig? Man müsse es sein, um Gott zu gefallen, wurde schon dem Kind eingeprägt, lieber Gott, mach mich fromm, dieses vergebliche Flehen. Gott hat mir die Gnade verwehrt, auch die Gnade der Absolution, die Gnade vor allem, ihrer nicht zu bedürfen, und das Schlimmste beim Hassen war der Haß auf mich selbst. Aber alles vorbei, die Hölle liegt hinter mir.

Arnswaldt war nach dem Mittagessen ausgeritten. Ich saß im Garten und las, da sah ich, wie er wieder den Ställen zutrabte, und Anna brachte die Botschaft, daß er mit mir zu sprechen wünsche. Er möge kommen, sagte ich, doch sie schüttelte den Kopf, nein, es gehe um Straube, und die Mutter müsse es nicht unbedingt erfahren.

»Oder hältst du mich immer noch für eifersüchtig?« Sie lachte. »Es war dumm von mir. Ich weiß, daß du mich nicht hintergehen würdest, und Arnswaldt ist ein Ehrenmann, warum sonst hätte er mich bitten sollen, dich zu holen.« Anna, die Komplizin.

Arnswaldt erwartete mich an der Taxushecke. Er trug noch den grauen Reiterrock, das weiße Halstuch, die schwarzen, glänzenden Stiefel, so makellos wieder von Kopf bis Fuß, gefeit offenbar gegen den Staub der Straße.

»Bitte setzen Sie sich«, sagte er, aber ich blieb stehen, ob Straube etwas geschehen sei, und statt einer Antwort griff er nach meinem Buch, »Novalis, wie schön, daß er Ihnen gefällt«, und begann ein Literaturgespräch, klug, belesen, beredt. Er verstand es, mich einzuspinnen. Novalis erst und die Romantiker, ein Blick zu den Griechen, von dort wieder auf Kleist, den genialsten für ihn von den modernen Dichtern, »lesen Sie ›Penthesilea‹, es wird Ihnen gefallen, auch Sie sind ja eine Amazone«, und dann, längst saß ich neben ihm, selbstvergessen und weit entfernt inzwischen vom Anlaß unserer Begegnung, sollte endlich Straube zur Sprache kommen, in aller Offenheit, wie er mich warnte, und schmerzlich wohl, schon im voraus müsse er um Vergebung bitten.

Er nahm meine Hand, ließ sie los, griff aber gleich wieder danach. »Sie müssen sich von ihm trennen«, sagte er. »Ein edler Mensch, mein Freund zudem, und ich kann verstehen, daß er Sie liebt, bei Gott, ich verstehe es, aber ob Sie, von so anderer Herkunft, mit so anderen Gewohnheiten und Bedürfnissen, an seiner Seite trotz allen Gleichklangs die Erfüllung finden? Er, der Dichter, braucht eine Gattin, die ihm den Alltag glättet, damit sein Genie sich entfalten kann. Sind Sie, die Dichterin, dafür geschaffen? Ich fürchte, beide, er und Sie, würden zugrunde gehen. Geben Sie ihn frei.«

Diese Besorgnis, diese ernste, teilnahmsvolle Stimme, und soviel Vornehmheit in seiner Erscheinung. Arnswaldt, der Ehrenmann, alle Welt brachte ihm Hochachtung entgegen, wie hätte ausgerechnet ich hinter die Fassade sehen sollen. Nüchtern vielleicht, mit kühlem Blick, aber ich war nicht nüchtern, ich war ihm schon verfallen. Nur mein Mund sprach noch von Straube, wie gut er sei, wie sehr er Liebe und Treue verdiene, redete auch noch, als Arnswaldt schon meine Hand streichelte, den Ärmel hochschob, mit den Lippen über die Haut glitt, die Haken an meinem Kleid zu öffnen begann, sei still, sagte er, da schwieg ich und ließ alles geschehen.

Die grüne Bank im Park. Er küßte mich den halben Nachmittag, die halbe Nacht. Schlag »Die Taxuswand« auf, Amelie: »Wo ich das Leben früh / mit glühen Lippen trank« liest du dort, und wenn er es gewollt hätte, wäre ich an diesem Tag, in dieser Nacht – wie nennt man es, die Seine geworden? –, ja, die Seine geworden, so wie ich es sah in meinen diffusen Träumen. Ich wußte nichts, ich fühlte nur, aber dies war kein Traum. Arnswaldt schob mich zur Seite, »nicht weiter, deine Familie würde mich in Stücke reißen«.

»Aber wir sind doch eins«, sagte ich in der lächerlichen Gewißheit, daß, wer so weit gegangen war, sich nicht mehr trennen dürfe, und Arnswaldt, während er den grauen Reiterrock schloß: »Sie sollten sich das Kleid nicht von jedermann öffnen lassen, mein Kind.«

Am nächsten Morgen reiste er ab. Ich habe ihn nicht mehr gesehen. Doch bald kam der Brief, du weißt, Ameli, welchen ich meine, der Arnswaldt-Straube-Brief, in dem beide sich lossagten von mir, der Leichtfertigen, die den Freund mit dem Freund betrogen hatte. Ich packte meine Sachen in den großen Reisekorb und kehrte nach Hülshoff zurück.

Straube, die kümmerliche Mesalliance, Sie mißbilligen den Ausdruck, Annette, und mag sein, daß ich zu Vereinfachungen neige. Wir leben vom Vereinfachen, müssen Sie wissen, Zeitungen, Fernsehen, Werbung, alles überschüttet uns mit griffigen Formulierungen, und ich, die ich nicht nur zu den Konsumenten zähle, sondern sie auch noch tagtäglich produziere, bin doppelt geschädigt. Unsere Welt ist zu groß geworden und zu schnell für verbale Genauigkeiten. Sie, Annette, haben in den »Westfälischen Schilderungen« Ihren Bogen nur vom Münsterschen nach Paderborn gespannt, und erholsam geradezu, wenn Sie, von Haus zu Haus wandernd, die vertraute Landschaft, die vertrauten Gesichter in Sprache kleiden. Aber wie bitte soll man eine Reportage über den Hunger in Afrika aufs richtige Medienmaß bringen, ohne zehn Worte in einem zu bündeln?

Seelen zu sezieren, ausgiebig und unerbittlich, haben

wir gleichwohl nicht verlernt, und »kümmerlich«
trifft, wenn ich Straube näher betrachte, durchaus ins
Schwarze. Hören Sie auf, ihn zu idealisieren, auch seine
angebliche Liebe war nicht mehr wert als seine Gedichte, so willfährig, wie er sich zeigte, in Arnswaldts,
des reichen Freundes Horn zu blasen, der half, ihn über
Wasser zu halten. Ja, ich weiß, es kränkt Sie, ihn gering
zu sehen, kränkt Sie immer noch, welche Frau gesteht
gern ein, daß sie zur zweiten Wahl gegriffen hat. Doch
da wir beim Sezieren sind: Ich glaube, Straube kam
Ihnen gelegen, er und auch der saubere Arnswaldt.
Kein Irrtum des Gefühls, was Ihnen da zustieß, kein
jüngferlicher Reinfall, ein Schachzug der Seele eher.
»Schach«, sagt die Dichterin zur Frau, »schachmatt«
und geht in die Einsamkeit, verzweifelt und angstvoll,
aber sie geht. Eine Entscheidung, keine Katastrophe,
sagen Sie. Ich möchte es griffiger formulieren: Sie haben sich selbst zum Abschuß freigegeben.

Vielleicht, daß irgendwann die Reue kam. Ich denke
an Ihr Altersgesicht, an die Bitternis darin. Aber der
andere Weg, mit allen Freuden und Leiden der Norma-
lität, keine »Judenbuche« jedoch, auch »Die Taxuswand«, »Das Spiegelbild«, »Die brennende Liebe« und
»Am Turme« ungeschrieben, hätten Sie an seinem
Ende anders ausgesehen? Ach, Annette, es tut mir leid
um Ihr eines, einziges Leben. Wir, die fast zwei Jahrhunderte später weiterhin zwischen den Stühlen sitzen,
haben wenigstens die Freiheit, von dem einen auf den
anderen zu wechseln, ganz nach Bedarf. Aber Sie mit
Ihren Endgültigkeiten, ja, ja oder nein, nein, wie konn-

ten Sie das überstehen. Ich denke an die letzte Strophe
Ihres Turm-Gedichtes:

> Wär ich ein Jäger auf freier Flur
> Ein Stück nur von einem Soldaten,
> Wär ich ein Mann doch mindestens nur,
> So würde der Himmel mir raten.
> Nun muß ich sitzen so fein und so klar,
> Gleich einem artigen Kinde,
> Und darf nur heimlich lösen mein Haar
> Und lassen es flattern im Winde.

Irgendwann, hoffe ich, haben Sie trotz allem Ihr Haar
lösen können, nicht nur im Gedicht.

Du bist indiskret, Amelie, weit über die Grenzen des
Schicklichen hinaus. Aber lassen wir die Schicklichkeit, denn es stimmt, was du sagst, beinahe jedenfalls,
nur Straube, der mehr gegeben hat als bekommen,
möchte ich so gering nicht achten. Ich habe mein
Schindluder mit ihm getrieben, ein Teil der Schuld, die
ich empfand, als ich Bökendorf den Rücken kehrte,
Schmerz, Schuld, Sünde, schon wieder die Sünde.

Der Abschied von meiner Großmutter. Am Morgen, bevor die Kutsche kam, saß sie in dem grünen
Frühstückszimmer, dort, wo ich Straube zum ersten
Mal allein begegnet war. Dem gichtigen Großvater tat
es wohl, bis mittags zu ruhen, und meistens blieb sie bei
ihm. Nun aber wartete sie auf mich, schwarz gekleidet
wie immer, schwarz mit weißen Spitzen am Hals und
an der Haube, das letzte Bild für die Erinnerung. Leise

98

murmelnd ließ sie den Rosenkranz durch die Finger gleiten, vor sich einen Teller mit Grießbrei, unberührt und schon von gelblicher Haut bedeckt, doch erst, als ich Brot in meine Milch gebrockt hatte, fing sie an zu essen.

Ich erschrak über ihre Blässe. Sie sah müde aus und eingefallen, und ihre Augen verrieten, daß sie alles erfahren hatte, von Anna oder August vermutlich. Ich wollte mit ihr sprechen, ihr erklären, was geschehen war, um Vergebung bitten, fand aber keine Worte.

Sie streichelte meine Hand, »bitte Gott, daß er dir verzeiht«, und gab mir den Rosenkranz, fünfzig Perlen aus geschnitztem Elfenbein, jede mit dem Namen des Herrn versehen, IHS, Jesus. »Er soll dir helfen«, sagte sie. Ich legte den Kopf in ihren Schoß, da fing auch sie an zu weinen, das war der Abschied. Wir haben uns nie wiedergesehen.

In Hülshoff, erfuhr ich von Jenny, war man von meinem Fehltritt bereits unterrichtet, hier und anderswo, ganz Westfalen offenbar zerriß sich die Mäuler. Aber meine Mutter ging darüber hinweg. Sie umarmte mich zur Begrüßung wie sonst auch, prüfte mein Aussehen, erkundigte sich nach der Verwandtschaft bis ins letzte Detail, ganz so, als hinge kein Skandal über uns, und ich zog mich zusammen vor Furcht. Das Schweigen hielt sich fast zwei Wochen. Dann erst, an einem Nachmittag, Jenny schnitt Rosen im Park, und mein Vater begutachtete neue Pferde, sagte sie, ohne die Augen von ihrem Stick-

99

rahmen zu heben: »Du weißt, daß du dir alle Chancen auf eine annehmbare Partie verspielt hast?«

Richelieustickerei, eine Tischdecke für meine Havixbecker Kusine, deren Vermählung bevorstand. Ich erinnere mich an das filigrane Spinnenmuster, an den gleichmäßigen Takt, mit dem sie Nadel und Faden durch das feine Leinen zog, Stich um Stich.

»Ich habe Heiraten nicht mehr im Sinn«, sagte ich.

Meine Mutter ließ ihre kleine silberne Schere zuschnappen. »Dann können wir die leidige Affäre wohl vergessen.«

»Du bist sehr gütig, Mama«, sagte ich.

Sie hob den Kopf, ihre Unterlippe zitterte, ein Warnzeichen für jeden, der sie kannte. »Ich bemühe mich, die Contenance zu wahren, hoffe allerdings, daß dir klar ist, welchen Tort du uns angetan hast.«

Die Schere fiel auf das Tablett zurück, ein leises Klirren, Metall gegen Metall, dann war es still, Stille im Haus, Stille im Park, die Welt um mich herum ein kaltes, leeres Loch und niemand darin außer mir.

Was danach geschah – nein, Amelie, nicht jetzt, es reicht, erzähle von dir. Wo hast du aufgehört? In Goslar, wenn ich nicht irre, bei deiner Geburt. Ein niedriges Haus, ein Bach vor dem Fenster ...

Und das schöne Haus beim Markt, Helga Prillichs neuer Traum, als sie, nach Karlos Tod endgültig aus der weißen Villa vertrieben und Aßmann nur noch ein Name, wieder von vorn beginnen mußte. Wolkenkuk-

kucksheim hatte es meine Großmutter mit allen Erfahrungen der letzten fünfzehn Jahre im Tonfall genannt,
du und dein Wolkenkuckucksheim. Doch meine Mutter bekam, was sie wollte, wieder nicht zu ihrem
Glück. Sie war erst einundfünfzig, als sie die Tabletten
auflöste und trank. Zwei Tage vergingen, bis man sie
fand in ihrem schönen Haus, einen Zettel neben sich –
ich bin so allein.

Aber der Anfang war das Haus an der Gose, und
wenn von Heimat die Rede ist, sehe ich die Küche mit
dem gemauerten Herd, die rotgestrichenen Dielenbret-
ter, die braune, abgewetzte Tür, das Kopfsteinpflaster
auf der Straße, blank vom Regen. Als wir fortzogen,
klammerte ich mich an die Klinke, ich wollte bleiben,
wo ich immer gewesen war, meine Murmeln geworfen, meinen Reifen gedreht, Borkenschiffchen auf den
Bach gesetzt hatte. »Läuft alles zum Meer und noch
weiter«, sagte meine Großmutter, wenn bei der
Schneeschmelze im Harz das Wasser schwoll und mit
lautem Gurgeln Äste, Moosplaggen, manchmal auch
seltsame Dinge wie Vogelbauer oder eine tote Katze
vor sich hertrieb, und ich stellte mir vor, daß meine
Schiffe über den Ozean schwammen, bis nach Amerika, dem Land am Ende der Welt.

Wir wohnten im Heerwinkel, einer der schmalen
Gassen unterhalb der Kaiserpfalz, die oben von ihrer
Kuppe auf Goslar herabblickt, Kleine-Leute-Gegend,
und das Haus so alt und krumm, daß Rosa Prillich sich
sogleich heimisch fühlte, wohl auch, weil vor der Pfalz,
nur wenige Minuten entfernt, der Wochenmarkt ge-

halten wurde. Vertraute Bilder, Geräusche, Gerüche, wie in Rastenburg, fand sie und erwog zeitweilig, dort wieder einen Handel zu betreiben, Eier, Geflügel und dergleichen, vage Pläne, nur ihr und mir bekannt, schwierig, die Konzession zu erhalten. Doch hoffnungsvoll begann sie, bei ihren Gängen zum Bäcker und zum Fleischer, vor allem auch im Milchladen von Frau Kulicke, der Nachrichtenbörse des Bezirks, auf ihre zutunliche Weise um das Wohlwollen künftiger Kundinnen zu werben, wobei ich, von Anfang an neben ihr und bald genauso redefreudig, gar nicht erst lernte, mich vor Fremden zu fürchten. Selbst die Brüder Mahnke aus der Wohnung über uns, immer darauf erpicht, mir den Arm umzudrehen, konnten dieses Vertrauen nicht erschüttern. »Die Menschen sind so oder so«, erklärte mir meine Großmutter, wenn ich weinend zu ihr in die Küche kam. »Gibt Gute und Böse. Mit den Guten kannst du reden, vor den Bösen mußt du weglaufen, bleib in der Stube, wenn dir das nicht paßt«, und versprach mir ein Bänkchen für den Markt, auf dem ich stehen und ihr die Tüten zureichen sollte.

Ein gutes Gespann vermutlich, wir beide, doch meine Mutter fiel in Hysterie, als sie von dem Vorhaben hörte, einer endgültigen Neuauflage der Hinteren Kirchenstraße sozusagen, und drohte, samt ihren Kindern aus Goslar zu verschwinden, ein für allemal. Sie haßte den Heerwinkel, sie haßte das baufällige, schiefe Fachwerkhaus mit dem Geschrei der Mahnkes im Obergeschoß, sprach von Bruchbude und Nachtjakkenviertel und hielt, kaum eingezogen, Ausschau nach etwas Besserem.

»Hier müßte man wohnen«, sagte sie jedesmal, wenn sie mit Beate und mir sonntags durch die Villenstraßen zum Rammelsberg ging oder im Café Anders saß, nahe beim Markt, wo die schönen, alten Patrizierhäuser standen, frischbemalt und aufgeputzt, seitdem wieder alle Welt nach Goslar kam und staunte, deutsches Mittelalter pur, die ganze Stadt, und das nach dem Bombenkrieg. Prüfend ließ sie ihre Blicke wandern, ganz so, als sei eine Wahl zu treffen, und es ärgerte sie, daß ich »Wolkenkuckucksheim« rief, im Rosa-Prillich-Ton, was sie unverschämt nannte, wogegen Beate mit dem Ruf »Für dich, Mama!« die prächtigsten Fassaden in Besitz nahm und, zurück im Heerwinkel, unweigerlich erklärte: »Bei uns sieht es so arm aus.«

»Hochmut kommt vor dem Fall«, sagte meine Großmutter dann ebenso stereotyp, und ich, vier oder fünf Jahre alt, die Zeit, in der die Erinnerung sich verdichtet, sah bei diesen Worten meine Schwester vom steilen Dach des Bäckergildehauses stürzen, ohne Bedauern, ein ähnliches Gefühl wie früh um halb acht, wenn sie, den Schulranzen auf dem Rücken, die Tür hinter sich zuschlug. Beate, die Hübsche, die Kluge, die alle meine Worte und jeden Schritt kritisierte. »Warum bist du nicht wie Beate«, sagte meine Mutter. Ich wußte, Beate war ihr die Liebste, viel lieber als ich mit meinem Aßmanngesicht.

Bald darauf rannte auch sie aus der Wohnung, mißmutig und gehetzt, weil sie nie pünktlich aufstand, ihr Protest gegen das allmorgendliche Ziel, den Frisiersalon Papenbrink in der Marktstraße nämlich, Friseuse, wieder Friseuse, als habe es die weiße Villa nie gegeben.

Die weiße Villa, in der wir längst jeden Winkel kannten, so oft hatte sie uns in ihren Erzählungen durchs Gartentor zum Portal und von Zimmer zu Zimmer geführt, immer wieder. »Würden wir ohne Krieg dort wohnen?« fragte Beate dann regelmäßig, nur, um es nochmals zu hören, ja doch, gewiß doch, oder in einem noch viel schöneren Haus, so klug und tüchtig, wie Karlo gewesen sei, und ein Aßmann dazu, sicher hätte er jetzt einen ganz großen Posten.

»Mit viel Geld?« fragte Beate, und meine Mutter nickte, das sei klar, aber schließlich stamme ja auch sie aus einem guten Stall, ihr wißt doch, Tante Annette, und einmal Friseuse bedeute noch lange nicht immer Friseuse, und paßt auf, wir kommen bald raus aus dem Loch.

Da sind Sie, das Fräulein von Droste, meine Fee aus dem Wasserschloß. Die weiße Villa wollte ich nicht haben, doch um Sie herum spannen sich die Geschichten, die ich mir abends vor dem Einschlafen erzählte, und Schneewittchen, Allerleirauh, die Gänsehirtin am Brunnen, einst von Ihrem Widersacher Grimm unter die Menschen gebracht, trugen für mich Ihr Gesicht, Tante Annette, das Bild über dem Sofa im schwarzen Rahmen. Ich weiß nicht, woher es kam, vielleicht aus irgendeinem Trödel, es war immer dagewesen, und wenn meine Mutter von Ihnen erzählte, klang es, als hätten Sie noch gestern bei ihr am Tisch gesessen, von Bällen geschwärmt, von Kleidern aus Samt und Seide, klingelnden Kutschfahrten zu den Schlössern im Land. Tante Annette würde sich wundern, freuen, dagegen, dafür sein, war sie imstande zu sagen, allerdings nie in Gegenwart meiner Großmutter, und auch der gute Stall kam nur unter uns zur Sprache.

Im übrigen verstand ich nicht, wie sie das meinte, guter Stall und Loch, warum Loch. Mir gefiel das Haus im Heerwinkel und auch der Salon mit den summenden Trockenhauben, den weißbekittelten Frauen und dem dicken, schwitzenden Herrn Papenbrink auf seinem einen Bein. Das andere war ihm im Krieg abgeschossen worden, mit Stumpf und Stiel, verkündete er lauthals, ratzeputz weg, und für so was gebe es noch keine Ersatzreifen. Dennoch bewegte er, eine Krücke unter dem linken Arm und Schwaden von Eau de Cologne hinter sich herziehend, seine Körperfülle erstaunlich behende durch den Laden, Farbnuancen prüfend, Dauerwellen, den Sitz von Frisuren, und ließ sich beim Schneiden auf einem hohen, extra für diesen Zweck angefertigten Stuhl nieder mit dem Ruf: »Jetzt kommt der Rasenmäher, schöne Dame«, immer bestens gelaunt und zu Witzeleien bereit, obwohl ihm auch noch die Frau davongelaufen war. Mit einem Vertreter von Wella, ging die Rede, worunter ich mir etwas wie die Wellen der Gose vorstellte und lange darüber nachdachte, wieso man mit ihnen davonlaufen könne, noch dazu dem netten Herrn Papenbrink, der jedesmal, wenn wir in den Laden kamen, zwei Pralinen

für mich aus der Kitteltasche holte und meiner Großmutter erzählte, wie zufrieden er mit ihrer Tochter sei,
seine beste Kraft, freundlich und versiert, die Damen
würden am liebsten von ihr bedient werden. »Ich ar-
mer Storch im Salat brauche doch eine, auf die ich mich
verlassen kann«, lachte er so schallend, daß meine
Großmutter sagte: »Ach Gott, Herr Papenbrink, Ihr
Humor, und hoffentlich bleibt meine Helga immer nett
und freundlich und eine Stütze für Sie.«

Freundlich, auch mich wunderte es, denn zu Hause
klagte sie nur, beklagte sich, klagte an. Ich höre ihre
weinerliche Stimme, ich sehe, wie sich die verfärbten,
rissigen Hände Rosa Prillich entgegenstrecken, Mittelschule, wenn man sie zur Mittelschule geschickt hätte,
müßte sie sich jetzt nicht die Haut ruinieren, sich nicht
die Beine kaputtstehen, nicht um maulige Weiber her-
umschwänzeln und auf Trinkgelder warten, nur deine
Schuld, und der Topf solle vom Tisch verschwinden,
der verdammte Topf, warum könne man niemals an
einem anständig gedeckten Tisch essen wie andere
Leute, und dieses Schlürfen, um Gottes willen, schlürft
doch nicht so.

Beate, auch äußerlich ihr Ebenbild, schien jedes
Wort aufzusaugen. Ich indessen rückte näher an meine
Großmutter heran, die alle Vorwürfe hinnahm,
schweigend zunächst, mit eingezogenen Lippen, dann
jedoch ihre Töpfe zu verteidigen suchte, wer wirt-
schafte, müsse es nach seiner Fasson tun, und Helga
solle aufhören, die feine Frau Aßmann zu spielen. Eine
Fehde, in der sie schließlich unterlag. Beate begann, die

Töpfe gegen Schüsseln auszutauschen, mit eiserner Beharrlichkeit, es ließ sich nichts dagegen tun. Daß ich es versuchte, trug mir Ohrfeigen ein, der Kleinen von der Großen, und ich wünschte, sie würde wie meine Mutter erst am Abend nach Hause kommen, von mir aus auch gar nicht mehr.

Meine Großmutter verwies mir solche Gedanken. Aber ich spürte ihre Erleichterung, wenn wir morgens in einträchtiger Zweisamkeit unser Brot in die Milch stippen und auslutschen konnten. Manchmal kam dann auch Frau Mahnke die Treppe herunter, verweint und trostbedürftig, denn ihr Mann, der im Bergwerk arbeitete, blieb an jedem Zahltag in der Kneipe hängen und prügelte anschließend seine Familie durch, erst die beiden Söhne, dann sie, und das sei der Suff, sagte Frau Mahnke, nur der Suff, und es gebe ja noch so viel schlimmere Kerle, worauf sie mit weit ausholenden Gesten ihrer großen, mageren Hände die Auswüchse alkoholischer Exzesse zu schildern begann, so bildreich und farbenfroh, daß meine Großmutter einschritt, »nun lassen Sie man, Frau Mahnke, davon wird Ihrer auch nicht besser, und sechs Tage in der Woche brav und bloß einmal kiebig, ist doch auszuhalten.«

Ich bedauerte es, wenn sie, offenbar getröstet, wieder nach oben ging, obwohl es noch schöner war, wenn sie gar nicht erst erschien und wir zu zweit in der warmen Küche saßen, unsere Stunde, die Rastenburg gehörte, dem Haus in der Hinteren Kirchenstraße, Wilhelm Prillich unter der Schusterkugel, dem Garten, dem Stall, dem Stand am Markt, den guten und weniger guten Kunden. Und Aßmanns natürlich, meinem Vater Karlo und seinen bösen Eltern, die ganze lange Geschichte.

Aßmanngeschichten, Gespenstergeschichten, realer für mich als die Wirklichkeit. Wenn Frau Aßmann mittwochs vor unserer Tür auftauchte, um Beate abzuholen, ein Zugeständnis in Anbetracht des reichlich bemessenen Unterhalts, lief ich schreiend davon, schade, denke ich heute, schade um die verpaßte Realität. Aber diese geschmähten Großeltern entfernten sich ohnehin aus Goslar und unserem Leben. Dr. Aßmann bekam eine Chefarztstelle im holsteinischen Neumünster, so weit entfernt, daß der Name nur noch als Absender auf Paketen existierte, Weihnachtspakete, Geburtstagspakete, die meine Mutter, als unsere Verhältnisse sich durch ihre neue Heirat geändert hatten, wieder zurückschickte, Annahme verweigert. Nach ihrem Tod fand ich ein paar Briefe, seine Frau, schrieb Dr. Aßmann, sei unheilbar erkrankt und habe den Wunsch, vor dem Ende Beate noch einmal zu sehen. Bitte, schrieb er, ich bitte darum, vergeblich, Helga Prillichs Rache.

Geändert, sage ich, die Verhältnisse hätten sich geändert und nicht verbessert, wie meine Mutter es nannte, für die sich eine Art Himmel zu öffnen schien mit dem Haus in der Marktstraße, genau wie damals in Rastenburg, und auch jetzt wieder liebte sie das Haus mehr als den Mann.

Herr Papenbrink, wer sonst, Friseurmeister Papenbrink, dem sie mit der Zeit unentbehrlich geworden war, nicht nur, weil ihm das fehlende Bein, sowenig er es zugeben wollte, wachsende Beschwerden machte, sondern mehr noch wegen eines anderen Leidens, russische Granatsplitter im Brustkorb nämlich, die ab und an zu wandern begannen, auf schmerzhafte und nicht ungefährliche Weise. Wandertag, nannte er das, ich habe mal wieder Wandertag, bemüht, auch dieses Gebrechen herunterzuspielen, und hatte für den Fall, daß sich Zwangspausen auf dem Sofa nicht umgehen ließen, die tüchtige Helga Aßmann zu seiner Stellvertreterin ernannt, nach einem knappen Jahr bereits, was bei dienstälteren Kolleginnen für böses Blut sorgte. Schon damals waberte allerlei Gerede durch den Salon, vorzeitig, noch hatte sie ihn nicht im Visier. Es war nur der Ehrgeiz, der alte Ehrgeiz, wenn schon Friseuse, dann wenigstens die beste, während er, der lädierte Chef, ihre Zuverlässigkeit schätzte, ihre ordnende Hand im Laden, verständlicherweise auch das Talent, selbst den kümmerlichsten Haaren Fülle und Schick zu verpassen, so daß zahlreiche Kundinnen von der Konkurrenz zu Papenbrink überliefen. Und wenn er außerdem Gefallen fand an der blonden Frische, den langen Beinen und diesem herzerwärmenden Lächeln im Gesicht, dann geschah es ohne Hintergedanken, von Heiratsgedanken ganz zu schweigen. Lieber einen Kanarienvogel als noch einmal eine Frau im Haus, ein Kanarienvogel singe, fresse und sei zufrieden, verkündete er beim Haareschneiden, seine spezielle Art von Humor. Trotzdem wurden sie ein Gespann.

Es lag an den Granatsplittern, die plötzlich mit mehr

Vehemenz denn je in Bewegung gerieten, nicht nur für Tage, sondern wochen- und monatelang, ein ganzes Jahr fast, so daß der Laden ihr anvertraut werden mußte, als verlängertem Arm des Chefs sozusagen. Er ordnete an, sie führte aus, manches notwendigerweise auch nach eigenem Ermessen oder sogar gegen die Anordnungen, immer jedoch in seinem Sinn, wie er erstaunt, erleichtert und von Mal zu Mal dankbarer feststellte, wenn sie zur Berichterstattung bei ihm am Sofa saß, oben im ersten Stock des alten Hauses, wo nun eine neue Geschichte begann.

Das Papenbrinkhaus, über dreihundert Jahre alt. Kein Prunk- und Renommierbau wie jene, an denen sich ihre Sonntagsphantasien entzündet hatten. Aber mit seinem hohen Schieferdach, den vorragenden Fachwerkgeschossen und farbenprächtigen Ornamenten sprach es vom Wohlstand und Bürgerstolz der Erbauer, die ehedem ihre Initialen in den Balken über der Tür schnitzen ließen, AR 1648 KM. Zu Herrn Papenbrinks Ahnen freilich zählten sie nicht. Vielmehr hatte sein Großvater, ein wandernder Zimmergeselle aus der Lüchower Gegend, sich das Haus nebst dazugehöriger Barbierswitwe erheiratet und, weil es den Laden mitsamt Kundschaft schon gab, das Handwerk gewechselt. Eher kümmerlich allerdings, so ein Auskommen seinerzeit, als kaum eine Frau daran dachte, gutes Geld in falsche Locken und falsche Farben zu stecken, und das Haus heruntergewirtschaftet wie viele andere auch, bröckelndes Gemäuer quer durch die Straßen, wer konnte sich schon teure Reparaturen leisten. Erst bei Adolf Hitler, der Goslar zu seiner Reichsbauernstadt erhob, flossen staatliche Beihilfen, und eine gewisse Dankbarkeit müsse man dem Führer trotz allem bewahren, meinte Herr Papenbrink, mein zeitweiliger Stiefvater, der nie ganz einsehen wollte, daß er die Instandsetzung mit dem linken Bein bezahlte hatte. Aber warum sollte ausgerechnet er so weit über die eigenen vier Wände hinausschauen.

Ich weiß nicht, wann meine Mutter anfing, das Haus für sich zu entdecken. Bisher hatte sie den Laden morgens betreten und abends verlassen, ohne Interesse für das Rundherum, und kann sein, daß schon der erste Besuch bei dem kranken Chef, der erste Gang über die geschwungene Treppe, der Blick vom Wohnzimmer auf die Türme der Marktkirche sie bewog, nun auch die bis dahin ignorierte zweistöckige Fassade näher in Augenschein zu nehmen, nicht die schönste von Goslar, wie gesagt, aber immerhin eine der vielen Kostbarkeiten, vortrefflich renoviert und erreichbar vor allem, möglicherweise jedenfalls, und keine Rede mehr von kümmerlichem Auskommen im beginnenden Glanz des Wirtschaftswunders. Aufschwung allenthalben nach den grauen Jahren, der Salon florierte, die Umsätze stiegen, ein geachteter Geschäftsmann, der Friseur Papenbrink, sogar einen Mercedes, speziell für seine Bedürfnisse konstruiert, konnte er sich leisten. Gewiß nicht zu vergleichen mit der eventuellen Karriere eines Karlo, doch Besseres bot sich nicht an, und hundertmal so gut wie der Heerwinkel war die Markt-

straße auf jeden Fall, selbst mit dem Besitzer als Zu-
waage.

Eine Unterstellung, Annette? Zu kühl, zu mitleids-
los, eine zu kritische Tochter? Nicht kritischer als Sie,
meine ich, deutlicher nur und unverblümter, so unver-
blümt, wie Helga Papenbrink war in ihrer berechnen-
den Nüchternheit. Und wenn Sie nach dem Mitleid
fragen: Doch, meine Mutter tut mir leid, jeder, der in
ihr trauriges Leben verstrickt war, tut mir leid, auch
der arme Papenbrink, auch ich, das Kind. Aber davon
wollen wir später reden.

Die Ehe wurde im März 1955 geschlossen, nur stan-
desamtlich und nicht in der Marktkirche, wo meine
Großmutter und ich uns häufig als Zuschauer einfan-
den, um, so sagte sie jedesmal, »das schöne Paar« zu
sehen. Unter der Trauung meiner Mutter hatte ich mir
etwas Ähnliches vorgestellt – ein Hochzeitszug, Glok-
kengeläut und ich vorweg mit meinem Blumenkörb-
chen. Doch auf die Frage, ob sie und Onkel Fritz, wie er
neuerdings für uns hieß, denn kein »schönes Paar« sein
wollten, erhielt ich eine Ohrfeige und begriff erst viel
später, warum. Obwohl mir schon, als sie aus dem
Standesamt kamen, klar wurde, daß man dieses Paar
beim besten Willen nicht schön nennen konnte. Meine
Mutter mit ihrem Schleierhütchen zum grauen Kostüm sah zwar sehr hübsch aus, verschwand aber fast
neben seinem noch massiger gewordenen Körper, eine
Folge sicher nicht nur der langen Liegezeit, sondern
auch der Pralinen, die er ständig bei sich trug. Sogar
jetzt, während der Fotograf ihn aufforderte, den Arm

um die Braut zu legen, steckte er sich noch schnell eine davon in den Mund, schwer atmend, und trotz des kühlen Wetters war sein Gesicht rot und verschwitzt. Nein, nicht schön, wirklich nicht, alles indessen kein Grund, dem freundlichen Herrn Papenbrink, wenn man ihn schon nahm, das bloße Vorhandensein zu verübeln.

Freilich wußte auch von ihm niemand genau zu sagen, wem sein Sprung über den Schatten der ersten Ehe in die zweite gegolten hatte, ob der Frau oder vor allem der unentbehrlichen Hilfskraft. Zu dem Heiratsantrag nämlich, soviel stand fest, war es erst gekommen, als er, längst wieder auferstanden und im Laden präsent, eines Morgens von Helga die Kündigung erhielt, schriftlich, mit der Angabe, daß sie die Meisterschule besuchen wolle.

Herr Papenbrink hatte gerade das tägliche Wechselgeld von der Bank geholt. Während seine rechte Hand eine Rolle Zehner in die Kasse klimpern ließ, hielt die linke das Schreiben. Er las es, las es noch einmal, riß dann den Kopf hoch und rief so laut, daß jeder im Laden sich umwandte: »Unsinn, das können Sie doch gar nicht bezahlen!«

Ob man nicht etwas leiser sprechen könne, sagte sie, und was die Kosten beträfe, da solle er sich keine Sorgen machen, sie käme schon durch und denke im übrigen an einen eigenen Salon.

»Doch wohl nicht in Goslar?« fragte er.

Sie zuckte mit den Schultern, hier kenne man sie, worauf der Antrag erfolgte, unverzüglich, bei geöffneter Kasse und auf geradezu buchhalterische Manier. Zunächst zählte er ihre sämtlichen Pluspunkte auf, dann die seinen als erfahrener und erfolgreicher Geschäftsmann, legte den Schaden einer Neugründung für ihn wie für sie dar, die Verluste beim Konkurrieren, den Nutzen der Kooperation, um schließlich das Ergebnis zusammenzufassen: »Heiraten Sie mich, dann haben Sie Ihren Salon und ich eine Frau im Geschäft, der ich trauen kann, wäre doch gut für beide.«

Ein Handel, es klang wie ein Handel. Rosa Prillich zwar schob es seiner Mutlosigkeit zu, weil dieser arme Mensch den Laden für annehmbarer hielt als sich selbst, verwies auf seine Augen bei der Hochzeit – »verklärt«, sagte sie, »genauso wie die Apostel auf diesen frommen Bildern« – und ermahnte Helga, die doch im Vorteil sei, zehn Jahre jünger, hübsch und mit heilen Gliedern, ihm entgegenzukommen. Aber falls er darauf gehofft haben sollte, dann umsonst, er erhielt ihre Tüchtigkeit und sie das Haus, so war es.

Trotzdem sah es nach einer friedlichen Übereinkunft aus, zunächst jedenfalls, als sie vor der Hochzeit die Wohnung ihrem Geschmack anpassen konnte, darüber hinaus sich in den besseren Modegeschäften Goslars einzudecken begann und kein Ende fand, die Verbesserung zu preisen, mit Beates Echo, und nur ich wollte den Heerwinkel nicht verlassen. »Hör auf zu weinen«, sagte meine Großmutter, Tränen in den Augen, »dauert ja bloß fünf Minuten vom Markt nach hier, morgen kommst du zum Mittagessen, da mach' ich Kartoffelpuffer«, doch es nützte nichts, ich schrie weiter, bis meine Mutter mich zum Sofa trug und auf den Schoß nahm. Ich wurde steif vor Abwehr, aber als sie meinen Kopf an ihre Brust zog, fand ich es schön, auch, daß sie mich kraulte wie ein Katzenkind.

»Ich hatte immer sowenig Zeit«, sagte sie, »der Salon, du weißt ja. Aber jetzt wird alles besser, als Chefin kann ich gehen, wann es mir paßt, und bei schönem Wetter fahren wir drei in den Harz, und du darfst dir soviel Kakao bestellen, wie du willst, wir haben doch Geld und können uns endlich schöne Kleider kaufen und die Käthe-Kruse-Puppe für dich, und ihr kommt aufs Gymnasium wie Karlo, und vielleicht könnt ihr sogar studieren.«

Gymnasium, studieren, was hieß das. Die Puppe jedoch war eine Verlockung, und verlockender noch die Stimme, weich und zärtlich wie sonst nie, meine Mutter, die mir das Paradies versprach. Ich hörte auf zu weinen und ging mit ihr und Beate vom Heerwinkel zur Marktstraße, wo Herr Papenbrink, nunmehr Onkel Fritz, mein neuer Vater, uns stolz das Kinderzimmer zeigte, weißer Schleiflack, rosa Gardinen, und auf meinem Bett ein Schulranzen aus braunem, glänzendem Leder.

»Den hat Onkel Fritz für dich gekauft, nett von ihm, nicht?« sagte meine Mutter. Er legte den Arm um sie, »ist doch klar, klar wie Bouillon mit Ei«, doch sie machte sich los, um den Ranzen zu öffnen.

Am nächsten Morgen nahm er mich mit in den Laden. Ich stand neben seinem Stuhl, sah zu, wie er mit Schere und Messer hantierte, reichte ihm Wickler für die Dauerwelle, zum Ärger meiner Mutter, Friseuse, willst du etwa Friseuse werden. Doch so leicht ließ ich mich nicht vertreiben, der Salon, mein neuer Platz, und noch half er mir, ihn zu verteidigen.

Bald darauf bekam ich auch die Käthe-Kruse-Puppe, an meinem ersten Schultag, ein wichtiger Tag, sagte er, mindestens so wichtig wie Geburtstag, und fuhr mich zur Goetheschule, wo er vor dem großen kahlen Gebäude nach kurzem Zögern ausstieg und mit mir, mühsam die Treppen erklimmend, bis ins Klassenzimmer ging, unter dem tröstenden Zuspruch, daß ich mich nicht fürchten solle, er sei ja da. Ein Vater, ich hatte einen Vater. An diesem Nachmittag ließ er sogar den Salon im Stich, um mit uns Kaffee zu trinken, Familie Papenbrink friedlich am Wohnzimmertisch, er und ich auf der einen Seite, Beate und meine Mutter auf der anderen, und zwischen uns die Torte die er gekauft hatte, eine ganze Torte mit glasierten Kirschen und Schokoladenkugeln als Verzierung.

»Mein Gott«, murmelte meine Mutter, als sie ihn nach dem dritten Stück greifen sah. Er tätschelte ihre Hand, »Arbeit macht das Leben süß, Kuchen macht es süßer«, einer seiner bevorzugten Sprüche. Wir lachten, nur er und ich, immer nur wir beide, während sie zum Fenster lief und, beide Flügel aufreißend, fragte, ob er in Eau de Cologne gebadet habe, es rieche hier ja wieder wie in einer Parfümfabrik. Prekär, der Friede, aber schön. Auch in den Harz fuhren wir mitten in der Woche, und sie hatte Zeit für uns, Zeit zum Zuhören und zum Erzählen. Eine Ewigkeit, so kommt es mir vor. Dabei überdauerte der Friede nicht einmal den ersten Sommer.

Ein Sonntag im Juli. Sonntags gab es Braten, Schweine-, Rinder- oder Kalbsbraten in wechselnder Folge, dem er jeweils ein dröhnendes »Reingehauen, Kannibalen« entgegenschickte, zusammen mit mir, auch in »Quatsch mit Soße ist besser als gar keine« stimmte ich ein, unser gemeinsames Ritual von Anfang an, und völlig unerwartet fuhr diesmal meine Mutter dazwischen, »Schluß, Amelie, hör endlich auf, seinen Schwachsinn nachzuplappern.«

Beate, die Finger am Mund, kicherte verhalten, wie früher im Heerwinkel, wenn es gegen meine Großmutter ging, und ich sagte: »Papa ist doch bloß lustig.«

»Onkel Fritz«, fuhr sie mich an.

»Er ist jetzt mein Papa«, sagte ich. »Bist du doch?«

Er nickte, das rote Gesicht voller Schweiß, so begann der Krieg, Wohnzimmerkrieg, jede Mahlzeit ein Gefecht.

»Mama, Amelie schlürft schon wieder«, meldete etwa Beate, die Vorhut, worauf meine Mutter ausführlich das Widerliche dieser Unsitte erörterte, um mir sodann, immer schriller, eine Lektion über gutes und schlechtes Benehmen bei Tisch zu erteilen, nämlich daß man seine Ellbogen weder aufstütze noch abspreize, beim Messer nicht die Schneide, sondern den Griff halte, die Gabel zum Mund führe statt umgekehrt und es vermeide, mit dem Besteck auf dem Teller herumzukratzen, ihr ganzes Repertoire an Aßmanngetue, wie meine Großmutter diese subtileren Varianten der Nah-

rungsaufnahme zu nennen pflegte, lauter Papenbrinksche Schwachpunkte im übrigen, jeder wußte, wem
die Attacke galt.

Ich rückte, wenn es soweit war, näher an ihn heran,
wünschte auch, er möge den Löffel in die Suppe
schmeißen, was ich einmal bei Herrn Mahnke erlebt
hatte, aber er schlürfte und schmatzte nur weiter, Anlaß für die immer gleichen Tiraden, und sichtbar geradezu, wie Mißtrauen und Mißlaunigkeit die familien-
väterliche Jovialität verfinsterten, selbst mir gegenüber, seiner Parteigängerin. Und hatte er früher beim
Anblick der neuen Kleider, Hüte, Schuhe glückliche
Augen bekommen, Helga, die Schöne, nichts zu teuer
für sie, so brachte ihn nun jedes Stück mehr und mehr
in Rage, bis zu dem Tag, an dem er eine eben erst
erworbene Persianerjacke aus dem Fenster schleuderte,
mit solcher Wucht, daß sie auf der Fahrbahn landete
und überrollt wurde.

Nach diesem Begebnis blieb die Ladenkasse für die
Chefin geschlossen, auch Wirtschaftsgeld gab er ihr
nur noch tageweise, doch sie kaufte weiter ein, ohne
Bargeld, die Rechnungen an ihn, ein jahrelanger Gra-
benkrieg, leise und laut, und dahinter etwas, von dem
ich, das Kind, keine Kenntnis haben konnte, die
Nächte, nehme ich an, die Nächte in dem Schlafzimmer aus polierter Birke. Auch später erfuhr ich nichts
von dem heiklen Geheimnis, Dunkelheit darüber bis
zuletzt.

Fest steht nur, daß sie ihn nicht ertrug, nicht oben in
der Wohnung, nicht unten im Salon, es nicht mehr

hören konnte, wenn er sich mit seinem »Jetzt also kommt der Rasenmäher, schöne Dame« auf den Spezialstuhl schob und vom Verlust des linken Beines schwadronierte, »mit Stumpf und Stiel«, immer wieder dieses schreckliche »mit Stumpf und Stiel«, dazu noch die Wandertage, nein, sie ertrug es nicht. Aber was sollte sie tun? Noch gab es die alten Scheidungsgesetze, kein Richter hätte ihr auch nur einen Pfennig zugestanden, und so tat sie, was sie immer getan hatte, Haare waschen, schneiden, färben, wickeln, fönen, sprayen, ließ sich sogar Trinkgeld zustecken, und seltsam eigentlich, daß ihr Ehrgeiz nicht revoltierte. Ich stelle mir meine Mutter vor, wie sie hätte sein können, Helga Prillich aus Rastenburg, Siegerin einst beim Sportfest, die nun den Rechenstift in die Hand nimmt statt Shampoo und Schere, das Geschäft usurpiert, modernisiert, rationalisiert, Filialen gründet und Parfümerien in dieser Zeit des wilden Aufschwungs. Helga Prillich, so entschlossen, die Beste zu sein, hätte es geschafft. Aber Helga Aßmann war schon eine andere gewesen, und Helga Papenbrinks Elan starb ab neben dem Mann, den sie aus Ehrgeiz genommen hatte.

Statt dessen revoltierte ihr Körper.

Es begann drei Jahre nach der Hochzeit, ein leichter Husten, fast nur unten im Salon. Sie schob es auf den Herbstnebel, auf die winterliche Zugluft beim Öffnen und Schließen der Ladentür und auf den Qualm aus den vielen Altstadtkaminen, hustete jedoch im Frühling immer noch, heftiger sogar. Atemnot kam dazu, und kurz vor Pfingsten, es herrschte Hochbetrieb, Spraydosen rotierten, Dünste von Dauerwellen, Farben, Festigern waberten über den Köpfen, wurde sie von so keuchenden Krämpfen geschüttelt, daß nur die schnelle Hilfe eines benachbarten Arztes Rettung brachte.

Asthma, möglicherweise allergisch, lautete die Diagnose, und da die Anfälle sich bei der Arbeit mehrmals wiederholten, außerhalb der Dunstglocke jedoch kaum Beschwerden auftraten, verbot man ihr diesen lebensgefährlichen Beruf.

Schluß also mit Waschen, Schneiden, Legen, mit weißem Kittel und Trinkgeldern, nie mehr Friseuse. Papenbrink verlor nun auch noch die tüchtige Kraft. Sie indessen behielt das Haus, doch zu dem Haus gehörte der Mann. Beide fühlten sich betrogen, und zwischen den Fronten ich, das Kind.

»Verschwinde lieber, sonst mußt du auch noch ersticken«, wies er, mein kurzfristiger Vater, mich aus dem Salon, als ich unter den veränderten Umständen wieder an seiner Seite Fuß zu fassen versuchte, wogegen meine nunmehr ausschließlich der Verfeinerung ihres Ambientes hingegebene Mutter wissen wollte, warum ich nicht zu ihm ginge, du bist sein Liebling. Niemandsland, in dem ich mich bewegte, und die Stille bei Tisch, diese steinerne, ständig bedrohte Stille drang bis in meine Träume.

Das Essen jedoch war exquisit. Bis zum Ausbruch des Salon-Asthmas hatte Rosa Prillich für die Familie gekocht, Rastenburger und Harzer Hausmannskost, deftig und nahrhaft, durchaus nach Papenbrinks Geschmack. Jetzt aber, da die Hausfrau in der Küche stand, gab es statt Schmorbraten, Grünkohl mit Schweinebauch und ganz normaler Erbsensuppe so Fremdartiges wie Bœuf Stroganoff, Berner Geschnetzeltes, Spaghetti auf Bologneser Art oder ganz und gar indisches Hühnercurry mit Mandeln und anderen Firlefanz, Anlaß zu einer der fürchterlichsten Szenen überhaupt. Und gespenstisch geradezu der Kult mit den gestickten Platzdeckchen, mit Blumenarrangements und kunstvoll gefalteten Servietten rund um das in hochzeitlicher Euphorie erworbene Rosenthal-Service, doch jeder Protest verpuffte, nichts blieb ihm, als gegen das, was er ihren idiotischen Fimmel nannte, anzuschlürfen.

Nur von dem Tischwein ließ sie sich abbringen, vielleicht, weil es schon einiges zu kaschieren gab. In diese Zeit nämlich fiel es, daß ich sie vor dem gefüllten Glas überraschte, eine lächelnde, zärtliche Mutter, die mir von Karlo erzählte, ihr wunderbarer Karlo, die große Liebe, dann aber in sekundenschnellem Wechsel zu schluchzen begann, geh weg mit deinem Aßmanngesicht.

Ich war acht oder neun Jahre alt, sah nicht die Gründe, sah nur die Symptome und weinte mich im Schoß meiner Großmutter aus. »Dummes Zeug«, sagte sie, »Aßmanngesicht! Laß dich nicht unterkriegen, war ein guter Mann, dein Vater, und schön genug, und sei froh, daß du keine Zuckerlarve bist wie Beate mit ihrem Getue.« Aber mein Neid auf Beates Helga-Prillich-Gesicht ließ sich nicht wegtrösten. »Zuckerlarve«, schrie ich, wenn sie vor dem Spiegel stand,

»Arschpopo, Rotzfresse«, Geschosse aus dem Heerwinkelarsenal, die wirkungslos abprallten. Meine große, ferne Schwester, hübscher von Tag zu Tag angeblich, »wie ich früher«, erklärte meine Mutter und brachte Papenbrink zur Raserei, weil sie ihr jeden teuren Wunsch erfüllte. Einseitig im übrigen, diese Liebe, seit langem schon, Beate verzog zu Hause nur noch angewidert die Lippen. Ihre Nachmittage verbrachte sie bei irgendwelchen Freundinnen vom Gymnasium, alle aus besseren Kreisen, zumindest das ein Trost, und unterstützte meine Mutter auch darin, mich vom Ordinären abzuhalten, denk an Tante Annette. Ich aber ließ mich nicht beirren und flüchtete, wann immer es ging, in die verläßliche Heerwinkelwelt, gut, daß es sie gab, so lange gab, bis ich ohne ihren Schutz standhalten konnte. Eine Weile noch das Stromern rund um die Kaiserpfalz, Prügeleien mit den Mahnke-Brüdern, wilde und geheime Spiele in den Hinterhöfen. Dann aber blieb ich, nun ebenfalls Gymnasiastin, mehr und mehr am Küchentisch sitzen, um mich durch den Irrgarten fremder Sprachen zu tasten, immer kompliziertere Gleichungen zu lösen, immer längere Aufsätze zu schreiben, alles unter den staunenden Augen meiner Großmutter. Die Hände über der Schürze gefaltet, hörte sie zu, wie ich die Geschichtslektionen rekapitulierte, Völkerwanderungen, Feldzüge, Reformen und Revolutionen, fragte mich mit zungenbrecherischer Genauigkeit Vokabeln ab, und die Aufsätze, das seien Romane, das müsse in der Zeitung stehen, und dreh mir bloß nicht durch mit diesem vollen Kopf. Immer noch ein gutes Gespann, wir beide, Rosa Prillich hat Glück mit ihrer Enkelin, sagten die Nachbarn.

Sie starb 1965, achtzig Jahre alt, gesund und zäh, so schien es, und unbegreiflich für alle, dieser Schlag aus heiterem Himmel. Einen Tag vorher hatte sie noch auf dem Markt gestanden, in der Bude eines Fleischers aus Schlewecke, wo sie hin und wieder aushalf, unbemerkt von ihrer Helga, die den Markt mied. Weil sie die Vergangenheit vergessen wolle, meinte meine Großmutter, hinter den Gründen hergrübelnd und zu dem Schluß gelangt, daß Helga mit ihrem Pick im Kopf durch den Spiegel gegangen sei, schlafend, so was käme vor. Vermutlich hätte sie ihr Leben riskiert, um die Tochter aus der Scheinwelt herauszuholen, heim ins Schusterhaus, das es auch nicht mehr gab, vorbei, alles vorbei, sie lag auf dem Küchenboden, die Arme ausgebreitet, sprach- und bewegungslos, so fand man sie. Drei Tage lang sah ich in die weit geöffneten Augen und hoffte, daß auch sie mich sehen könne, vielleicht sogar hören, mach dir keine Sorgen, Großmutter, ich lass' mich nicht unterkriegen, und weißt du noch, wie wir das Brot ausgelutscht haben, wir beide, schön war das, und hab keine Angst, ich bleibe bei dir. Erst nach der Beerdigung ging ich wieder zur Schule, aber niemand tadelte mich deswegen, ohnehin gehörte ich zu den Besten der Klasse, auf eine Woche kam es nicht an.

Die elfte Klasse, drei Jahre noch bis zum Abitur, dies wenigstens im Einklang mit meiner Mutter. Beate zwar hatte nur die mittlere Reife bewältigt, aber eine wie Beate, sagte sie, habe die Auswahl unter den Männern, wogegen unansehnlichere Mädchen an die Karriere denken müßten, und zum Glück könne man es sich ja leisten, mich auf der Schule zu lassen.

Meine Großmutter hatte sich an die Stirn getippt, unansehnlich, da lachten ja die Hühner und ich würde schon einen guten Mann bekommen. Aber Heiraten lag ohnehin jenseits meiner Wünsche. Ehe, das war der erste Stock in der Marktstraße, gleich neben der Hölle, und vielleicht, Annette, wollte ich dagegen anlernen am Heerwinkler Küchentisch, gegen meine Mutter, ihren Mann, ihr Rosenthal-Service. Wer weiß, welcher Impuls ein Talent vor dem Verdorren schützt, haben Sie beim Nachdenken über Ihre ersten Schritte in Ihre eigene Welt gesagt. Ob ich ohne das Marktstraßeninferno meiner Lust an Gleichungen, fremden Sprachen und immer längeren Aufsätzen überhaupt auf die Spur gekommen wäre, dem Ehrgeiz, es gut zu machen, besser, am besten? Helga Prillichs Tochter, trotz allem. Schade, daß sie nur das Aßmanngesicht zur Kenntnis nahm. Vielleicht hätte sie sonst nicht »Ich bin so allein« auf den Zettel schreiben müssen.

Beate im übrigen hatte sie schon jetzt allein gelassen. Sie war nach Frankfurt gezogen, Stewardeß bei der Lufthansa, und Goslar lag kaum noch an ihrem Weg, erst recht nicht seit dem Aßmannerbe, das laut Testament unseres ebenfalls erst kürzlich verstorbenen Großvaters ihr und mir zugefallen war, gar nicht wenig, zehn Jahre Chefarzt in Neumünster schienen sich gelohnt zu haben. Mein Anteil mußte noch vormundschaftlich verwaltet werden. Beate jedoch, gerade volljährig geworden, hatte fast das ganze Geld in eine Wohnung investiert, »ein schickes Flat«, um ihre Worte zu gebrauchen, »nicht so spießig wie bei euch«, und gab den Rest offenbar für Kleidung aus. Im schwarzen Seidenkostüm, eine Nerzstola über die Schultern geworfen, so stand sie an Rosa Prillichs Grab, sprach beim Kaffee mit den Heerwinkelnachbarn von der guten alten Seele, ließ eine Reihe Fotos herumgehen, Beate in dem schicklen Flat, Beate im Lufthansadreß vor exotischen Skylines, Beate mit ihrem Freund Tommy, Anwalt für Steuerrecht, der vorerst allerdings unserem Mief noch nicht ausgesetzt werden sollte. »Ich bitte dich, Mamas Rotweinfahne, und womöglich Papenbrink mit seinem Stumpf und Stiel«, hatte sie zu mir gesagt, bevor der rote BMW mit ihr davonrollte, in den Herbstabend hinein, und gut, daß sie beim nächsten Begräbnis nicht erschien.

Meine Mutter stand lange am Fenster, so, als warte sie auf ihre Rückkehr, und trank sich anschließend um den Verstand, zum ersten Mal. Eine schreckliche Nacht, jene, in der sie Karlos glänzendes Bild für mich zertrümmerte, auch das laste ich meiner Schwester an, immer noch, warum bin ich so schlecht im Verzeihen.

Es war Papenbrink, der bald darauf unter die Erde kam, fast genau elf Jahre nach dem Apriltag, als ich, das kleine Mädchen, mir vor dem Standesamt Gedanken gemacht hatte über das gar nicht schöne Paar. Mein Beinahe-Vater, sehnsüchtig umworben, schmerzvoll und enttäuscht abgeschrieben, und dann, kurz vor seinem Tod, hätten wir uns fast noch einmal zusammengeschlossen, nur, daß die Zeit nicht reichte.

Winterende, der Schnee schon geschmolzen. Ich saß mit nassem Kopf im Salon und wartete aufs Schneiden, da rief er mich, »komm her«, der barsche Ton, Schrecken meiner Kinderjahre, aber das war vorbei. Seit langem schon herrschte Schweigen oben in der Wohnung, »Mahlzeit« allenfalls beim Mittagessen, sonst weder gute noch böse Worte. Die Abende verbrachte er als ehrenamtlicher Berater im Büro des Kriegsopferverbands, ein Experte für Versorgungsfragen inzwischen, zäh und unermüdlich, wenn es um die Interessen bedürftiger Mitglieder ging, aber selbst das wußten wir nur aus der Zeitung. Und nun, so völlig unvermutet, sah ich ihn hinter mir auf seinem Spezialstuhl sitzen, meine Haare prüfen, sie in Strähnen teilen, dann der Griff zur Schere, das alte Ritual. Unsere Augen trafen sich im Spiegel, was es zu lachen gebe, wollte er wissen, und ich, Schulsprecherin und Redakteurin der Schülerzeitung, redesicher, redefreudig, doch nicht hier, nicht bei ihm, zögerte, wollte nur mit den Schultern zucken und sagte dennoch, daß der Rasenmäher fehle, jetzt kommt der Rasenmäher, schöne Dame.

Seltsamerweise lachte er ebenfalls, wann hatte ich ihn lachen sehen. Der erste Schultag fiel mir ein, wir beide vor dem großen grauen Haus, ein Bild wie auf dem Fernsehschirm, und ich fragte, ob er sich noch an die Käthe-Kruse-Puppe erinnere.

Das Lachen verschwand, »na ja«, sagte er, »lange

vorbei«, und dann: »Warum hat sie mich eigentlich geheiratet?«

Vor Überraschung hob ich den Kopf, so schnell, daß die Schere mich ins Ohrläppchen stach. Die Erwartung in den Augen, die Schweißperlen auf der Stirn, wie antwortet man auf solche Fragen.

»Sie wußte doch alles«, sagte er, »die Sache mit dem Bein und die verdammten Granatsplitter und daß ich Friseur bin und kein Doktor. Also warum? Nur das Geld?«

Immer noch widmete er sich seiner Arbeit, kürzte, begradigte, stufte ab, korrigierte. Dann noch einmal die Frage, das Geld, war es das Geld, und falsch, daß ich nickte, ja, das Geld, das Haus, falsch und unbarmherzig, wenigstens die Illusion des Anfangs hätte man ihm lassen sollen. »Ich bin ein Dreck«, sagte er, »bloß ein Dreck.«

Er rutschte vom Stuhl, um eine Kundin zu begrüßen, mit der dröhnenden Versicherung, daß er diesmal ganz gewiß Kleopatra aus ihr machen werde. Danach setzte er sich wieder zu mir, schweigend, eine Praline nach der anderen kauend, auch unsere Augen trafen sich nicht mehr.

Am Mittag darauf, als ich aus der Schule kam, sah ich, wie er den Laden abschloß, ein Paket unter dem Arm. Zufall, dachte ich, daß wir uns trafen, aber er winkte mich heran, könntest du mir bitte das Paket tragen. Neben mir humpelte er ins Haus, zog sich mühevoll die Treppe hinauf, und ich hörte mich sagen, daß ich ihn, wenn er wolle, immer abholen könne um diese Zeit, nur mittwochs hätten wir zwei Stunden früher frei.

Er drehte sich um, schien etwas sagen zu wollen und machte statt dessen eine Handbewegung, die ja bedeuten konnte oder nein. Doch am nächsten Tag sah ich ihm an, daß er auf mich gewartet hatte.

Das war der Anfang, dabei blieb es. Er wartete, ich kam, jeden Tag kurz nach eins, und sonnabends gingen wir ins Café Anders, das sich jetzt am Hohen Weg befand und Barockcafé hieß, weiße Stühle, Samt, Gold und Kristall, Welten entfernt von dem armseligen Nachkriegsetablissement, in dem ich früher meinen Sonntagskakao trinken durfte. Ohne Zögern steuerte er einen Ecktisch an, sein Stammplatz offenbar um diese Stunde. Die Bedienung wußte, was sie ihm zu bringen hatte, Mohnstriezel, Kaffee, Kirschwasser, und ich, schlug er vor, solle auch Mohnstriezel nehmen, der sei ganz besonders gut.

Es stimmte, der Kuchen war gut, sehr gut sogar, aber mühsam sonst, dieses erste Zusammensein, so wortkarg, wie er dasaß in dem alten braunen Jackett, während ich, um die Zeit zu füllen, von der Dokumentation über das Schicksal der Goslarer Juden im Dritten Reich erzählte, an der ich mit einer kleinen Gruppe aus meiner Klasse arbeitete, meine erste journalistische Recherche, könnte man sagen. Ein schwieriges Vorhaben, keineswegs beliebt bei den meisten Eltern und Lehrern, unser Wühlen in der Vergangenheit, zu viele hatten Heil geschrien und waren nicht bereit, Auskunft zu geben, und Hitler, meinte Papenbrink mürrisch, habe immerhin viel getan für die Verschönerung der Stadt.

Ich begriff es nicht. Über zwanzig Tote, soviel wußten wir inzwischen, und einige davon hatten Gesichter bekommen, Rothenbergs zum Beispiel, Vater, Mutter, Tochter, eine lachende Familie auf dem Foto, und dann deportiert nach Auschwitz. Ob er sie gekannt habe, fragte ich, hörte aber nur, daß Rußland auch kein Sanatorium gewesen sei, und schwieg nun ebenfalls, wieder diese Wand von Schweigen zwischen uns. Doch am folgenden Sonnabend, eigentlich war ich nur des Mohnstriezels wegen noch einmal mit ihm ins Café gegangen, fiel sie zusammen.

Es lag an seinem braunen Jackett, zu eng geworden wie alles, was er trug und längst nicht mehr zu schließen über dem gewölbten Bauch. Immer wieder, ob ich wollte oder nicht, wanderten meine Augen zu der weiten Spanne zwischen Knopf und Knopfloch, bis er schützend die Hände auf den Hosenbund legte und ziemlich knapp »wie?« murmelte.

Warum er sich nichts Neues kaufe, fragte ich, und jetzt, als sei eine Lawine losgetreten, brach es aus ihm heraus, für wen wohl, warum, etwa nur, damit das Zeug unter dem Kittel verschwinde? Zweimal habe er sich neue Sachen angeschafft, nagelneu und teuer, und immer nur für die leere Luft, und ich mit meinen schlauen Reden und Judengeschichten solle mir erst mal überlegen, was es hieße, als Krüppel nach Hause zu kommen, ein elendiger Krüppel, dem die Frau davonlaufe, und Deutschland kaputt, und jeder, der für

Deutschland gekämpft habe, sowieso nur ein Dreck, das müsse man erst mal aushalten. »Ein Dreck«, sagte er, »damals ein Dreck, heute ein Dreck, neue Anzüge machen das auch nicht besser, frag deine Mutter«, und ich, siebzehn Jahre alt und an die Kraft der Worte glaubend, begann dagegen anzurennen. Er sei doch stark, sagte ich, stärker als mancher mit zwei Beinen, und ein Krüppel nur, weil er sich für einen Krüppel halte und den Krüppel spiele, und statt sich weiter zu bejammern, solle er lieber neue Anzüge kaufen und neu anfangen, ohne seine Sprüche und die ewigen Pralinen und auch ohne meine Mutter, die nur Geld wolle und nicht ihn. Du schaffst das, ganz bestimmt, und plötzlich kam mir alles so müßig vor, als wolle ich die Toten auffordern, wieder lebendig zu werden.

Ob sie uns noch etwas bringen könne, fragte die Bedienung. Er schüttelte den Kopf, zahlte, griff nach der Krücke. Ein neuer Anzug sei noch kein neues Leben, sagte er draußen vor der Tür, trug jedoch zwei Wochen später einen grauen Zweireiher im Café, Schneiderarbeit, der Bauch schien um die Hälfte geschrumpft, und vielleicht hätte er, wenn mehr Zeit geblieben wäre, doch noch begriffen, daß der Verlust eines Beines dem Menschen nicht seinen Wert nimmt, vielleicht auch, wie wenig die Verschönerung Goslars zählt angesichts von so vielen Toten in Rußland, Auschwitz und anderswo. Vielleicht wäre er wieder mein Vater geworden. Aber der März ging zu Ende, und im April starb er.

Es passierte in der Mittagszeit, ein ganz normaler

Tag mit Wind und Sonne, aber der Tod, hatte meine Großmutter immer gesagt, kommt nicht nur bei Regen. Als ich ihn abholen wollte, saß er hinter dem Tresen, den Kopf gegen die Regalwand gelegt. Ich erschrak über seine Blässe, weiß wie der Kittel, alle Röte verschwunden. Er versuchte zu lächeln, ihm sei nicht gut, er brauche Ruhe, und während er sprach, begann Blut aus den Mundwinkeln zu rinnen. Er richtete sich auf, nahm die Krücke, ein taumelnder Schritt, noch einer, dann rang er nach Luft und sackte mit einem seltsam gurgelnden Laut zu Boden, langsam, wie in Zeitlupe. Ich sah die Blutlache, hörte schreiende Frauenstimmen, lief zum Telefon. Seine Augen standen offen. Ich wußte, daß er tot war.

Bei der Obduktion fand man einen Granatsplitter, der sich in die Lunge gebohrt hatte, Wandertag also, noch einmal Wandertag, der letzte, daran mußte ich denken, als wir ihn ein halbes Jahr nach Rosa Prillich auf dem Alten Friedhof begruben, unter großer Anteilnahme, wie es sich gehörte für einen angesehenen und verdienten Bürger, in Goslar geboren, in Goslar gelebt und gestorben. Innungs- und Schützenfahnen wehten, Repräsentanten der Stadt, der Handwerkskammer, des Kriegsopferverbandes, der Parteien und Vereine sprachen am Grab, Bundeswehrtrompeter bliesen den Zapfenstreich, und endlos die Reihe der Kollegen, Geschäftsfreunde, ehemaligen Mitschüler, Kriegskameraden, Kunden, Nachbarn mit ihrem tiefempfundenen Beileid für die Witwe, obwohl jedermann das Desaster dieser Ehe kannte und sich entsprechende Gedanken machte. Möglicherweise war ich die einzige, die Fritz Papenbrink betrauerte, fast so heftig wie meine Großmutter, nur ganz anders. Bei ihrem Tod hatte ich vor allem geweint, weil ich ohne sie zurückbleiben mußte, jetzt weinte ich um ihn und daß er keine Chance mehr bekommen hatte, und um alles Leid der Welt. Man wunderte sich über die Tränenfluten, und beim Leichenschmaus im Hotel Kaiserworth legte der Pastor den Arm um mich, nicht zu traurig sein, mein Kind, Ihr Stiefvater hat viel erdulden müssen, jetzt hat Gott ihn erlöst. Ist das denn kein Trost?

Er hielt eine Zigarre in der Hand, sein Gesicht war vom Essen und Trinken gerötet. »Nein«, sagte ich, »es ist gemein.« Es erschreckt Sie, Annette, und wie auch könnten Sie mich verstehen. Ihre Konflikte mit Gott blieben immer in Grenzen, die Türen zur Gnade offen, nicht alle schwierig in einer Zeit, die noch nicht sämtliche Katastrophen der Welt Abend für Abend ins Wohnzimmer schickte. Für Sie blieb selbst die Not nebenan hinter dem Horizont. Gewiß, Witwen und Waisen, Alte und Kranke rund ums Haus erhielten ihren Tribut, so war es Herren- und Christenpflicht. Aber der Hunger in Westfalen, das langsame Sterben in Bergwerken und Manufakturen lag jenseits der Sphären eines Fräulein von Droste, kaum etwas davon in den Briefen, weder Zorn noch Mitleid, und erlauben Sie mir, mich darüber zu wundern, daß Ihre Empörung nicht etwa den Ursachen des Elends galt, sondern jenen liberalen Geistern, die nach neuen Ordnungen und Freiheiten suchten, um es zu beseitigen. Sie konnten die

Augen verschließen und taten es auch, so läßt es sich leicht in der Gnade bleiben. Aber kein Vorwurf deswegen. Meine Elle, haben Sie irgendwann gesagt, passe nicht für die Sünden von vorgestern, daran will ich mich halten. Ob es Ihnen gelingt, auch mich zu verstehen? Im übrigen: Gelegentlich beneide ich Sie.

Kein Vorwurf deswegen? Welche Herablassung, Amelie, in der Tat, leg deine Elle beiseite. Du magst recht haben, doch das, was du heute verdammst, schien damals gottgegeben, oben und unten, reich und arm, satt und hungrig. Und wenn du mir meine verschlossenen Augen vorhältst: Niemand war da, der sie geöffnet hat, nicht einmal das Bettlervolk auf der Hintertreppe, das schon vor dem Kind dienerte, und auch der Herr Pfarrer gab zu verstehen, daß man die Gleichheit vor Gottes Thron keineswegs schon auf Erden verlangen dürfe. Ich lebte nicht in einer der großen Städte, konnte nicht die liberalen Salons besuchen, erst recht nicht in akademischen Hörsälen dem Geist des Fortschritts begegnen. Mein Ort war das Münsterland, in Frankreich hatte man einen König guillotiniert, Freiheit, Gleichheit, Brüderlichkeit bedrohten auch unsere Rechte und unser Leben, so hörte ich es, so sprach ich es nach. Versäumnisse? Wer weiß, welche man dir zwei Jahrhunderte später einmal vorwerfen wird. Trage den Kopf nicht zu hoch.

Schon gut, Annette, verzeihen Sie, ich rede wie auf einer Wahlversammlung der SPD. Wissen Sie, was das ist? Nein? Ich will es Ihnen auch nicht erklären, wozu, es brächte nur neue Dispute, und das Goslarkapitel muß zu einem Ende kommen.

Was die Papenbrinksche Hinterlassenschaft betraf, das Haus und einiges Bargeld, so fühlte meine Mutter sich ihrer Sache sicher, fälschlicherweise, denn das erste, gleich nach der Hochzeit abgefaßte Testament war geändert worden. »Zu meiner alleinigen Erbin«, las der Notar uns vor, »bestimme ich meine Stieftochter Amelie Aßmann. Meine Ehefrau Helga, geborene Prillich, verwitwete Aßmann, wird auf den ihr zustehenden Pflichtteil gesetzt, der, wenn sie auf sofortiger Auszahlung besteht, von dem Verkaufserlös des Hauses in der Marktstraße beglichen werden muß. Solange sie darauf verzichtet, soll ihr die Pacht aus dem Frisiersalon zustehen sowie das Recht, mietfrei in unserer gemeinsamen Wohnung zu verbleiben. Jedoch kann die Erbin das Haus jederzeit veräußern, womit das Recht auf Pacht und Wohnung erlischt.

Das Testament, in dem noch verfügt wurde, daß bis zu meiner Volljährigkeit der Notar das gesamte Erbe verwalten solle, ließ meine Mutter zunächst erstarren. Schweigend folgte sie der juristischen Belehrung, schweigend ging sie neben mir her nach Hause.

Es dämmerte schon, Zeit zum Abendessen, auf dem Tisch ein Stück Räucherfisch mit brauner, glänzender Haut. Sie griff nach dem Teller, »erlaubst du, daß ich mir etwas davon nehme?«

Die ersten Worte. Ich strich Butter auf mein Brot und wartete.

Sie lächelte mich an. »Ich muß dich doch fragen, sonst setzt du mich demnächst vor die Tür«, und als ich sagte, daß sie den Fisch haben könne, auch die Wohnung und die Mieteinnahmen aus dem oberen Stockwerk, lachte sie, das sei wohl ein Witz, »oder hast du dir das Erbe unter den Nagel gerissen, um es hinterher zu verschenken?«

Ich warf das Messer hin, sprang auf, lief zur Tür, da fing sie an zu weinen, laut und klagend. Dreh dich nicht um, hatten wir im Heerwinkel gesungen, dreh dich nicht um, der Plumpsack geht um, wer sich umdreht oder lacht, dem wird der Buckel blaugemacht. Ich aber drehte mich um und sah meine weinende Mutter, aufgedunsen vom Alkohol, allein zwischen ihren Trümmern, und alles, was ich ihr vorzuwerfen hatte, ging unter im Mitleid.

Ich setzte mich wieder an den Tisch und versuchte, wie vorher bei Papenbrink, von einem neuen Anfang zu reden, noch sei Zeit, und ob sie nicht den Salon weiterführen wolle, selbständig, das Asthma würde ja möglicherweise wieder verschwinden. Oder eine Parfümerie einrichten, so etwas gebe es noch nicht in Goslar, eine Parfümerie mit Geschenkartikeln.

Sie schüttelte den Kopf. »Was soll ich mit einer Parfümerie?«

»Damit du wieder unter Leute kommst«, sagte ich. »Erst ein paar Wochen Sanatorium, und wenn es dir bessergeht und du wieder schlank bist und nicht mehr . . .«

Der Satz lief ins Leere. Es gelang mir nicht, vom Trinken zu reden, schon gar nicht von einer Entziehungskur, totgeschwiegen bisher, das Alkoholgespenst, auch von ihr, am Tag zumindest, wenn sie sich kochend, putzend, einkaufend immer noch bemüht hatte, das Gesicht zu wahren. Doch jetzt ging sie in die Küche und holte eine Flasche Rotwein. Sie füllte ihr Glas, trank es leer und füllte es gleich wieder.

Dreh dich nicht um, der Plumpsack geht um. Ich hatte mich umgedreht, Annette, nun mußte ich bleiben, Tochterpflicht. Mit der Testamentseröffnung waren alle Skrupel von ihr abgefallen, morgens schon kam die Flasche auf den Tisch, seht her, ich trinke. Meine Mutter, die Säuferin. Ich kaufte für sie ein, kochte ihr Essen, mußte sie säubern, zu Bett bringen, den Skandal verdeckt halten. Laß mich nicht im Stich, flehte sie, und die Zeit verging. Nach dem Abitur volontierte ich bei der Goslarer Zeitung, schon lange hatte ich beschlossen, Journalistin zu werden, wenn auch nicht in Goslar. Kein schlechter Start jedoch. Ich lernte, was man lernen mußte, Umbruch, Layout und wie man eine Nachricht formuliert, und schrieb Berichte quer durch die Ressorts, zwei Jahre lang, zweimal Frühling, Sommer, Herbst und Winter. Es war die Zeit des Vietnamkriegs und der Jugendrevolten. Auch in Goslar wurde diskutiert, demonstriert, an Autoritäten gerüttelt, und voller Gier griff ich zu Berichten aus den Metropolen, wo die Zündung erfolgte. Ich wollte nicht bloß den Nachhall, ich wollte dabeisein, darüber schreiben und durfte es nicht. »Wenn du gehst, bringe

ich mich um«, sagte meine Mutter, Goslar und kein
Ende, und draußen wartete die Welt.

Der Entschluß zum Absprung kam bei einem Essen,
als mein Tischnachbar sich an München erinnerte, an
Ausstellungen, Theater, Faschingsfeste, an Sonntage
auf dem Starnberger See, an Biergärten und den Vik-
tualienmarkt und die Linsensuppe in Schwabinger
Kneipen. Ein dünner, farbloser Mann, aber er konnte
Bilder beschwören, Geräusche, Gerüche, sogar die
Linsensuppe spürte ich auf der Zunge, und als er die
Schäffler tanzen ließ unter dem föhnigen Februarhim-
mel, war ich in Gedanken schon dort.

Unumstößlich, die Entscheidung, trotz der letzten
großen Szene, mit der die meine Mutter mich festhalten
wollte. Ich war zweiundzwanzig und konnte über mich
und mein Erbe verfügen. Ich hatte meiner Mutter einen
Platz in einem Sanatorium beschafft für den Entzug,
das nötige Geld hinterlegt und vorsorglich Verbindun-
gen zu den Anonymen Alkoholikern geknüpft für die
Zeit nach meiner Rückkehr. Bis zu Beginn der Kur
wollte ich noch bleiben, und dann, sagte ich, müsse sie
versuchen, ihr Leben selbst in Ordnung zu bringen.

»Ich bringe mich um, wenn du gehst«, weinte sie,
die alte Leier, so oft gehört und nicht mehr ernst genommen. Ob ich sonst geblieben wäre, zehn, zwanzig,
dreißig Jahre, die graue Tochter neben der grauen Mutter, so wie Sie, Annette? Nein, ich nicht und der Zeitgeist stand auf meiner Seite, Selbstverwirklichung, das
große, neue Frauenwort. Ich wäre gegangen, würde es
auch wieder tun, trotz der nie.verstummenden Frage,

ob ich hätte bleiben müssen, die letzte vielleicht, die ich einmal hören werde, das ist der Preis.

Wer die Wahl hat, hat die Qual, ein Spruch freilich, der sich auch auf den Kopf stellen läßt: Keine Wahl und doch die Qual. Sie, Annette, konnte Ihr Lied davon singen. »Wär ich ein Mann nur«, haben Sie Meersburger Turm gedichtet. Wir beide, glaubte ich, sind gar nicht so weit voneinander entfernt.

Nein, eine Wahl war nicht mehr vorgesehen für mich, die Zukunft festgeschrieben, das Fräulein von D., Tochter, Schwester, Schwägerin, Tante. Ich habe mich gefügt, äußerlich zumindest, und schließlich in Meersburg doch noch die Grenzen überschritten, mein Glück und mein Unglück. Zwanzig Jahre dauerte mein Weg von Bökendorf zum Bodensee, und die ersten fünf davor haben in der Grube gelegen, tote Jahre, wie konnte ich soviel verschenken. Die Seele, meint man, kennt die Lebensfrist und mahnt zur Eile oder Muße, je nachdem. Ich indessen, als gehöre mir Zeit im Überfluß, ließ die Tage dahinlaufen, und überall schienen die Augen meiner Mutter mich, die Gestrauchelte, zu belauern, bis in die Gedanken hinein, meine gefährlichen Gedanken, auf deren Spur ich selbst sie gesetzt hatte mit den religiösen Liedern, die eigentlich der Großmutter zugedacht waren.

Du kennst sie, Amelie, Gedichte voller Verzweiflung und Sündenbewußtsein im Übermaß, viel zuviel für ein so junges Herz. Immerhin war ich nicht dem

Höllenpfuhl anheimgefallen im Bökendorfer Sommer, ganz abgesehen davon, daß der größte Teil des Zyklus bereits vor dem Debakel entstanden war als Spiegel meines zerrissenen Gemüts. Die Emotionen schlugen hoch zu jener Zeit, viel höher gewiß, als der Kunst guttat, und wie leicht läßt man sich in Ekstasen der Gefühle und Worte treiben. Dennoch, es waren Bekenntnisse, nichts für fremde Augen.

Ich wußte es und holte, entschlossen, das Geheimnis zu wahren, in meinem Hülshoffer Zimmer die Kladde nur nachts aus dem Versteck, bei Kerzenlicht, wenn das Haus schlief. Immer wieder korrigieren, kürzen, ergänzen, Neues hinzufügen, so entstand mein erstes Buch, »Das Geistliche Jahr«, für mich, glaubte ich, nur für mich. Und dann, als die Reinschrift vor mir lag, geheftet und in blauen Samt gebunden, wollte ich es plötzlich in die Hände meiner Mutter legen.

Viel zu feierlich, Amelie, für das, was kommen wird. Doch damals dachte ich es so: in ihre Hände legen. Frage mich nicht, warum. Beichte? Rechtfertigung? Bitte um Absolution? Von allem etwas wohl, und nicht zu vergessen die Begierde, ein vollendetes Werk ans Licht zu bringen, ungeachtet allen Risikos. Wie oft hatte ich mich über das entschlossene Lächeln der Poeten mokiert, die, auch wenn nur das Huhn im Topf besungen wurde, es sich nicht versagen konnten, das neueste Blatt aus der Tasche zu ziehen und im Falle von Unverständnis oder gar Hohn ihren Schwur, nie wieder Perlen vor die Säue zu werfen, bis zum nächsten Mal vergaßen. Ich spottete darüber und machte es jetzt genauso. Nichts konnte mich daran hindern, die Gedichte preiszugeben, weder meine eigenen Bedenken noch Jenny, die bei der Lektüre in Zustände fiel und plötzlich unter lautem Schluchzen ausrief: »O Gott, bin ich denn nur zum Rosenschneiden auf die Welt gekommen?«

Es war ein naßkalter Oktobertag, die Zeit zwischen Frühstück und Mittagessen. In meinem Zimmer brannte ein Feuer, daran wärmten wir uns, morgendlich gekleidet und Jenny noch nicht frisiert. Das dunkelblonde wellige Haar, von einem Band gehalten, hing ihr bis zu den Schultern, Jenny, die Sanfte, zierlich und zart wie ein junges Mädchen, immer einverstanden, so schien es, mit dem, was kam, und nun die Tränenflut. Ich legte den Arm um sie, doch während ich nach Trostworten suchte, begann eine andere Stimme in mir zu triumphieren. Es waren meine Gedichte, die Jennys Fassung gebrochen hatten.

Nach dem Essen zog sich meine Mutter in den kleinen Salon über dem Gartensaal zurück, ihr Refugium, hell und behaglich, auch wärmer als die großen unteren Räume und abseits von der häuslichen Unruhe. Ein Teil der Möbel, die zierliche, schön geschwungene Kommode, das Sofa, der chinesische Lackschrank, stammten aus Bökendorf, Erinnerungen an ihre Mutter, die arme Luise von Westphalen, siebzehn am Hochzeitstag, neun Monate später schon tot, und das Sofa, auf dem sie kaum hatte sitzen können, nun der Lieblingsplatz ihrer Tochter. Ein Sakrileg, diese

Stunde zu stören. Aber das Haus war voller Besuch, und ich wollte allein mit ihr sprechen.

Sie lehnte, halb hingestreckt, an einem Samtkissen, die schwarze, mit gelben Schleifen geputzte Haube neben sich. Als ich eintrat, schien sie danach greifen zu wollen, zog die Hand jedoch wieder zurück, nahm die Füße vom Stuhl und richtete sich auf. Es kam selten vor, daß man sie so sah, den Kopf unbedeckt, ohne Schuhe, das Kleid am Hals geöffnet, und zum ersten Mal bemerkte ich graue Strähnen in ihrem Haar. Dichtes, fülliges Haar, noch ließen sich die Vorboten des Alters mit Hilfe der Haube verbergen, doch gerade das, die Sorgfalt, die sie darauf so sichtbar verwandte, rührte mich. Meine Mutter, immer noch schön mit dem bräunlichen Teint, der schmalen, gebogenen Nase, der Flamme in den dunklen Augen, schön, stark und gebieterisch, und doch nicht so unangreifbar, wie ich gemeint hatte bisher. Die Zeit, in der es an mir sein würde, ihre Schwäche zu stützen, rückte näher, das Kind, das die Mutter hält, wozu die Angst.

»Mein erstes Buch«, sagte ich. »Es soll dir gehören.«

Sie lächelte mir zu, »dann muß ich die Störung wohl verzeihen«, und begann, die Vorrede zu lesen. Erinnerst du dich, Amelie? Diese ängstliche Bemühung, meine Gedanken und Gedichte zu verteidigen? »Daß mein Buch«, hatte ich geschrieben, »nicht für ganz schlechte, im Laster verhärtete Menschen paßt, brauche ich eigentlich nicht zu sagen. Es ist für die geheime, aber gewiß sehr verbreitete Sekte jener, bei denen die Liebe größer ist als der Glaube, für jene unglücklichen, aber törichten Menschen, die in einer Stunde mehr fragen, als sieben Weise antworten können«, und allein diese Zeilen hätten sie rühren müssen wie mich das ergrauende Haar. Doch ihre Miene zeigte eher Unmut. Sie fing an zu blättern, las die eine oder andere Strophe, schüttelte den Kopf – »ich bitte dich, Nette, was soll das, ›meine Augen darf ich nicht erheben, ach, ich habe sie mißbraucht zu Sünden‹, ich bitte dich, wirklich« – und sagte dann, daß sie allein sein müsse bei der Lektüre. Später am Teetisch gab sie sich heiter, und als sie mich in ihr Zimmer schickte, um einen Brief zu holen, sah ich mein Buch in dem chinesischen Schrank liegen, schräg neben einem von Jennys Blumenbildern.

Die Zeit verstrich, ich wartete auf ein Wort von ihr. Wir saßen zusammen am Stickrahmen, fuhren mit der Kutsche über Land, zählten die Vorräte im Keller, die Gedichte schien es nicht zu geben. Allmählich verstand ich, was das Schweigen bedeutete, und holte mir das Buch zurück. Unangetastet lag es an derselben Stelle neben Jennys Zeichnung. Es wurde von meiner Mutter nie mehr erwähnt.

Doch einige Tage danach kam sie in mein Zimmer, angekleidet für den Besuch bei der Frau des Schmieds, eine Wöchnerin, der man Hühnerbrühe, Weißbrot und Kuchen bringen mußte. Immer fanden sich neue Gründe, mich vom Schreibtisch fortzuholen, wo mir ohnehin kaum noch ein Vers gelingen wollte. Ich schrieb, strich die Worte aus, stellte um, warf weg, glaubte, ein richtiges gefunden zu haben, dann stand sie neben mir, und alles war wieder vorbei.

142

»Was machst du denn da?« Sie blickte mir über die Schulter. »Schon wieder so ein elegisches Stück. Die Menschen wollen vom Dichter erhoben werden, nicht niedergedrückt.«

»Man kann der Feder nicht befehlen«, sagte ich.

Sie seufzte. »Man könnte sich bemühen. Aber manche Naturen finden Geschmack am Seelenleid und verkümmern ihr Leben. Wir hätten dein Talent nicht ermuntern dürfen.«

Ich versuchte zu lachen, es sei mein einziges, das wisse man doch, und nach meiner Hand greifend, rief sie: »O nein, versündige dich nicht, du musizierst und singst so hübsch, und glaube mir, es wäre besser, wenn du aufhörtest, dich am Schreibtisch zu exaltieren. Innere Ruhe kann deiner Gesundheit nur dienlich sein.«

»Vielleicht würde ich dann ja auch sterben, das wäre noch dienlicher«, erwiderte ich heftig, und meine Mutter ließ die Hand los. »Du bist kein Kind, sonst müßte ich dich für diese Respektlosigkeit strafen. Und bring bitte in Zukunft deine Gedichte nicht mehr ohne Erlaubnis vor fremde Menschen. Wir können uns keine weiteren Peinlichkeiten gestatten.«

Doch sie brauchte nichts zu befürchten, meine Stimme verstummte. Vor Jahren hatte man mir einmal ein junges Pferd geschenkt, das ich an der Longe laufen ließ. Es glaubte frei zu sein, galoppierte, sprang und schlug die kleinen Hufe in die Luft, und dann der Ruck am Hals, gefangen. Unvergessen, wie es den Kopf wandte, was tust du. Damals hatte ich lachend »Hollahopp« gerufen. Jetzt verstand ich den Blick. Auch ich habe ausgekeilt, wieder gekuscht und meiner Mutter die harte Leine nicht angelastet. Man hielt die Zügel, man wurde gehalten, es lag uns im Blut. Einverständnis mit der Hand, die dich fesselt, es gibt keine bessere Sicherung, und ich staune über den kurzen Prozeß, den ihr, die Nachgeborenen, damit gemacht habt. Sei froh, Amelie, daß du gehen konntest, rechtzeitig, mit dem Leben noch vor dir. Bei mir im Meersburger Turm saß schon der Tod im Fenster, als ich endlich den Mut fand, von der Freiheit zu singen, oder wenigstens von der Sehnsucht danach, mehr nicht, keine Revolte, auf Annette könnt ihr euch nicht berufen. Aber vielleicht haben andere die Töne aufgenommen und weitergetragen, laß mir die Illusion.

Schon wieder die Meersburg. Immer rede ich von der Meersburg, und die leeren Jahre haben gerade erst begonnen. Jahre ohne Gewicht, angefüllt mit Stick- und Plauderstunden, Lektüre, Musik, Malerei auf Samt und Seide, mit dem öden Wechsel von Besuchen und Gegenbesuchen und allerlei Hilfsdiensten für meine Mutter, zu denen ich neuerdings herangezogen wurde, obwohl es ihr schwerfiel, etwas aus der Hand zu geben. Sie war eine strenge Regentin über Haus und Gesinde, gefürchtet von der Mamsell bis zum letzten Hühnermädchen und allgegenwärtig in ihrer Wachsamkeit, damit die Ordnung gewahrt blieb und nichts verkam oder verschwand, weder oben bei der Herrschaft noch in den unteren Bereichen, wo gekocht wurde, gebacken, geschlachtet, geräuchert, eingemacht und eingelagert im Kreislauf der Jahreszeiten.

Eine sorgsame Gattin sei das größte Vermögen des Mannes, hieß es, und ein gefüllter Keller mehr wert als goldene Teller.

Ich sehe sie vor mir, die tiefen Hülshoffer Gewölbe und ihre Schätze: Geflochtene Horden mit Äpfeln, Birnen und Backobst, Kartoffelberge, Sandschütten voller Mohrrüben und Sellerieknollen, die mächtigen Fässer für Pökelfleisch, Sauerkraut, eingesalzene Bohnen, die kleineren für Gurken, Kürbis und rote Bete, die Reihen der Schmalz- und Buttertöpfe, der Kruken mit Quitten- und Pflaumenmus, Preiselbeeren, dick eingekochten Marmeladen und Gelees, und hinten, am Ende des verwinkelten Ganges, die Gelasse für Bier und Wein.

Meine Mutter hatte Jenny und mich, um uns auf eine immerhin mögliche Heirat vorzubereiten, schon frühzeitig mitgenommen, wenn sie einmal wöchentlich anhand ihrer Listen die Vorräte überprüfte, auch die Zuverlässigkeit von Mamsell und Köchin, unnötigerweise, beide dienten schon seit Jahrzehnten auf Hülshoff und hatten ihre Ehre. Aber es gehörte zu den Obliegenheiten, und am Ende des Rundgangs schloß sie die schwere Eichentür unweigerlich mit den Worten: »Gott sei gedankt, niemand wird bei uns Hunger leiden.«

Man sah ihr die Zufriedenheit an, die Freude inmitten der Fülle, während ich Grauen empfand vor den Schatten, die das Kerzenlicht warf, meine Gespenster angesiedelt hatte in der Finsternis, die Geister der Toten, und starr vor Angst ihrem nächtlichen Poltern auf der Treppe lauschte, Kinderangst, und auch jetzt noch nahm ich, wenn man mich allein zur Inspektion schickte, eins der Mädchen mit, froh jedesmal, wieder nach oben zu gelangen, in die Speise-, Brot- und Mehlkammern neben der Küche oder auf den Boden, wo an einem luftigen Platz rote Mettwürste hingen, Schinken und Speckseiten.

Würste zählen, Keller und Kammern revidieren, die Leinenschränke und Wolltruhen des Hauses, sogenannte Pflichten, müßig und ohne Nutzen, weil meine Mutter jede Kontrolle nochmals kontrollierte, als könne man mir selbst bei so simplen Verrichtungen nicht trauen.

Nutzlos, alles schien mir nutzlos, nun, da es nicht mehr im Schreiben mündete. »Warum hören wir denn gar keine Verse mehr von Ihnen, Fräulein Nettchen?« wollten die Damen am Teetisch wissen, und meine Mutter erklärte, daß ich mich jetzt vorwiegend der Musik widme, eigentlich mein größtes Talent, und sicher gern ein Lied vortragen würde. Dann ging ich zum Klavier, sang, bedankte mich für den Beifall. Ich tat, was man mir sagte. Es war mir egal, was ich tat.

Ich blicke zurück wie auf Nebelwände, nur da und dort ein paar Konturen, der Kotten meiner alten Amme etwa am Rand der Heide, zu der ich heimlich flüchtete, oder die Stunden mit meinem Vater in der Stille seines Kabinetts, wo er betrachtend, lesend, sinnend den Geheimnissen der Natur nachspürte. Schon als Kind hatte ich staunend vor den Sammlungen gestanden, versteinerte Schnecken, Muscheln und Farne, Bernsteinklumpen mit eingeschlossenen Fliegen, in Kupfer gestochene Saurier und Echsen aus den Urzeiten der Erde, und sein wehmütiges »sie waren alle einmal lebendig wie wir« ließ mich schaudern, weil ich mir vorstellte, daß auch er und ich so überdauern würden, zu Stein erstarrt.

Er war ein milder Mann mit weichen, weiblichen Zügen, auch die Brauen zart gezeichnet wie bei einer Frau und die Haut so hell und durchsichtig, als könne jederzeit das Blut durch die Poren treten. Ganz in sich zurückgezogen, ohne Machtgelüste und Ehrgeiz, hatte er die Gutsgeschäfte weitgehend dem Rentmeister überlassen und die Kindererziehung der Mutter, so daß man ihn ohne Furcht lieben konnte, kein Tadel oder Vorwurf aus seinem Mund, früher nicht, jetzt nicht, da alle Welt mich tadelte. Wenn ich ihn bei seinen Gängen durch den Wald, die Felder, das Moor begleitete, nannte er mir die Namen der Pflanzen, deutsch und lateinisch, grub hier und da eine Blume aus, um sie im Garten anzusiedeln, wies auf kunstvolle Spinnennetze hin, auf Vogelstimmen, auf die Wege der Ameisenvölker, und nie der Versuch, etwas über mich und mein Desaster zu erfahren. Manchmal glaubte ich, daß man es von ihm ferngehalten hatte, dünnhäutig, wie er war, nicht nur im Gesicht. Doch dann wieder legte er den Arm um meine Schulter oder strich mir übers Haar, eine Geste voller Mitgefühl. Tröstlich, bei ihm zu sein, tröstlich und hilfreich , und vielleicht war ihm nicht einmal bewußt, daß er mir Mut gemacht hatte, mich endlich zu wehren.

Ein Sommertag im Juli, Zeit für die zweite Vogelbrut, flügge zu werden, und wie an jedem Morgen sah er nach den Nestern im Park, um abgestürzte Junge aufzunehmen, manche davon für seine große Volière, die Straube einst so wortreich bewundert hatte. Diesmal lag ein ganzes Nest am Weg, vom Nachtwind aus der Linde gerissen, drei Rotkehlchen darin, und über ihnen im Baum schrien die Eltern, weil eine Katze anschlich. Sie verschwand, als wir uns näherten, doch ihre Brut verloren die Alten trotzdem. Wer an so ungeschützter Stelle baue, habe es nicht besser verdient, sagte er, hob das Nest auf, zeigte mir die ineinander verwobenen Zweige und Halme, das weiche Polster aus Flaum, Tierhaaren, Moos und umwickelte es vorsichtig mit dem Schnupftuch. Diese Zärtlichkeit in seinen Händen, Glück, dachte ich und sagte: »Du bist glücklich.«

Er sah mich verwundert an, lächelte dann aber, »ja, glücklich. Ich wüßte nicht, wie ich ohne dies alles leben sollte. Verstehst du das? Doch, du verstehst es, daß der Mensch für etwas brennen muß«, und neigte den Kopf wieder über die schreienden Rotkehlchen.

Ich wandte mich ab, um zu verbergen, wie die Worte mich getroffen hatten. Sie hingen mir nach, den ganzen Tag, die ganze Nacht. Für etwas brennen, auch ich hatte gebrannt, nun war die Flamme erloschen und alles in den Wind geworfen, was ich hergegeben hatte, ein Leben als Ehefrau und Mutter und die Zärtlichkeit eines Mannes, wie ich sie erfahren hatte an der Taxushecke und jetzt nur noch in den Träumen spürte, diese schönen, sündigen Träume, aus denen ich zu mir zurückfand wie ein geprügelter Hund. »Ich will sterben«, sagte ich laut in das dunkle Zimmer hinein, als könne ich damit den Tod rufen, lag kalt im Bett, ein Sarg, die Spiegel schwarz verhangen, und da kommen sie und tragen mich aus dem Haus, über den Hof, über die Brücke, der Moment, in dem ich hochschnellte, ans Fenster lief und den Zug zu sehen meinte, starr vor Entsetzen, denn ich wollte leben, o Gott, betete ich, o Gott hilf mir, daß ich leben kann.

Verzeih, Amelie, ich habe dich indiskret genannt und bin es nun selbst, aber wozu die Contenance wahren, wenn davon die Rede ist, wie ich sie verloren habe. Seltsam, wenn ich zurückblicke auf dieses Gewebe, in dem eins sich zum anderen fügt, der Wind in der Linde, das Nest am Weg, die Vaterworte, an denen mein nächtlicher Aufruhr sich entzündete, und am Tag danach August Haxthausen, ausgerechnet er. Vorgegeben? Ich weiß es auch jetzt nicht, und gemessen an dem Elend in der Welt wäre mir der Wirbel des Zufalls lieber. Doch gut, wie sich diesmal eins zum andern fügte, so oder so.

August Haxthausen erschien zur Teezeit, als ich mit meiner Mutter in dem kleinen Salon saß, matt und fiebrig, hohl vor Müdigkeit und auf keinen Gast eingestellt, schon gar nicht auf diesen. Fünf Jahre lang war es mir gelungen, ihm aus dem Weg zu gehen, Geselligkeiten zu meiden, bei denen seine Gegenwart drohte, notfalls zu flüchten, und nie mehr ein Besuch in Bökendorf, nicht einmal zur Beerdigung des Großvaters. Auch jetzt wollte ich das Zimmer verlassen, doch meine Mutter hielt mich zurück. Man könne, sagte sie, nicht ein Leben lang weglaufen, und da kam er schon zur Tür herein in seinem hellen Rock, elegant und unverändert, ein wenig voller allenfalls, aber um den Mund und die Haxthausensche Hakennase noch den gleichen arroganten Hochmut wie damals.

Er küßte meiner Mutter die Hand, dann standen wir uns gegenüber, »nun, was macht die Muse«, und es drückte mir fast die Luft ab, wie er mich musterte, mein kalkiges Gesicht, die derangierte Frisur, das schäbige Kleid, braun mit rosa Punkten, längst aus der Mode, warum wenigstens hatte er sein Kommen nicht vorher angekündigt.

»Welche?« fragte ich. »Bekanntlich brilliere ich in mehreren Künsten.«

Er lachte, »die Dichtkunst selbstverständlich. Gibt es etwas zu vermelden?«

Es war eine Perfidie, er wußte, daß es nichts zu vermelden gab, jedermann wußte es, und ich schüttelte den Kopf, mir sei die Feder aus der Hand gefallen, da er, der große Poet, gar zu mächtige Schatten werfe, perfide meinerseits, denn wie vergeblich er seine Ergüsse an einen Verlag zu bringen suchte, war ebenfalls bekannt, und atemlos vor Haß fügte ich hinzu: »Erzähle uns von dem Beifall, den man dir zollt.«

Der herrische August Haxthausen, Lebemann und Frauenheld, und das langsam verwelkende alte Mädchen. »Ich sehe, du bist ungebrochen«, sagte er.

»Und das mißfällt dir, nicht wahr?« rief ich, hörte, wie schrill es klang, hörte die Stimme meiner Mutter, bitte mehr Respekt vor deinem Onkel, und brach in Gelächter aus, Respekt, o Himmel, Respekt. Ich fing an zu husten, lachte weiter, hustete mir die Luft weg, verlor das Bewußtsein und fiel in eine Krankheit, die wochenlang mein Leben bedrohte.

Was sagst du dazu, Amelie? Des Asthmas im Frisiersalon eingedenk wirst du den Anfall vermutlich hysterisch nennen, hysterisch, psychosomatisch oder wie sonst eure Worte für Alarmzeichen dieser Art lauten mögen, die August Haxthausen wie gewohnt als Jungfernreißen verspottete, wogegen der Münstersche Doktor in seiner Ratlosigkeit von Nervenfieber sprach, schweres Nervenfieber. Enge in der Brust, Schwindelgefühl, Schmerzen überall, wozu noch aufstehen, essen, sprechen, atmen. In den Augen meiner Mutter lag keine Strenge mehr, nur noch Sorge. Sie saß an meinem Bett mit ihrer Handarbeit, machte Kompressen, flößte mir Bouillon ein und Milchsuppen und schlug schließlich Ortsveränderungen vor, eine Kur fürs Gemüt. Es wurde beschlossen, mich bei Verwandten in Köln und Bonn einzuquartieren, allein, ohne ihre Begleitung, ein Stück Freiheit wieder, wohl auch, weil man die fast dreißigjährige Tochter jenseits der Anfechtungen vermutete.

Anfechtungen? Nein, nicht im Hülshoffer Sinne, nur daß es immer Gefahr bedeutet, über den Horizont hinauszugehen. Ich begann neu zu leben, wie auf einem anderen Stern, dabei war es nur mein Onkel Werner Haxthausen, zu dem ich kam. Er war Jurist und Regierungsrat, längst heimisch in Köln, doch da Moritz, der älteste Bökendorfer Sohn, durch die Heirat mit einem nicht stiftsfähigen Fräulein sämtliche Rechte eingebüßt hatte, fielen die Güter Werner zu, der nun Köln und sein Amt verlassen mußte. Ein Glück für die Familie gewissermaßen, denn der Besitz, niemand hätte es vermutet, stand vor dem Ruin, und er war klug genug gewesen, sich eine nicht nur ebenbürtige, sondern auch reiche Frau zu suchen, Elisabeth von Harff, Tante Betty, deren Mitgift die Rettung brachte.

Der Umzug stand bevor, aber den Winter konnte ich noch in ihrem schönen Haus in der Johannisstraße zubringen, Monate, die um Münster herum im Nebel, Schlamm oder Schnee versanken, hier dagegen glitzerten und glänzten. Die Haxthausens luden ein und wurden eingeladen, Bälle, Empfänge, musikalische Soireen, dazu die Redouten des Karnevals, und Tante Betty, die sich ohne jeden Selbstzweifel für die Eleganteste und Schönste im Land hielt, beorderte schleunigst Näherinnen ins Haus, um mein Hülshoffer Erscheinungsbild den Erfordernissen anzupassen, auf ihre Kosten und nach ihrem Geschmack, Rüschen und Falbeln wo immer möglich, hier noch eine Rose, dort ein Rankengeriesel, ganz so, als gelte es, ein junges Mädchen für den ersten Ball herauszuputzen. Es brachte mich in Verlegenheit, denn mein Platz war bei den Damen am Rand des Saales, den Müttern, Großmüttern, Tanten, und allenfalls Witwer mit einer Schar Kinder zu Hause machten mir den Hof, gesetzte Herren, vor deren Embonpoints mir beim Walzer schauderte, wogegen die anderen nach einem schnellen Blick auf mich und die

Rosen vorübergingen, schlank und biegsam, Jugend, die mir gefiel und nicht mehr zustand. Wie hast du es genannt, Amelie? Aus dem Spiel sein? Ja, das war ich, aus dem Spiel, keine Akteurin mehr, nur noch Zuschauerin beim Fest, bunte Bilder, schön und schmerzhaft und dennoch nicht mehr so wichtig.

Wichtiger waren die Diners und Teenachmittage im Haus meines Onkels, der einen Kreis von Literaten, Künstlern und Wissenschaftlern um sich versammelt hatte, Koryphäen darunter wie August Wilhelm Schlegel, Übersetzer von Dante und Shakespeare, gilt sein Name noch bei euch? Er trug den Ruhm mit lächerlicher Eitelkeit vor sich her, ebenfalls eine neue Erkenntnis für mich, die Schwächen der Großen im Geist, und noch nie habe ich meine Augen und Ohren weiter geöffnet als dort in den Kölner Salons, aber auch am Tisch meines Bonner Cousins Clemens Droste, Professor für Kirchenrecht, wo Gedanken laut wurden, die ich bis dahin nur mit mir selbst zu erörtern gewagt hatte, sonst nirgends, nicht im Gedicht, nicht bei der Beichte.

Etwas karg allerdings, meine Kölner Freiheit, denn die Tante, obwohl fast gleichaltrig mit mir, forderte als verheiratete Frau Vortritt und Gehorsam. Doch selbst das wog leicht gemessen an dem, was sich aufsaugen und mitnehmen ließ in meine Enge, die bald noch enger werden sollte. Ich war eine Sammlerin, Amelie, Autographen, Steine, Muscheln, Stiche, alles habe ich gesammelt. Auch Gedanken, auch Bilder.

Ende April fuhr ich wieder über die Hülshoffer

Brücke, eine Heimkehr ins Gewohnte, wie ich meinte, obwohl erst einmal Trubel anstand, die Hochzeit meines Bruders Werner nämlich, ältester Sohn und Erbe. Ein Fest, bei dem das Haus sich selbst feierte mit allem Glanz und allen, die, versippt seit Jahrhunderten, dazugehörten, die Stapels, Vischerings, Haxthausens, die Dückers, Böselagers, Heeremanns, Brenkens, Metternichs, Asseburgs, und am Kopf der Tafel ein junger Droste-Hülshoff neben seiner Braut, der zarten, stillen Karoline von Wendt, ausersehen, die neue Generation in sich wachsen zu lassen.

Mit einem kleinen Spiel gratulierten die Geschwister, als Glücksboten kostümiert, dem Paar, auch alle anderen Dichter der näheren und weiteren Familie brachten sich zu Gehör, und mein Vater sprach in seiner Tischrede sehr gerührt und rührend vom Kreislauf des Lebens, von Jugend, Geburt und Tod, etwas wehmütig, fand man allgemein, für einen so heiteren Anlaß. Später hieß es, daß Ahnungen ihn bewegt haben müßten, mag sein, so versponnen, wie er war und lieber hinter die Wirklichkeit blickend als ihr ins Gesicht. Neun Monate später jedenfalls, als meine neue Schwägerin ihr erstes Kind zur Welt brachte, lag er schon lange im Grab.

Eine kurze Erkrankung, ein schnelles, wohl auch, Gott gebe es, schmerzloses Ende, der Tod kam bei Nacht. Meine Mutter kniete laut weinend neben dem Bett, zum ersten Mal, daß sie vor uns die Contenance verlor. Am Morgen der Beerdigung aber sah sie tränenlos zu, wie die Hülshoffer Jäger den Sarg aus dem

Haus trugen, und folgte aufrecht und starren Gesichts dem von sechs schwarzverhängten Pferden gezogenen Wagen zum Kirchhof von Roxel, wo alle Drostes ihr Grab fanden.

Es war ein glasklarer Tag voller Schmetterlinge und Vogelstimmen, das Korn kurz vor dem Schnitt, das Heu schon gemäht, über dem Bach, der so oft den Weg meines Vaters begleitet hatte, schwirrten Libellen, die letzten Wasserlilien verblühten an den moorigen Ufern. Gelbe Wasserlilien, die Blumen seiner Kindheit. Im Juni noch hatte er, jedes Jahr das gleiche, einige von ihnen in den Park verpflanzt, um mit sanften Pinselstrichen den Staub der blauen Garteniris auf ihre Stempel zu übertragen, in der nie versiegenden Hoffnung, ein neues Farbenspiel zu erschaffen, seine Lilie, aber die Natur wollte sich nicht überlisten lassen. Und nun war es vorbei, nur noch dies, ein schwarzer Wagen, schwarze Pferde und im langen Zug die Menschen, mit denen er gelebt hatte, Familie, Verwandte, Standesgenossen, das Gesinde, das Dorf. Man klagte um ihn und betete für sein Seelenheil, doch schon am Grab galten aller Blicke dem Sohn.

Werner, der neue Herr. Seit der Hochzeit bewirtschaftete er das zu Hülshoff gehörende Gut Wilkinghege und wohnte auch dort, ein hübscher Besitz, ein hübsches Haus, kein Vergleich jedoch mit dem Schloß, das nun ihm zufallen sollte, das Schloß, die Güter, alles, und mit Entsetzen hatte ich bemerkt, wie sich bei der Nachricht seine Schultern so plötzlich strafften, daß er zu wachsen schien. Nein, kein Zweifel an seiner

Trauer. Auch er hatte den Toten geliebt, wenngleich nicht, weil er sich seinem Wesen nahe fühlte, sondern allenfalls trotzdem. Nichts für ihn, die Freuden der Stille, er zog männliche Vergnügen vor, die Herbstjagden etwa auf den Gütern rundherum, mit dem lauten Halali im Wald, den brennenden Fackeln zur Nacht, wenn auf dem Hof die Strecke verblasen wurde, sich Hörnerklang und Hundegebell noch einmal mischten und die Tafel wartete, der Umtrunk, das Gelächter im Kreis der Gefährten, und es hatte mich immer gewundert, daß er, dem so viele Möglichkeiten offenstanden, sowenig wahrnahm. Ein Jahr Universität reichte schon, selbst Reisen konnten ihn nicht lange fesseln, und als einziger in der Familie betrachtete er Bücher nur als bedrucktes Papier, überflüssig und viel zu teuer wie alle Liebhabereien ohne greifbaren Nutzen. Seit langem schon murrte er über die Geldverschwendung, noch mehr über die angeblich lasche Führung der Güter, zu Unrecht, mein Vater hatte es vermocht, sich die Leute ergeben zu machen, so daß niemand ihn betrog. Wir waren nicht reich, die Zeiten schwierig, erst die Franzosen im Land, dann, nach dem Wiener Kongreß, die preußische Verwaltung mit ihren hohen Steuern, dazu noch Mißernten und Seuchen in den Ställen. Und dennoch, obwohl einiges hatte verkauft werden müssen, sogar unser schönes Stadthaus in Münster, stand Hülshoff unter seiner Ägide besser da als später. Aber es war wohl auch die Ungeduld, die an Werner nagte. »Wenn ich erst der Herr bin«, hatten wir ihn schon sagen hören, jeden Taktes bar, wie meine Mutter ihm zornig zu verstehen gab. Nun war er Herr und Oberhaupt der Familie, und ungeachtet der Trauer spiegelte sein Gesicht schon am Grab das Bewußtsein dieser neuen Würde. Es machte mir Angst vor der Zukunft, nicht ohne Grund, fünf Tage blieben uns, dann kam er, um seine Rechte einzufordern.

Vom Flurfenster aus beobachtete ich, wie er auf den Hof fuhr, neben sich seine junge Karoline, reizend anzusehen trotz der schwarzen Trauerkleidung, so leichtfüßig noch, aber schon, wie wir bald hören sollten, die erste Geburt vor Augen, die erste von vielen, zwanzig Jahre lang gebären und stillen in stetem Kreislauf, das war es, was vor ihr lag. Sie hüpfte aus dem Zweispänner, blickte, den Kopf zurückgelegt, auf das graue, vom Wasser umflossene Haus, griff dann nach dem Arm ihres Mannes und ging hinein.

Es war Vormittag, meine Mutter besprach sich gerade mit der Mamsell und mußte geholt werden, auch Jenny aus ihrem Treibhaus. Wir versammelten uns an dem ovalen Tisch im Empfangszimmer, Sherry und Gebäck wurden gereicht wie bei einem Besuch, und genauso saß man sich gegenüber, steif und höflich.

»Wie befindet ihr euch?« eröffnete Werner das Gespräch.

Meine Mutter, blaß und verquollen unter der Witwenhaube, sah ihn an, welche Frage, antwortete dann aber ebenso floskelhaft: Danke, man tue das seine.

»Ich möchte euch mitteilen, daß meine Frau gesegnet ist«, sagte er nicht ohne Verlegenheit, und sie nahm Lines Hand, »ach, diese Freude«, verstummte gleich wieder, Stille im Raum, bis Werner nach dem Glas griff, es hastig leerte und sich nach Rüschhaus erkundigte, ob dort alles in Ordnung sei, innen und außen.

Da war es, das Wort, das wir wegzuschweigen versuchten seit dem Morgen am Bett meines Vaters, Rüschhaus, der Witwensitz, den er kurz vor seinem Ende noch erworben hatte, in großer Eile zu unserer Verwunderung, und nun, wie sich erwies, gerade zur rechten Zeit. Wenn eine neue Hülshoffer Herrin einzog, mußte die alte mit ihren Kindern das Haus verlassen, der immer wiederkehrende Wechsel, von allen erfahren, von allen gebilligt, nur das Gefühl sträubte sich noch dagegen. Ich weiß nicht, was wir uns erhofft hatten, Werners Mitleid womöglich, eine Gnadenfrist, aber nun war das Wort gefallen.

Rüschhaus, wiederholte er, und selbstverständlich solle man nichts überstürzen, irgendwann indes müsse es wohl sein.

»Wann?« fragte meine Mutter.

Er sah zu Boden, murmelte etwas vom Februar, von der Geburt des Kindes, und sie sagte erleichtert: »Im Frühling also?«

»Frühling?« Endlich hob er den Kopf. »Ich wünsche mir, daß mein Kind hier zur Welt kommt, so wie wir auch, und im Winter läßt sich die Übersiedlung kaum bewerkstelligen.«

Im Oktober seien die Wege meistens auch schon aufgeweicht, sagte sie, vermutlich käme dann nur der September in Frage, worauf er zustimmte, ja, September, das würde ihm passen, zufrieden offenbar, entsetzlich zufrieden, und warf mir, als ich rief, ob man uns nicht etwas mehr Zeit zum Trauern geben könne, einen herrischen Blick zu, sei still, nicht deine Sache.

»Sei still«, sagte auch meine Mutter und führte Line durchs Haus, das sie zwar kannte, nun aber mit anderen Augen betrachtete, schüchtern nach wie vor und doch schon besitzergreifend, Schränke, Bilder, Teppiche, silberne Kannen und Tafelaufsätze, meins, alles meins, und in dem kleinen Salon rief sie, wie hübsch es hier sei, und lief zu dem chinesischen Schrank. Die bunten Lakkornamente leuchteten in der Morgensonne, Blumen, Bäume, züngelnde Drachenköpfe, vorsichtig glitten ihre Finger darüber, »wie schön«.

»Ich liebe den Schrank ebenfalls«, sagte meine Mutter, »er wird mit mir gehen.«

»Wohl nicht.« Werner errötete, vor Ärger vielleicht oder vor Scham oder weil es ihm fremd war, ihr zu widersprechen. »Die Möbel sind Eigentum des Hauses.«

Sie lächelte, o nein, nicht diese hier. Was sich im Salon befinde, stamme von ihrer Mutter, kein Teil des Haxthausenschen Brautschatzes also, der selbstverständlich zu Hülshoff gehöre. »Dein Großvater war so gütig, mir diese Erinnerungsstücke zu schenken, auch das Fürstenberger Service und die Augsburger Bestecke. Ich glaube nicht, daß mein Sohn sie mir verweigern wird.«

Line nahm die Hand von dem chinesischen Schrank. »Gewiß nicht.« Sie sah Werner an, bittend, auch etwas ängstlich. Er nickte, es müsse nur alles rechtens sein, und in diesem Sinne wurden die Dinge dann geregelt, rechtens und nach der Ordnung, so daß wir Hülshoff Ende September verlassen konnten.

Von Hülshoff nach Rüschhaus, ein neuer Lebensabschnitt, ein paar Schritte weiter auf die Meersburg zu. Doch erst einmal ein Abschied. Wolltest du nicht auch gerade vom Abschied erzählen, Amelie? Deinem Abschied von Goslar? Ein anderer freilich als meiner, ich wurde geschoben, du bist gesprungen, für dich die große Stadt, für mich die Stille. Rüschhaus, der stillste Ort der Welt, so kam es mir vor, still wie das Auge mitten im Taifun.

Ich bin einmal dort gewesen, Annette, ich kenne Rüschhaus, auch den Weg, den Sie so oft gegangen sind, fast fünf Kilometer bis zum Schloß, weit, würde ich es nennen, aber auch für Entfernungen galten ja andere Maßstäbe zu Ihrer Zeit, und so unbekümmert, wie wir zum Auto greifen, haben Sie sicher nicht um die Hülshoffer Kutsche gebeten. Ich bin allerdings mit dem Rad gefahren, an den Eichen und Kopfweiden des Aatals vorbei, den vergilbenden Herbstwiesen zu Wittovers Weg, aus dem jetzt die asphaltierte Wittoverstiege geworden ist. Ein neuer Name, ein neues Landschaftsgesicht, die Vielfalt geordnet, Felder, wo sich einstmals Heide und Moor im Dunst verloren, und Ihr kleiner ungebärdiger Fluß glatt und gezähmt, so leicht wie früher kann er die Wege nicht mehr unpassierbar machen. Aber die Rüschhauser Allee gibt es noch, sogar die alten Buchen, nur, daß sie sich jetzt über den vielen Besuchern wölben, die Bus und Eintritt bezahlt haben, um in Ihren Zimmern zu stehen, an Ihrem Klavier, Ihrem Schreibtisch, von dem man noch nicht einmal weiß, ob er wirklich Ihnen gehört hat.

Annettes Schreibtisch, anschließend Kaffee und Kuchen. Was sagen Sie? Ihnen wäre es lieber, die Leute würden Ihre Gedichte lesen, statt nach der Sensation einer falschen Nähe zu gieren, und er widert Sie an, dieser Mangel an Diskretion? Ach, Fräulein von Droste, Sie und Ihre biedermeierlichen Gefühle, wer fragt noch danach. Die Sensation gehört bei uns dazu, man sucht nicht die Gedichte, man sucht die Dichterin und ihre Intimität, will alles wissen, sehen, anfassen, den Schauer spüren, hier hat sie gesessen, nun ist es meins für einen Moment, und möglich, daß hinterher der eine oder andere dann auch zu den Gedichten greift. Jedes Jahr mehr Touristen, Unsterblichkeit, davon haben Sie doch geträumt in Ihrem Schneckenhaus, und falls es Sie tröstet: Im Spätherbst, habe ich gehört, wenn die Besucher ausbleiben, ist es dort wieder so still wie damals nach Ihrem Abschied von Hülshoff.

Ihr schwieriger Abschied, Kämpfe um Möbel, Gemüsekörbe, Bügelbretter, dazu noch die Kutsche, mit der Ihr Bruder ausgerechnet während des Umzugs nach Münster fahren mußte, und doch stelle ich mir alles sehr gesittet vor im Vergleich mit unseren Goslarer Turbulenzen.

Daß ich meine Mutter in ein Sanatorium bringen und dann nach München ziehen wollte, brachte mir nicht nur von ihrer Seite Anklagen, Tränen, Zusammenbrüche ein. Auch die Nachbarn entrüsteten sich lauthals über die Lieblosigkeit, und der Pastor, der seinerzeit Papenbrink beerdigt hatte, erschien in der Marktstraße, um von Kindespflicht zu reden und dem vierten Gebot. Ich, die Rabentochter. Allein Frau Hagedorn, die Pächterin des Frisiersalons, schien mir das Recht auf ein eigenes Leben zuzubilligen.

»Ihre Mutter ist ein Ärgernis, und jeder im Haus hat Angst, daß seine Ruhe gestört wird, wenn die Tochter nicht mehr da ist«, sagte sie, als ich mir die Haare schneiden ließ, zum ersten Mal nach Jahren der Gleichgültigkeit gegen mich selbst. Schulterlange glatte Strähnen, Jeans, Anorak, so bequem für meine Lethargie, und nun, auf einem der blauen Stühle im Salon, blaue Stühle, hellgraue Wände und Waschbecken wie früher, nur Papenbrinks Stimme fehlte, der schnelle harte Rhythmus von Krücke und Bein, überkam mich das Gefühl, als rolle die Zeit zurück.

»Sie hätten viel früher gehen sollen, vielleicht wäre das Ihrer Mutter besser bekommen«, sagte Frau Hagedorn und empfahl mir eine kurze Fönfrisur, die brächte den Hinterkopf zur Geltung und erfordere keine Dauerwelle, ganz neu, dieser Schnitt, sehr praktisch und schick.

Schick, wieder ein wichtiges Wort. Sie läßt sich runderneuern, nannte man in der Redaktion meine rapide Veränderung von den Haaren bis zum Auto, ein Chirocco statt des Käfers, rot mit hellen Sitzen, eigentlich zu teuer, doch warum nach dem Preis fragen. Das

Aßmannerbe lag auf der Bank, fast noch komplett, und ließ sich verwandeln in was immer mir gefiel, Kleider für München, Schuhe, Taschen, Koffer, das Auto, ein neuer Rausch, der mich über Widrigkeiten und Zweifel hinwegtrug, und dazu noch, als dürfe keine Stunde mehr verlorengehen, die erste sogenannte Liebe. Reichlich spät, Sex – wahrscheinlich kennen Sie den Ausdruck nicht, Annette, eins unserer schnellen Wörter, Umarmung hätten Sie wohl gesagt, sich hingeben oder dergleichen –, Sex also war längst ein Konsumartikel und Unberührtheit mit zweiundzwanzig fast schon verdächtig.

Eine hastige Affäre im übrigen, die mit meiner Abreise Anfang September zu Ende ging, und es tat nicht einmal weh. Meine Gedanken waren schon in München. Eine neue Geschichte, die nun beginnt, doch erst noch Beate.

Am letzten Abend stand sie plötzlich vor der Tür, braungebrannt, die Haare von der Sonne gebleicht. Seit Monaten hatten wir nichts von ihr gehört, und nun wollte sie mich zur Räson bringen.

»Ein bißchen überraschend«, sagte ich und erfuhr, daß sie erst an diesem Morgen aus dem Urlaub gekommen sei, Bali, zwanzig Flugstunden, zu Hause aber einen Hilferuf gefunden und sich sofort ins Auto gesetzt habe, und was ich mir eigentlich dabei denke, unsere Mutter mit Gewalt in ein Sanatorium abzuschieben und sie danach sich selbst zu überlassen, und überhaupt, eine Flasche Rotwein hin und wieder sei ja wohl noch keine Katastrophe.

»Schnaps«, sagte ich. »Jeden Tag eine Flasche Schnaps.«

»Sie lügt, sie will mich bloß loswerden.« Meine Mutter fing an zu weinen, Schleim lief ihr aus der Nase, ich griff nach einem Tuch und wischte ihn ab. »Eine Flasche mindestens, wer kann das noch kontrollieren. Schnaps, etwas anderes interessiert sie nicht mehr, Schnaps besorgen und verstecken. Sie ißt kaum noch, sie säuft nur und kotzt die Wohnung voll und wird sterben ohne die Kur. Aber das weiß sie auch ganz genau. Doch nimm sie mit, wenn du willst, kümmere du dich um sie, mal eine Abwechslung nach Bali.«

»Ich bin Stewardeß«, sagte Beate, »und oft tagelang unterwegs.«

»Und ich Journalistin«, sagte ich. »Such dir eine Stelle im Büro. Oder heirate deinen Steuermenschen, falls es ihn noch gibt.«

»Du bist ja bloß neidisch«, sagte sie, »neidisch und gemein, ein gemeines, neidisches Aas, das warst du schon immer.«

Ich denke an Ihren Disput mit August Haxthausen, Annette, wie praktisch, wenn man sich in eine Ohnmacht verkriechen kann bei solchen Gelegenheiten. Aber niemand stand bereit, um mich aufzufangen. Ich lief aus dem Haus, an der Marktkirche vorbei, meinen Kinderweg zum Heerwinkel. Es war ein schwüler Abend, noch nicht dunkel, die Gose ein Rinnsal nach dem trockenen Sommer. Über das Kopfsteinpflaster hüpfte ein kleines Mädchen, und ich stellte mir vor, daß ich es wäre, und Rosa Prillich drinnen am Küchentisch, und nur ein paar Schritte zwischen ihr und mir.

Irgendwann in der Nacht kam ich wieder nach Hause, Beates BMW stand nicht mehr am Straßenrand. Ich brachte meine Mutter ins Bett, räumte die Wohnung auf, trug das Gepäck zum Wagen. Noch fünf Stunden Schlaf, dann war es soweit. Gegen Morgen hatte es zu regnen begonnen, die Scheibenwischer flogen hin und her, ein grauer Abschied von Goslar. Ich wollte nicht weinen.

Das Sanatorium lag am Rand des Teutoburger Waldes. Eigentlich hatte ich vorgehabt, gleich weiter nach München zu fahren, doch die Formalitäten zogen sich in die Länge, so daß mein Zeitplan durcheinandergeriet. Ich war froh und erleichtert über die Friedfertigkeit meiner Mutter, keine Tränen mehr, keine Proteste, das Haus im Park gefiel ihr, auch das Zimmer mit den bunten Sesseln und den Blumen auf dem Balkon.

»Elegant hier«, sagte sie. »Wirklich elegant.«

»Ein Privatsanatorium«, sagte ich, und erst jetzt schien sie es zur Kenntnis zu nehmen.

»Wer bezahlt das denn alles?«

»Papenbrinks Geld«, sagte ich. »Du sollst dich wohl fühlen.«

Neben dem Sofa stand eine Lampe mit gelbem Schirm. Sie zog an der Kordel, schaltete das Licht an und aus. »Wenn ich hier durchhalte, kommst du dann wieder nach Hause?«

Es war kurz nach elf, ihre beste Zeit, aber die Zerstörung offenkundig in dem fahlen Gesicht. Sie kam auf mich zu und legte den Kopf an meine Schulter, eine ungewohnte Geste. Die Berührungen hatten sich auf

Hilfeleistungen beschränkt, widerwillig gegeben, widerwillig angenommen.

»Aber du kommst dann nach Hause?« fragte sie noch einmal. Ich nickte und nahm sie in die Arme.

Es war spät geworden, so daß ich an diesem Abend nur bis Fulda kam. Ich suchte mir ein Hotel, schlief lange und sah mir nach dem Frühstück den Dom an, ganz ohne Hast. Es nieselte noch, doch hinter der Rhön verzogen sich die Wolken, und der Himmel über München leuchtete weißblau wie im Prospekt. Sonne, ein weißblauer Himmel, Staub und Gestank, Münchner Rush-hour, vervielfacht noch durch die Olympiade, die heiteren Spiele mit dem schrecklichen Ende. Ich stand im Stau, kreiste durch Einbahnstraßen, fand lange keinen Parkplatz, dann kein freies Hotelzimmer, und im noblen Bayerischen Hof, der letzten Rettung, kostete ein Bett mehr als eine Goslarer Monatsmiete. Nicht zu teuer bezahlt allerdings, wie sich zeigte, denn das Schreibzimmer dort und der Fernschreiber halfen mir, aus der bevorstehenden Katastrophe den Anfang meiner Karriere zu machen. Katastrophen, das Brot der Journalisten.

Am Morgen hörte ich die Schreckensmeldung im Radio: Palästinenser hatten die Quartiere der israelischen Olympiamannschaft gestürmt, einen Teil der Athleten ermordet und die Überlebenden als Geiseln genommen, jenes Massaker, das die Welt in Aufruhr brachte und München lähmte. Für kurze Zeit nur, die Spiele gingen weiter, Geschäft ist Geschäft. Doch an diesem Tag, während ich die Stadt durchstreifte, schien es, als sei ein großes gemeinsames Entsetzen über die Menschen gefallen. In der Abenddämmerung stieg der Hubschrauber auf, der die Terroristen mit ihren Geiseln vom Olympischen Dorf zum Militärflugplatz von Fürstenfeldbruck brachte, wo eine Maschine für sie bereit stand. Die roten Positionslichter glitten am Himmel entlang, ein Augenblick der Atemlosigkeit, dann die Nachricht vom Sturm einer Sondereinheit der Polizei auf das Flugzeug, bei dem fast alle, Opfer und Täter, den Tod fanden. Ich hörte es auf dem Marienplatz, lief ins Hotel und telefonierte mit dem Redakteur einer Hannoverschen Zeitung, den ich kannte. Wenn er etwas über die Stimmung dieses Tages gebrauchen könne, würde ich es ihm noch rechtzeitig für die nächste Ausgabe durchtickern. Er sagte ja, und sechs Wochen später meldete sich der STERN. Man hatte den Artikel gelesen und wollte eine Reportage von mir haben, Venedig im Oktober.

Der STERN, Annette, das Telefon, wissen Sie überhaupt, wovon die Rede ist? Telefon, Fernschreiber, Autobahn, Hubschrauber, eine fremde Welt für Sie, nicht ganz fremd allerdings, die Anfänge kannten Sie schon. Herbst 1846, Ihre desolate Reise an den Bodensee, das Dampfschiff, die Eisenbahn, erinnern Sie sich? »Fürchterlich« haben Sie die neuen Vehikel genannt, »zischende Ungetüme«, und sich ihnen nur aus Not anvertraut, halb ängstlich, halb gläubig, während wir die Annehmlichkeiten des Fortschritts hemmungslos genießen. Ich zum Beispiel: Schneller, als Sie mit Ihrer Postkutsche von Münster nach Köln fuhren, bringt mich der Jet in jede europäische Hauptstadt, sogar nach New York, oft mit Verspätung freilich bei dem Gedränge am Himmel. Ein Ärgernis, wenn es um Termine geht, weshalb ich, die ständig darüber redet und schreibt, wie der Geschwindigkeitswahn unsere Erde zerstört, ungeduldig auf den neuen Großflughafen warte, der alles noch schneller und bequemer zu machen verspricht. Begreifen Sie das?

Ich sehe den Spott in Ihren Augen über soviel wehleidige Inkonsequenz, nein, Sie begreifen es nicht. Was dagegen den STERN anbelangt, den Auftrag, das Honorar, so werden wir uns in diesem Punkt ganz gewiß begegnen. Wie haben Sie darauf gewartet, von Journalen gedruckt zu werden, und welches Glück für Sie in Ihren letzten Jahren, Geld zu verdienen durch Ihr Talent, ein kleines Zubrot, einen größeren Batzen, groß genug schließlich, um das Fürstenhäusle zu erwerben mitsamt den Rebstöcken über dem Bodensee. Ein Weingarten, Annette, ein eigener Weingarten aus Gedichten, dieser Triumph für das Fräulein von D., doch, Sie verstehen, was es für mich bedeutete, nach so vielen Niederlagen ein Auftrag vom STERN.

Wochenlang war ich umsonst von Redaktion zu Redaktion gelaufen, München, das Mediendorado, wo man ein unbeschriebenes Blatt aus der Provinz offenbar nicht gebrauchen konnte, so daß ich begonnen hatte, über ein Studium nachzudenken, Literatur oder Politik, vielleicht auch Volkswirtschaft, das verbesserte die Chancen. Warum eigentlich nicht. Mein Geld reichte noch eine Zeitlang, und die neue Wohnung in der

Amalienstraße lag dicht bei der Universität, auch das sprach für den Plan.

Die Wohnung war wie vom Himmel gefallen nach endlosen Fehlschlägen bei Maklern, Vermietern, Hausmeistern. Ein Mißerfolg nach dem anderen, bis eines Morgens im Tchibo-Laden ein Student seinen Kaffee neben meinen stellte, sich als Maoist-Leninist zu erkennen gab und sogleich die übliche Politdebatte eröffnete, ziemlich hitzig im Verlauf. Doch als ich meine Wohnungsmisere erwähnte, schwieg er mitten im Satz, holte sich noch einen Kaffee, spendierte sogar mir eine Tasse und erklärte dann, daß ihm sein Apartment zu teuer geworden sei, Amalienstraße, dreißig Quadratmeter, große Klasse, wenn ich Geld hätte, könne er es mir zeigen.

Er trug die Uniform dieser Zeit, Parka, Bart, Nikkelbrille, ein Kämpfer für die Weltrevolution von Kopf bis Fuß, der mich wegen meiner versöhnlerischen SPD-Tendenzen gerade erst eine laue linke Pißnelke genannt hatte. Nun aber lief er friedlich neben mir her, pries die Vorzüge seiner Wohnung, und keine Rede mehr vom Klassenfeind.

Sie lag im vierten Stock, ein Zimmer mit Kochnische und Bad, vor dem Balkon der grüne Innenhof, rundherum Schwabing.

»Der Mietvertrag läuft noch fast fünf Jahre«, sagte er. »Kannst du wirklich vierhundert im Monat bezahlen?«

Die Pension, in der ich seit der Olympiade wohnte, kostete mehr als das Doppelte. Ich nickte.

»Und tausendfünfhundert Ablösung«, sagte er.

»Wofür?« wollte ich wissen, eine dumme Frage, man sah es ihm an. Er hatte etwas, ich brauchte es, ja oder nein, die Lage war klar, nur daß meine Grundsätze neu geordnet werden mußten. In Goslar hinter den Bergen hatte Geld immer noch ein wenig gestunken, oberhalb der Decke jedenfalls. Doch nun stand ich mitten im Trend. Ja also statt Nein, worauf mein Partner sich erleichtert bereit erklärte, die Wände zu weißeln, gratis, sogar die Fenster wurden fachmännisch gestrichen, und nach dem Einzug half er mir, die neuen Regale zusammenzuschrauben, eigentlich ein netter Typ, auch der Klassenfeind hatte nichts zu befürchten. Zehn Jahre später, als ich ihn wiedertraf, Dr. Hartmut Winkler, Repräsentant eines Konzerns, lud er mich zum Essen ein und erkundigte sich, ob die tausendfünfhundert Mark eine gute Anlage gewesen seien.

»Ganz gewiß«, sagte ich, »sehr gut«, das schien ihn zu beruhigen.

Wirklich gut? Ich weiß es nicht genau. Eher schlecht aufs Ganze gesehen, aber man kann nicht alles dem Ort anlasten, es gibt keine Schutzräume, und falsch, wegen eines schlechten Endes den guten Anfang zu vergessen, denn der Anfang war gut gewesen in der Amalienstraße, wenn auch ohne Universität und Studium, meinem Ersatzprogramm, das der Anruf vom STERN beiseitefegte.

»Ich wollte Sie schon längst mal kennenlernen«, hatte der Redakteur gesagt. »Sind Sie fix? Am fünfzehnten muß abgeliefert werden. Sechs Tage, fliegen Sie gleich morgen nach Venedig.«

Ich würde lieber den Wagen nehmen, sagte ich, es sei ja nicht weit von München, worauf er »auch das noch« seufzte, nicht ohne Grund, die Kollegin, die schon unterwegs gewesen war, lag nach einem Unfall auf der Brennerautobahn im Krankenhaus. Hochkarätiger Ersatz, erklärte er mir ohne Umschweife, habe sich so schnell nicht finden lassen, »aber schreiben können Sie ja, hoffentlich auch Auto fahren«, und fast stumm vor Sorge, unprofessionell zu erscheinen, nahm ich seine Anweisungen entgegen. Das Honorar, dreitausendfünfhundert Mark, brachte mich vollends aus dem Gleichgewicht. Eine Seifenblase, dachte ich plötzlich beim Packen, der Jux von Goslarer Kollegen, sah mich in Venedig hinter Chimären herlaufen und wagte in meiner Panik einen Rückruf nach Hamburg, es war wirklich der STERN.

»Ich denke, Sie sind schon unterwegs«, sagte der Redakteur. »Was gibt's denn noch? Brauchen Sie Vorschuß?«

»Das dauert doch viel zu lange«, sagte ich.

»Menschenskind, telegraphisch«, sagte er. Es klang, als täte es ihm leid, ausgerechnet auf mich verfallen zu sein.

Venedig, die sterbende Schöne. Bisher war nur meine Phantasie hier gewesen, in der Filmkulisse eines immerwährenden Frühlings, flimmernde Kanäle, blau der Himmel, blau die Lagune, und der Markusplatz so leicht im Licht, als wolle er davonfliegen mit seinen

Tauben. Doch an diesem Nachmittag, als ich den Wagen im Parkhaus an der Piazzala Roma abstellte und zum Vaporetto ging, regnete es, graue Wolken hingen über dem Canale Grande, und die Träger an der Rialtobrücke schienen nur mich zu erwarten. Der schmächtigste von ihnen, ein Alter mit schiefem Rücken, entriß mir das Gepäck, »Albergo?« Ich zuckte mit den Schultern, und nach einem prüfenden Blick auf mein Gesicht, den Trenchcoat, die Tasche lief er in das Gewirr der Straßen und Plätze hinein, rief »presto presto«, als die Fassade eines Palazzo mich festhalten wollte, ein Kirchenportal, ein rotes Pferd aus Muranoglas im Schaufenster, presto presto, und brachte mich zum Hotel del Sole, das er wohl passend fand für alleinreisende blonde Mädchen meiner Kategorie, nicht zu teuer, nicht zu billig und von honorigen älteren Engländern bevorzugt. Vielleicht hatte er eine Tochter zu Hause. Doch als ich ihn anlächelte, bekam er feurige Augen, bella bionda.

Das Zimmer war kühl und klamm, ein kleiner brakkiger Kanal dümpelte vor dem Fenster, Nebel darüber, die Laternen wie milchige Monde in der Dämmerung. Ich ging noch einmal in den Regen hinaus, um das rote Pferd wiederzufinden, die steinernen Filigrane, die Kirche mit dem schönen Portal, wurde von Fassade zu Fassade gezogen, weiter, immer weiter, verlor mich zwischen Winkeln und Höfen und geriet ins Totenreich. Eingesunkene, bröckelnde Mauern, schwarze Fensterhöhlen, Türen, die sich nicht mehr öffneten, Straßen, durch die niemand mehr ging, ein lautloses

172

Labyrinth aus Schimmel, Moder und Verwesung, und als es mich endlich losließ, sah ich im Laternenlicht die Frau mit dem Strumpf. Sie saß auf den Stufen einer geschwungenen Brücke, nach vorn gebeugt, aus dem wirren, farblosen Haar troff der Regen. Beim Geräusch meiner Schritte hob sie den Kopf und starrte mich mit leeren Augen an, den Mund weit aufgerissen wie ein Wasserspeier, während ihre Hände langsam und sorgfältig den linken Strumpf herunterrollten, ihn vom Fuß streiften, wieder anzogen, hochrollten, herunterrollten, auszogen, anzogen, diese endlose, sinnlose Bewegung, und dann noch die Katzen. Plötzlich waren sie da, von überall her, aus dem Dunkel der Keller und verrottenden Abfallhaufen, mit dem Wind, dem Nebel, den treibenden Papierfetzen, helle Masken, huschend, springend, purrend, schreiend, da, nicht mehr da, wieder da. Totengassen, die irre Frau, Katzen, Venedig im Oktober.

Am nächsten Tag, als der Fotograf eintraf, regnete es noch, auch die Frau saß wieder auf der Brücke. Immer wäre sie hier, rief uns ein Passant zu, sempre, sempre, ein Gespenst. Ich nahm den Satz mit für meine Reportage, an der die Sonne, die sich schließlich doch noch zeigte, die silberne Lagune und Santa Maria della Salute im Licht nur wenig zu ändern vermochten, auch nicht die singenden Gondolieri und der Kanal vor meinem Fenster, der nun, während ich schrieb, kleine glänzende Wellen tanzen ließ.

Vier Tage, mehr nicht. Am Mittwoch war ich gekommen, am Sonntag fuhr ich wieder nach München zurück und von dort weiter ins Hamburger Pressehaus, um dem Redakteur, Malsky hieß er, Paul Malsky, mein Manuskript auf den Tisch zu legen ohne große Hoffnung. Er saß mir gegenüber, Mitte fünfzig etwa, massig, mürrisch, mit einem grauen Igelschnitt, begann zu lesen, schnell und konzentriert, und sagte, gar nicht schlecht, er habe ja gewußt, daß ich schreiben könne und ob ich in Paris einigermaßen Bescheid wisse.

»Ja, sicher«, erklärte ich, »ganz gut«, eigentlich nur eine halbe Lüge angesichts der vielen Filme, die mich zum Montmartre mitgenommen hatten, in Bistros, schmierige Hotels und Hinterhöfe, dennoch, als er mir einen seiner skeptischen Blicke zuwarf, errötete ich. Er fing an zu lachen, »egal, vielleicht nicht übel, wenn jemand mal ganz frisch an die Sache herangeht«, und gab mir den Auftrag, eine Reportage über die Pariser Marktfrauen zu schreiben, ohne Hektik diesmal, reichlich Zeit zur Einstimmung.

Um es gleich zu sagen: Venedig und Paris, das war der Durchbruch. Plötzlich nahm man meinen Namen zur Kenntnis, Anrufe kamen, Bitten um Mitarbeit, und im Januar machte der STERN mir den Vorschlag, ins Ressort »Modernes Leben« einzutreten. Aber da war ich bereits unabkömmlich geworden, der Liebe wegen.

Die Liebe, Annette, wie mag Sie, die Gefangene so strenger Regeln und Konventionen, unsere Art von Liebe anmuten, unsere schrankenlose Freiheit, das zu tun, was Zufall und Moment uns eingeben? Die Angebote liegen auf der Straße, wähle und verwirf, wie es dir gefällt, unverbindlich, alles unverbindlich, und einer ist immer der Schwächere. Das zumindest hat sich nicht verändert, auch den Schmerz gibt es noch, und ich frage mich, ob jemand von Ihrer Verletztbarkeit in unserem Jahrhundert besser aufgehoben wäre. Freiheit hat ihren Preis, glauben Sie mir.

Die Liebe also, meine sogenannte große Liebe, die mir gleich nach dem Venedigabenteuer über den Weg lief. Ich war schon früh in Hamburg losgefahren, um unterwegs bei meiner Mutter Station zu machen, der erste Besuch seit Beginn ihrer Kur. Am Telefon hatte sie von Mal zu Mal zuversichtlicher geklungen, heiter sogar, schien mich auch nicht zu entbehren und befand sich, als ich zur vereinbarten Zeit erschien, auf einem Spaziergang. Eine Stunde wartete ich in der Halle, da endlich kam sie durch die große Glastür, aufrecht, mit raschen, sicheren Schritten, runder im Gesicht und vom Wind gerötet, und neben ihr ein ganz passabler Mann, den sie als Herrn Keller vorstellte, Herr Keller aus Düsseldorf, und ja, natürlich, es ginge ihr gut, ein fabelhaftes Sanatorium, und selbstverständlich würde sie die Kur zu Ende führen, vier Monate mindestens, ich brauchte mir keine Sorgen zu machen, nicht wahr, Manfred?

Sie mußte den Kopf heben, um ihn anzustrahlen, und er nickte, »Ihre Frau Mutter ist sehr diszipliniert, bewunderungswürdig, ein Vorbild«.

Wie ich ihn fände, fragte sie, als wir allein waren in ihrem Zimmer, ohne viel Zeit füreinander, das Mittagessen stand bevor, dann die Ruhestunde, und ohnehin war nur Herr Keller wichtig, so ein fabelhafter Mann, so intelligent und aufmerksam, geschieden natürlich und ein großes Textilgeschäft im Zentrum von Düsseldorf, »und wir verstehen uns so gut und wollen später zusammen verreisen, und hoffentlich gönnst du mir das«.

Sie sah hübsch aus in ihrer atemlosen Verliebtheit, hübsch und jung, nichts Wehleidiges mehr, kein »Verlaß mich nicht, komm wieder nach Hause«. Grund zur Freude eigentlich, dennoch bestand ich darauf, den Chefarzt zu sprechen, der, als er sich am späten Nachmittag endlich zu einem Gespräch herbeiließ, meine Bedenken, daß sie sich in bezug auf Herrn Keller falsche Hoffnungen machen könne, »töchterliche Mißbilligung« nannte. »Das kennen wir schon, liebe junge Dame, aber auch die ältere Generation hat noch gewisse Bedürfnisse, und gut für das Selbstwertgefühl, so ein Kurschatten, wer weiß, vielleicht bahnt sich da etwas Dauerhaftes an, Schicksalsgenossen, gemeinsam ist man stärker.«

Er war Professor mit zwei Doktortiteln, weißhaarig, voll lächelnder Autorität hinter seinem mächtigen Schreibtisch. Ich glaubte ihm, oder besser: Ich wollte ihm glauben.

Es war fast Mitternacht als ich endlich wieder in meine Garage fuhr, das Gepäck aus dem Kofferraum geholt hatte, zur Haustür lief und die Schlüssel nicht finden konnte, ein schrecklicher Moment nach dem endlosen Tag. Ich durchwühlte meine Handtasche, klingelte bei zwei Studentinnen, die ich kannte, aber niemand antwortete, auch der Hausmeister nicht. Und während ich frierend auf der Stufe saß, den Inhalt der Tasche zum dritten Mal aus- und wieder einpackte und gerade beschloß, in ein Hotel zu gehen, kam, welches Glück, welches Unglück, Berthold Treybe über die Straße, meine künftige Liebe, mein künftiger Mann und noch mehr. Zwei Minuten später, zweimal die Runde des Sekundenzeigers, und der Zufall hätte uns aneinander vorbeigelotst. Nun führte er uns zusammen, aus zwei Minuten wurde Schicksal, ein großes Wort, ich weiß, zu dramatisch für ihn und für mich, wir trafen und trennten uns wieder, aber das Kind, Annette, das Kind.

»Was machen Sie denn hier?« fragte er mißtrauisch und ziemlich barsch. Nicht ohne Grund, kurz vorher war jemand aus dem Haus an dieser Stelle und zu dieser Stunde überfallen worden, und ich, als vermute man zu Recht eine zweifelhafte Existenz in mir, zog den Kopf ein, erklärte dann aber, daß es mir zustehe, hier vor der Tür zu sitzen, es sei nämlich meine eigene, nur den Schlüssel hätte ich verloren, und ob er meinen Ausweis sehen wolle.

»Warum sind Sie denn so pampig?« Er drückte auf den Lichtschalter und musterte mich. »Also gut, kommen Sie mit, wir rufen den Schlüsseldienst an.«

Seine Wohnung lag im obersten Stockwerk, eine von den größeren im Haus, und was man davon sah, war schwarz oder weiß, Wände, Türen, Teppiche, die gesamte Einrichtung, alles schwarz oder weiß, äußerst ästhetisch und von ähnlich kühler Eleganz wie der Besitzer mit seinem schmalen Gesicht, der randlosen Brille und dem Grauschimmer über dem dunklen Haar. Ein gutaussehender Mann, sehr schlank, doch eher auf die lässige Art, jedenfalls nicht so durchtrainiert, als würde er jeden Morgen rund um den Englischen Garten joggen. Ich hielt ihn für einen Wissenschaftler, Germanistik, Kunstgeschichte oder dergleichen. Aber er war Physiker am Max-Planck-Institut für Halbleiterforschung, wo er sich mit dem Züchten von Siliziumkristallen befaßte, was immer das war. Ich begriff es nie in den gemeinsamen Jahren, mangelndes Interesse, behauptete er, auch eins von unseren Problemen.

»Sie frieren ja.« Er legte mir eine Decke um die Schultern. »Sie brauchen etwas Warmes.« Ich hörte ihn in der Küche hantieren, der Wasserkessel pfiff, dann kam er wieder zurück, ein weißes Tablett vor sich hertragend. Ein weißes Tablett, weiße Tassen, die Kanne schwarz.

»Warum lachen Sie?«

»Es ist nichts«, sagte ich.

Er goß mir einen großen Schuß Rum in den Tee, »wegen nichts lacht man nicht«, und ich sagte, daß ich mir schon die ganze Zeit wie ein Knaller vorkäme in meinem roten Kostüm, und nun noch die Kanne, aber die Müdigkeit mache mich albern, ich sei schon frühmorgens aus Hamburg weggefahren und würde gleich umfallen.

Das Telefonbuch lag auf einem Tischchen neben dem Sofa. Er stand auf und fing an zu blättern. »Sie

178

mögen Farben, nicht wahr? Ich eigentlich auch, aber überall diese Turbulenzen, optisch und akustisch, irgendwo muß man zur Ruhe kommen. Eine Art von Askese, wahrscheinlich verstehen Sie das nicht.«

»Doch, ich verstehe es«, sagte ich, die Goslarer Turbulenzen vor Augen, nur sie und keineswegs den bunten Trubel der Welt, ein Mißverständnis gleich zu Beginn. Er sah mich erstaunt an, schien etwas sagen zu wollen, wandte sich dann aber endgültig dem Telefonbuch zu.

Inzwischen war es halb zwei geworden, und die Anrufe bei sämtlichen Schlüsseldiensten gingen ins Leere, die Stadt schlief. Auch ihm, man sah es, wurde die Samariterei allmählich zuviel. »Legen Sie sich aufs Sofa«, sagte er, nach dem Tablett greifend, »es ist einigermaßen bequem, morgen früh sehen wir weiter«, der Moment, in dem, ich weiß nicht, warum ausgerechnet jetzt, ein Bild an mir vorbeizuckte: Die italienische Autobahn, ich bremse, meine offene Tasche rutscht vom Sitz.

»Hinter Venedig«, rief ich und sprang auf, »hinter Venedig hat mich ein Laster geschnitten.«

»Venedig? Ich denke, Sie waren in Hamburg?« fragte er, schon halb in der Küche. Aber ich hatte keine Zeit für Erklärungen, ich lief zur Tür.

Die Schlüssel lagen zwischen den Sitzen, so eingeklemmt, daß sie sich nur mühsam herausangeln ließen. »Wirklich ein netter Abend«, sagte er zähneknirschend, als es ihm endlich geglückt war, »aber nun reicht es.«

Wir standen uns gegenüber im trüben Licht der Tiefgarage, und plötzlich kamen mir die Tränen, gegen
meinen Willen, zu meinem Ärger. Der seine indessen
verschwand augenblicklich. »Ist doch gut, Kindchen,
ist doch alles gut, jetzt können Sie sich ausruhen«, ein
Vater, streng und liebevoll, so hatte ich mir einen Vater
vorgestellt, ich wünschte mir, den Kopf an seine Schulter zu legen und einzuschlafen, hier und jetzt. Er führte
mich über den Hof, schloß meine Tür auf, holte den
Koffer aus seiner Wohnung, brachte Whisky mit,
»trinken Sie einen Schluck, das beruhigt, gute Nacht.«
Aber der Whisky nützte nichts, ich weinte mich in den
Schlaf.

Vier oder fünf Wochen vergingen, bis wir uns wieder über den Weg liefen, genauso zufällig wie beim
ersten Mal. Mein Dank, eine Flasche Whisky der
Marke Black & White in schwarzweiß gestreiftem Ge-
schenkpapier, hatte mehrere Tage vor seiner Tür gelegen, nun stand sie bei mir im Regal, und nur ab und zu,
wenn mein Blick darauffiel, meldete auch er sich flüchtig, immer mit grauem Kopf kurioserweise, ein älterer
Herr. Wilde Wochen im übrigen, Paris rückte näher,
die Interviews mit den Marktfrauen. Auf die Frage von
Paul Malsky, ob ich dem Unternehmen sprachlich gewachsen sei, hatte ich, wieder ein Sprung ins kalte
Wasser, genickt und anschließend, um meine Defizite
auszugleichen, André engagiert, André aus Lyon, der
an der Münchner Universität Chemie studierte und
nun Abend für Abend in die Amalienstraße kam, ur-
sprünglich zur Konversation. Er war so alt wie ich,

klein, dunkel, mit flinken Gesten und flinkem Witz, mein Bilderbuchfranzose. Aus den vereinbarten zwei Stunden machte er ganze Nächte, ein Intensivkurs in leichter Rede und leichter Liebe, wundersam geradezu für den Augenblick, wie ein Soufflé. Und ausgerechnet an ihm lag es, daß Berthold Treybe sich noch einmal mit mir befaßte.

Ich war eine Woche in Paris gewesen und kein Problem für Rosa Prillichs Enkelin, mit den Marktfrauen zu reden, zu lachen, zu trinken. »Du bist gut, Mädchen«, hatte Paul Malsky gesagt und mein Honorar auf viertausend erhöht, ein Anlaß, im »Romagna Antica« zu essen, gefüllte Pilze, Scampi vom Grill, Lammnieren mit Knoblauch und Rosmarin, exquisit und teuer. André verstand es, ein Menü zu komponieren, und kein Kellner dachte daran, ihm minderen Wein zu bringen. Diesmal war es ein alter Chianti, der mir schnell in den Kopf stieg. Es kam mir wie ein Traum vor, hier zu sitzen, ich redete zuviel und lachte zu laut, und Berthold Treybe sah zu.

Ich bemerkte ihn erst, als der Ober mit der Zabaione kam. Er saß am Tisch schräg gegenüber, grüßte kurz und wandte sich gleich wieder an seine Begleiterin, eine Exotin mit bräunlicher Haut, großen goldenen Ohrringen und schwarzem Haarknoten, Südamerika, vermutete ich, hörte im Vorbeigehen aber schwäbische Laute. André kannte meine Schlüsselstory, nun flüsterte ich ihm zu, daß Treybe in unserer Nähe säße und die dunkle Dame eine weiße Bluse trüge, der Schwarzweißmann mit seiner Schwarzweißfrau, und während wir vor lauter Amüsement eine weitere Flasche Chianti leerten, spürte ich, wie seine Blicke immer häufiger zu unserem Tisch wanderten.

Ich sei ihm so schutzbedürftig vorgekommen, pflegte er später zu sagen, so hoffnungs- und lebensvoll und dann dieser Filou neben mir. Berthold Treybe, der sich Sorgen um mich machte. Ein Beschützer, es gefiel mir, und ich übersah, daß er nicht nur beschützen, sondern auch besitzen wollte und sich geirrt hatte in meiner Person wie ich mich in seiner. Die Täuschungen des Anfangs, dieser verrückte erste Taumel, der die Bilder verfälscht und die Töne, und ich hoffe, Annette, daß Sie Schritt halten mit den Ereignissen, eben noch der amüsante André und nun bereits Treybe, Bert, so nannte ich ihn, Bert, der mich gleich am nächsten Tag aus seinem Institut anrief: »Wie schön, daß Sie da sind, hätten Sie eventuelle eine Tasse Tee für mich?«

»Ja, natürlich«, sagte ich verblüfft. »Wann denn?«

Das Teewasser fing gerade zu kochen an, da erschien er bereits, eine Rose in der Hand und um Entschuldigung bittend für den Überfall, es sei schändlich, daß man sich im Restaurant wiedertreffe nach dem denkwürdigen Abend, aber an ihm läge es nicht, er sei gerade aus England zurückgekommen, ein wissenschaftliches Austauschprogramm, und habe danach vergeblich probiert, mich zu erreichen.

Er sah viel jünger aus als in meiner Erinnerung, auch keineswegs so grauköpfig, erst jetzt fiel es mir auf. Ich hätte in Paris zu tun gehabt, sagte ich und genierte mich etwas wegen der bunten Sessel und Vorhänge, alles bunt bei mir, er mußte mich für eine Barbarin halten. Aber er nannte es behaglich und harmonisch, eine fröhliche Harmonie, und was ich denn in Paris zu tun gehabt hätte.

»Beruflich«, sagte ich. »Eine Reportage, ich bin Journalistin.«

»Sie?« Es klang so ungläubig, daß ich ihm den STERN gab, die letzte Oktobernummer mit dem Venedigartikel, mein Beweisstück, griffbereit im Regal. Erstaunt blickte er auf den Titel, meinen Namen, die Fotos, nicht zu fassen, er hätte mich für eine Studentin gehalten und ein ziemlich gerupftes Huhn, neulich abend jedenfalls, doch das stimme ja nun wirklich nicht, schon gestern habe er es geahnt.

Inzwischen war der Tee fertig. Ich goß ihn von den Blättern ab, zündete die Kerze im Stövchen an und stellte die Kanne darauf. Er reichte mir seine Tasse, »War Ihr Begleiter Franzose?«

»Aus Lyon«, sagte ich und erzählte etwas von Sprachunterricht.

»Ein Filou«, sagte er, »Sie sollten sich in acht nehmen«, was ihn, so erklärte ich, nun wirklich nichts anginge, und im übrigen hätte seine Brasilianerin auch keinen sehr soliden Eindruck gemacht.

»Brasilianerin?« Er schien mich nicht zu verstehen. »Wieso? Und jetzt werden Sie schon wieder pampig, dabei will ich doch nur nicht, daß man Ihnen weh tut.«

Seit Ewigkeiten hatte sich niemand dafür interessiert, ob man mir weh tat oder nicht. Es brachte mich aus der Fassung, vielleicht auch, weil seine Stimme

ähnlich klang wie in der Tiefgarage: »Was ist denn los?«
fragte er, »habe ich etwas falsch gemacht?« Dann küßte
er mich, und so, als sei ein Ball angestoßen worden, der
nun weiterrollte und weiter, gerieten wir in unsere
Geschichte, oder, präziser gesagt, in den Versuch, unsere beiden Geschichten zusammenzubinden. Verlo-
rene Liebesmüh. Acht Jahre später präsentierte jeder
dem anderen seinen Schuldschein. Doch es gab keine
Schuld, nicht bei ihm, nicht bei mir, es gab nur den
gemeinsamen Irrtum.

Berthold Treybe, meine große Liebe, Welten entfernt von der Goslarer Affäre und dem amüsanten
Techtelmechtel mit André, den ich an diesem Abend
ohne Zögern ausbootete. Ein kurzer Abschied am Telefon, »ich habe heute keine Zeit, nein, morgen auch
nicht, überhaupt nicht mehr«, und beinahe kränkend,
wie gelassen er es nahm, »ich verstehe, viel Glück«,
obwohl, was bedeutete André. Bert und ich waren zum
Essen gegangen, eine Weinstube voller Stimmenge-
wirr und Musik, aber nichts durchbrach den magischen
Kreis, in dem wir uns begegneten, das bin ich, das bist
du, sind wir irgendwann Fremde gewesen, und später,
als wir miteinander schliefen, wollte ich bei ihm bleiben und er bei mir.

Den Gedanken allerdings, daß sechs Monate später
»Amelie Treybe« unter einer Heiratsurkunde stehen
würde, hätte ich an diesem Abend weit von mir gewie-
sen, schon allein des Namens wegen. Treybe, das
nackte Treybe, abwegig geradezu für eine wie mich,
die, aus den traditionellen Strukturen der Adenauerzeit

in den Protest hineingewachsen, Gleichberechtigung
zum Glaubensbekenntnis gemacht hatte, in der Ehe vor
allem, worin er mit mir übereinstimmte. Nur die Dop-
pelnamen störten ihn, modisches Getue in seinen Augen, etwas für frustrierte Emanzen, die ihre Unabhängigkeit vor sich hertragen müßten, und das hätte ich
doch nicht nötig.

Kein Zweifel, er glaubte daran, auch an das vehe-
mente Ja auf meine Frage, ob er etwa bereit wäre,
plötzlich Aßmann zu heißen, »ja, selbstverständlich,
wenn es ginge und du Wert darauf legtest, und früher
oder später werden sie die Gesetze sicher noch ändern.
Aber wir heirateten jetzt, und möchtest du denn nicht
auch, daß wir denselben Namen tragen, als Symbol
gewissermaßen?«

Doch, er glaubte, was er sagte, und ich glaubte ihm.
Amelie Treybe, warum eigentlich nicht. Ein hübscher
Name, ich schrieb ihn auf ein weißes Blatt, das aparte
Ypsilon gefiel mir. Liebe, dieser Taschenspielertrick
der Natur. Woher sollte ich wissen, daß ein Duell
begonnen hatte.

Aber nicht nur den Namenswechsel hätte ich absurd
genannt in unseren Anfängen, sondern die ganze Hei-
raterei. Wozu das Theater, nur eine Treppe lag zwischen ihm und mir, und die Pille brachte den Trau-
schein bereits aus der Mode. Partnerschaft ohne Ur-
kunde und gesetzlichen Zwang, das kam mir aufrichti-
ger vor als die Institution Ehe mit ihrer Goslarer Höl-
lenfratze, und auch die Idylle unter der Schusterkugel
war nichts für mich, schon gar nicht in diesem Winter,

der zu vibrieren schien, jede Stunde, jede Minute. Meine Reportagen hatten die STERN-Konkurrenz auf den Plan gerufen, ein Artikel zog den anderen nach sich, längst wußte man in München, wer Amelie Aßmann war. Vorbei die Tage, an denen ich, um Zeitungsluft zu atmen, im Haus der »Süddeutschen« mit dem Paternoster von Stockwerk zu Stockwerk gefahren war, neidisch auf die Glücklichen, die hinter den Redaktionstüren verschwanden, und voller Angst, noch einmal vom Pförtner hinausbefördert zu werden, »das hier ist kein Karussell, Fräulein.« Jetzt hätte er mich passieren lassen, und falls mir der Sinn nach Kollegen stand, konnte ich zum Journalistenstammtisch im »Franziskaner« gehen, wo Zigarettendunst, Neuigkeiten und Münchner Tratsch waberten, lange Abende, an deren Ende wir wieder zusammenkamen, Bert und ich, um aus dem getrennt verbrachten Tag unseren zu machen. Freiheit und Bindung, zwei Leben gemeinsam führen, so hatten wir es uns die Zukunft vorgestellt, ein Wunder fast, dieses Einverständnis, was zählten dagegen seine sechzehn Jahre Vorsprung an Alter und Erfahrung und die Ehe, die hinter ihm lag.

Miteinander reden, über uns, über Gott und die Welt, das konnten wir von Beginn an, ganz gleich, ob wir allein zu Hause waren, durch die Straßen schlenderten, eine Ausstellung ansahen oder uns mit Freunden getroffen hatten, seine Freunde meistens und fast alle ehelich vermieft, wie wir lästerten, auch hierin einig, bis andere Töne sich dazwischenschoben.

Es hing, erst viel später durchschaute ich den Ablauf,

mit meiner Beziehung zum STERN zusammen, eine
Gefahr am Horizont offensichtlich, denn kaum, daß
meine dritte Reportage erschienen war, fing er an, mir
Immobilienanzeigen vorzulesen, sprach vom Kauf einer Galeriewohnung über der Stadt, von gemeinsa-
mem Besitz und steuerlichen Vorteilen für Ehepaare.
Ganz beiläufig zunächst, ein Gedankenspiel eher, lächelnd spielte ich mit. Im Februar jedoch, als mir ein
fester Platz in der STERN-Redaktion angeboten
wurde, hörte die Tändelei auf. Der Brief war am Freitag gekommen, und am Sonntag, nachdem wir schon
begonnen hatten, uns die künftigen Wochenendfeste
im Wechsel zwischen München und Hamburg auszu-
malen, fragte er: »Hast du wirklich noch nie daran
gedacht, daß wir heiraten könnten?«

Ein Überfall trotz des Vorgeplänkels, und unter nor-
malen Umständen hätte ich die Frage in Grund und
Boden diskutiert. Aber dieser Sonntagmorgen gehörte
Bert. Er hatte sein letztes Geheimnis preisgegeben, ein
Moment voller Emotionen, und alles veränderte sich.

Am Abend davor waren wir bei einem Kollegen aus
dem Institut gewesen, der sein neues Haus bezogen
hatte, nicht weit vom Ammersee, mit einem Garten
und guter Luft für die Kinder. Fünfunddreißig Kilometer bis zur Stadt allerdings, »aber das«, sagte die Mutter, »nehmen wir gern in Kauf. Früher mußten Kino
und Theater gleich um die Ecke liegen, jetzt freue ich
mich auf den Salat im Sommer und daß wir unsere
Milch beim Bauern kaufen können. Komisch, wie Kinder einen verändern. Ich verstand das nicht. Aber die

Kinder gefielen mir. Der Junge spielte Cello, das Mädchen Geige, ein ernsthaftes kleines Duo, möglich, daß auch sie mitspukten am nächsten Morgen.

Es war spät geworden, wir hatten lange geschlafen, uns geliebt, im Bett gefrühstückt, und dann, als ich aufstehen wollte, hielt Bert mich fest, »bleib hier, ich muß dir etwas sagen.«

Seine Stimme klang, als weigere sie sich, das Furchtbare auszusprechen. Die Angst fuhr durch meinen Körper, und sein Geständnis, daß er Halbjude sei, erinnerte mich an den kreißenden Berg, der eine Maus gebiert.

Er verstand nicht, daß ich lachte, ausgerechnet ich, die einzige, die er eingeweiht habe, es sei gefährlich, »lebensgefährlich, verstehst du das nicht?«

»Doch«, sagte ich, der Goslarer Juden gedenkend, deren Schicksal mich zum Journalismus gebracht hatte. »Aber du kannst es vergessen. Kein Mensch fragt mehr danach, es ist vorbei.«

Er schüttelte den Kopf. »Für andere vielleicht, für mich nicht.«

Halbjude also in Hitlers Berlin, hören Sie zu, Annette? Es geht Sie etwas an in gewisser Weise, denn Ihr berühmtestes Werk ist die »Judenbuche« geworden, meisterhafte Prosa, sagt man noch heute, und schon immer hat mich die kühle Distanz gewundert, mit der Sie, sonst so empfindsam, den Tod des Aaron schildern. Doch nun, da wir uns nähergekommen sind, begreife ich allmählich, warum er nur Ihr Material war und nicht Ihr Geschöpf. Nein, Sie und die Menschen in

Ihrem Umkreis mochten die Juden nicht, in Christi Namen und von Natur aus. Ein ganz normaler und alltäglicher Widerwille, den auch Ihre Briefe verraten, kleine Hämen, Nadelstiche, Seitenhiebe, und mir mit den Erfahrungen meines Jahrhunderts fällt es schwer, darüber hinwegzulesen. Gerade Sie hätten doch wissen müssen, wieviel Unheil schon aus Worten wie diesen gekrochen ist. Ja, es stimmt, allenthalben tönte man so, nicht nur in Westfalen, nicht nur in Deutschland, und verglichen mit anderen Dichtern klingt es bei Ihnen noch milde. Dennoch, das Wort ist die halbe Tat. Aber Schluß damit, vielleicht langweilt Sie ja auch Bertholt Treybes Geschichte, schließlich hat er überlebt.

Seine Mutter war eine geborene Grüntal, die Tochter des weltweit renommierten Physikers, der, als Hitler an die Macht kam, mit offenen Armen von den Amerikanern aufgenommen wurde. Seinen Assistenten und Schwiegersohn hätte man ebenfalls willkommen geheißen. Aber Berts Vater war kein Jude. Er baute darauf, daß auch Hitler Wissenschaftler wie ihn benötigen würde, und glaubte Frau und Sohn sicher unter seinem Schutz. Ein verhängnisvoller Irrtum, Sicherheit gab es nur, solange die Ehe bestand. Partei und Hochschule drängten auf Scheidung von der Jüdin, er verweigerte sie und wurde aus dem Institut gejagt.

Bert war gerade zur Welt gekommen, als das Unheil hereinbrach, und bei der Einschulung kannte er sein Stigma bereits. Am zweiten Tag wurde er auf dem Heimweg blutig geschlagen, von da an weigerte er sich, die Wohnung zu verlassen. Der Krieg brach aus, der Vater wurde an die Front geschickt, und da sein Tod die Familie vogelfrei gemacht hätte, beschloß man, wenigstens den Sohn zu retten. Freunde brachten ihn auf einen Hof in Schleswig-Holstein, Heinz Petersen von nun an, verwandt mit der Bäuerin, und ein Glück geradezu, daß er noch strohblond war in dieser Zeit. Ein kleiner blonder Junge, der mit der Lüge und der Angst leben mußte, und die Eltern vielleicht schon tot.

Aber er sah sie wieder. Der Schrecken ging vorbei, nur die Angst blieb, nie mehr Jude in Deutschland, und noch einmal wechselte er die Identität. Grüntal, der Geburtsname seiner Mutter, wurde gestrichen, auch die Großeltern, auch die Kindheit. Ein anderes Kind, eine andere Biographie, niemand in seinem Umfeld kannte die wahre Geschichte.

Und nun, bei mir, wollte er wieder zu sich selber kommen, ein Vertrauen ohne Vorbehalt, das meine Barrieren gegen eine Heirat, die ihm plötzlich so wichtig schien, zusammenfallen ließ. So plausibel, wie er mir seinen Sinneswandel erklärte, ich wollte modern sein, um Himmels willen kein konservativer Opa in Filzpantoffeln. Und jetzt wird mir klar, daß ich nur dem Zeitgeist hinterhergelaufen bin. Ich möchte, daß wir zusammengehören, ganz altmodisch mit Brief und Siegel und Ring, wir beide gegen die Welt. Sei ehrlich, willst du es nicht auch?«

Doch, ich wollte es, sein Wunsch war mein Wunsch

geworden, seltsam, diese Wandlung, wie nach einem Zaubertrank, und keine Rede mehr vom STERN und dem Glück am Wochenende.

»Dummes Zeug«, rief Paul Malsky, als ich mit meiner Absage vor ihm stand, dummes Zeug, ich solle doch bitte begreifen, welche Chance man mir biete. Andere leckten sich die Finger danach, so ein wichtiges Blatt, so ein Sprungbrett, und wenn ich unbedingt heiraten wolle, dann könne der Typ ja vielleicht mit nach Hamburg kommen.

»Das geht nicht«, sagte ich. »Der Typ ist Wissenschaftler am Max-Planck-Institut, und ich kann schließlich frei arbeiten.«

Er sprang auf vor Ärger. »Na also, da haben wir es schon. Max Planck, das ist natürlich was Edles, darauf muß man Rücksicht nehmen, da wird ja am Fortschritt der Menschheit gebastelt. Aber ganz abgesehen davon, es wäre wichtig für Sie, mal einen anderen Laden von innen zu sehen als die Goslarer Zeitung.«

Das Telefon klingelte, er nahm den Hörer ab und brüllte, man solle ihn in Ruhe lassen. Dann ging er zum Fenster mit seinem schweren schaukelnden Gang, ein Relikt aus dem Krieg angeblich, er sei, wurde erzählt, als Wachoffizier auf einem Zerstörer gefahren, weigere sich aber, darüber zu reden.

»Du machst einen Fehler, Mädchen«, sagte er. »Du bist jung und ziemlich begabt und hast Feuer unterm Hintern, und ausgerechnet jetzt, wo es richtig losgehen könnte, willst du anfangen, Papi und Mami zu spielen.«

»Sie sind doch auch verheiratet«, sagte ich, worauf er nickte, »wohl wahr, achtundzwanzig Jahre, immer mit derselben Frau. Aber die ist keine Journalistin und kann das Wort Emanzipation nicht mal buchstabieren. Sie hat drei Kinder großgezogen und mich für meinen Job fit gehalten, bei uns funktioniert das ausgezeichnet.«

Ich lachte, er sei ein Macho, ich würde gern mal seine Frau interviewen, und wir jedenfalls hätten etwas anderes vor, bei uns solle jeder zu seinem Recht kommen.

Er lehnte am Fenster, die Arme über dem Bauch verschränkt. »Die Sprüche kann ich singen, meine Tochter hat das auch behauptet. Sie ist Assistenzärztin am Eppendorfer Krankenhaus und hat uns vor zwei Jahren eine Enkelin beschert, sehr niedliches Kind. Morgens lädt sie es bei meiner Frau ab, dann schreit es zum Gotterbarmen und klammert sich an die Mutter, und abends geht das Theater von vorn los, weil die Kleine bei der Oma bleiben will. Nicht sehr gesund wahrscheinlich. Der Vater ist auch Arzt, Blödsinn so was, ich habe ihr gesagt, sie solle sich lieber einen Hausmann suchen oder wenigstens einen Lehrer, aber wer von euch hört schon auf den Alten.« Er winkte mich ans Fenster. Das Büro lag im zwölften Stock, ein weiter Blick über den Hafen und die Dächer der alten Speicherstadt. »Ist doch ganz schön hier, was? Also gut, heiraten Sie, bringen Sie's hinter sich, in ein paar Jahren können Sie ja immer noch nach Hamburg kommen.«

Auf dem Rückflug schob ich das Gespräch in meinem Kopf hin und her, vor allem die Frage, ob es für

Bert wirklich keine Alternative zu München gebe, nur Max Planck und sonst nichts, ein für allemal. Merkwürdig, weder er noch ich hatten das Thema je berührt. Ganz selbstverständlich, daß er bei seinen Siliziumkristallen blieb, ganz selbstverständlich auch, daß ich mich danach richtete, und je näher München kam, um so selbstverständlicher wurde es wieder.

Warum auch nicht, Amelie? Ich muß mich wundern über dich, diese Maßlosigkeit, hast du wirklich geglaubt, daß sich Glück einfordern ließe, gratis und schmerzlos? Wenn ich dein Leben sehe, deine Unabhängigkeit, deinen Luxus sogar in der Liebe, und dann ein Mann wie Berthold Treybe –, für mich wäre es das Paradies gewesen.

Ich war fast dreißig, als meine Mutter mit uns ins Rüschhaus zog, die Heimat fortan für sie und die Töchter. Kein Schloß mehr, obwohl es sich so zu geben suchte mit dem schön geschwungenen Giebel und dem Wappen über der Freitreppe, mit hohen weißen Fenstern, Gartensaal und Hausaltar, und auf den Tapeten im italienischen Zimmer der Vesuv und das südliche Meer, Wände, in die ich hineinging bei meinen Reisen nach Arkadien. Alles andere jedoch war kärglich, so kärglich wie die Möbel, die Werner uns zugestand. Kostbarkeiten blieben auf dem Familiensitz, meine Mutter hatte sie genommen und genossen, nun nahm sie der Sohn. Jenny weinte beim Abschied. Sie indessen, immer noch schön unter der schwarzen Witwenhaube, trat erhobenen Kopfes aus der Tür und fuhr über die Brücke, ohne sich noch einmal umzusehen.

Für mich brach die Welt auseinander. In den Ställen brüllten die Kühe, Ketten klirrten, der Hammer des Schmieds fiel auf den Amboß, vertraute Geräusche, die von nun an nicht mehr zu mir gehörten, auch nicht die Buchen am Weg, und nie wieder, wenn ich die Stätten meiner Kindheit auftauchen sah, kam ich nach Hause.

Die Hülshoffer ließen mich spüren, daß ich meinen angestammten Platz verloren hatte. Schon am nächsten Morgen, als ich den Rest unserer Sachen abholen wollte, wurde ich wie ein Gast empfangen, selbst vom bislang so ehrerbietigen Gesinde, das nun verbissen die Habe des neuen Herrn verteidigte, auch wenn es sich nur um einen Bratentopf handelte. Die Köchin, ich sah es ihr an, hätte mich lieber davongescheucht, und unser alter Diener übertraf alle anderen an Treue. »Ist noch sehr früh, gnädiges Fräulein«, murmelte er mit deutlicher Mißbilligung und bestand darauf, den Besuch zu melden, bevor sich die Tür zu jenem Zimmer öffnete, in dem er mir mein Leben lang das Frühstück serviert hatte.

Werner und Line saßen an den Schmalseiten des Tisches, die Plätze unserer Eltern, was meinen Unmut noch steigerte. »Dürfen wir dir Kaffee anbieten?« fragte Werner zeremoniös, doch ich begann sofort mein Klavier einzuklagen, das er mir immer noch vorenthielt. Ein Geschenk meines Vaters, niemand hier konnte es nutzen, aber es nahm sich hübsch aus im Salon, und vielleicht hoffte mein Bruder auf ein musi-

kalisches Kind. Von einer Schenkung, behauptete er
jetzt aus heiterem Himmel, sei ihm nie etwas bekannt
gewesen, das Instrument auch viel zu sperrig für die
Gutswagen, worauf es zu einer Szene kam, in deren
Verlauf ich lauthals den Geist unseres Vaters anrief,
Line in Tränen ausbrach und Werner, vermutlich weil
er meine Hysterien, noch mehr aber die Ohren der
Dienstboten fürchtete, das Streitobjekt umgehend
wegzuschaffen befahl, per Wagen oder mit Muskel-
kraft, es sei ihm gleich. Danach sprachen wir von einem Mißverständnis, man stritt sich nicht in der Familie. Frischer Kaffee wurde gebracht, auch den Bratentopf ließ man mir holen, und als das Klavier, sorgfältig
verpackt und abgestützt, auf dem Wagen stand, folgte
ich ihm im Triumph zum Rüschhaus.

Meine kleine Wohnung im Entresol war schon fertig
eingerichtet, putzig fast in ihrer Bescheidenheit. Ein
Raum zum Schlafen, noch ein Kämmerchen daneben,
und im Wohnzimmer nur das alte schwarze Sofa, Tisch
und Stühle, mein Hülshoffer Sekretär, die Schränke für
meine Sammlungen. Eine Nonnenzelle, ein Schnek-
kenhäuschen, es gefiel mir, und nun stand auch das
Klavier an seinem Platz. Nachdem die Träger gegangen waren, schlug ich ein paar Akkorde an, reine Töne
trotz der holprigen Fahrt, es machte mich glücklich
über den Anlaß hinaus. Ich trat ans Fenster und blickte
auf die Gartenwildnis, später September, das hohe Gras
lag schon modernd am Boden, aber noch blühten die
Herbstastern, goldgelbe Reinetten glänzten zwischen
den verfärbten Blättern, und während eine Amsel ihren

Ruf in den Mittag schickte, geschah etwas Seltsames. Ich spürte, wie das Haus mich aufnahm, mich, die Dichterin und ihr Werk, in meinem Schutz, schien es zu sagen, kannst du es endlich aus dem Dunkel holen. Ich stand am Fenster, der Himmel öffnete sich groß und weit, und alles, was geschehen war bisher, war gut.

Kennst du solche Euphorien, Amelie? Und die Verzweiflung, wenn die Flügel dich nicht tragen wollen? Das Haus trifft keine Schuld, auch die Menschen, die unbekümmert eindrangen in das Refugium, haben meine Hoffnungen nicht zerstört. Die Schuld trifft nur mich, meine Schwäche und Fügsamkeit. Das Klavier hatte ich verteidigt, meine Gedichte gab ich preis. Ich war keine Nonne, abgesondert von der Welt und ihren Plagen, ich war Tochter, Schwester, Schwägerin, Tante, die, weil sie keinem eigenen Hausstand zu dienen hatte, jedermanns Dienerin sein sollte, auf Abruf, wann immer man sie brauchte, bis zu dem Tag, an dem ich mich nicht mehr gebrauchen ließ. Mein langer Weg zur Meersburg, davon will ich reden, vielleicht weiß ich am Ende, warum alles war, wie es war.

Ich lasse die Jahre vorüberziehen und sehe mich ins Hauswesen verstrickt, in Besuche und Gegenbesuche, in die nie endenden Ansprüche meiner Mutter, in die Forderungen und Wünsche der Verwandtschaft, sehe mich Pflegedienste leisten, Gefälligkeiten erweisen, Neffen und Nichten unterrichten, Tanten die Zeit vertreiben, sehe mich in Hülshoff bei der

ewig schwangeren, gebärenden, stillenden Line und
unterwegs nach Münster und Bonn, auch wieder nach
Bökendorf und sogar in die Schweiz, immer guten
Gründen folgend, doch bessere hätte es zum Bleiben
gegeben, Bleiben und Schreiben. Zwei Jahre nach dem
Umzug hatte ich endlich wieder mit der Arbeit begonnen, »Das Hospiz auf dem Großen St. Bernhard«, doch
es blieb bei den Anfängen. Immer wieder wurden Gedanken und Verse zerrissen, schon beim Anblick des
Schreibtischs saß mir die Störung im Nacken. Ein Stru-
del aus Alltäglichem, jeden Morgen nahm ich mir vor,
ihm zu entkommen. Doch kaum angekleidet, ließ ich
mich, wie auf der Flucht vor der gestörten Stille, wieder hineinziehen und stopfte selbst die Mußestunden zu
mit Korrespondenzen, Lektüre und Liebhabereien,
meine hochgelobten Sammlungen etwa, du kennst sie,
Bagatellen, alles Bagatellen, ich wollte nur eins,
warum tat ich es nicht. Auch darüber müssen wir sprechen, ein Weg ins Labyrinth.

Wo ist der Einlaß? Dort vielleicht, wo die Verwer-
fungen liegen im einförmigen Lauf dieser Jahre: der
Tod meines Bruders und Jennys Hochzeit.

Ferdinand, der jüngste von uns, starb im Juni 1829.
Er hatte das Forstwesen studiert und sich in Anhalti-
sche Dienste begeben, brustkrank seit langem schon,
schwindsüchtig, wir wußten es, wollten aber die Be-
drohung nicht wahrhaben. Ein gefährliches Leiden,
mancher jedoch blieb am Leben, so lange zumindest,
daß man von einem Leben sprechen konnte, das hatten
wir erhofft für Ferdinand, so blühend, wie er aussah, so

voller Zuversicht, und die Waldluft, in der er sich bewegte, sollte ein übriges tun.

Mir war er der liebste von den Brüdern, heiter und großmütig, Welten entfernt von Werners Engstirnigkeit. Auch die Musik hatte uns verbunden, seine Gitarre, mein Klavier, seine dunkle, meine helle Stimme. Es lag noch nicht lange zurück, daß wir zusammen gesungen hatten. Doch nun kam er zum Sterben nach Hause.

Jenny befand sich in Bökendorf, und meine Mutter ertrug es nicht, dem Tod am Bett ihres Kindes ins Gesicht zu sehen. So fiel die Pflege auf mich, fünf Wochen, in denen ich bei ihm war Tag und Nacht, seine Hoffnung und seine Verzweiflung teilte, mit ihm betete und weinte und der Grenze entgegenging, zurückbleibend am Ende, aber dem Tod so nahegekommen, daß ich seine Berührung fühlte. Alle Symptome Ferdinands suchten mich danach heim, Husten, Brustbeklemmungen, blutiger Auswurf und das Verlöschen der Lebenskraft. Schwindsucht, Ansteckung während der langen Pflege, kein Zweifel, die Schatten winkten und wollten mich holen. Eine Täuschung des Gemüts, auch daran kannst du sterben. Nur die Homöopathie mit ihren Einsichten in die vertrackten Wechselspiele der Natur konnte mir helfen, doch die Krankheit, aus welchen Wurzeln immer sie sich nähren mochte, lag auf der Lauer von nun an, und nicht nur mein Kopf wußte, daß der Tod neben mir herging. Ich fürchtete seinen kalten Atem, in schlaflosen Nächten vor allem, wenn ich die Tage verrinnen sah wie Sand zwischen den Fingern.

1834, als Jenny heiratete, lagen, von ein paar Nichtigkeiten abgesehen, nur zwei Versepen fertig in der Schublade, das »Hospiz« und »Des Arztes Vermächtnis«. Die Ernte von acht Rüschhausjahren. Ich zucke die Schultern, verwundert über den Dilettantenstolz, mit dem ich sie der Welt präsentierte. Hat die Dichterin in mir nicht gewußt, wie die Reime klingeln? Aber er war da, der Mahnruf des Gewissens. Woher sonst hätte ich im Meersburger Turm den Mut nehmen sollen zum Aufstand gegen das Fräulein von D. und ihre Fügsamkeit.

Die Meersburg, allmählich tritt sie heraus aus dem Dunst, weit entfernt noch, nur ein Name, den ich zum ersten Mal bei Jennys Hochzeit hörte. Die Meersburg am Bodensee, gehört und wieder vergessen im Aufruhr der Gefühle. Aber nicht mehr lange, und ihre Konturen werden sich abzeichnen am Horizont.

Es hatte mich wie einen Schlag ins Gesicht getroffen, als Jenny mir nach einer Reise mit den Haxthausens in die Schweiz ihr heimliches Verlöbnis anvertraute und bald darauf der Herzensmann erschien, um seine Werbung vorzubringen, ein zierlicher Greis mit dünnen, weißen Löckchen auf dem rosa Schädel, in einen altertümlichen Schnürrock gekleidet und von gravitätischem Gehabe: Joseph Freiherr von Laßberg, ehemals fürstlich Fürstenberger Landesoberforstmeister, jetzt Schloßherr im schweizerischen Eppishausen und weitgerühmter Sammler altdeutscher Handschriften. Kostbarkeiten wie das Nibelungenlied und der Lohengrin lagen bei ihm in den Schüben, ganze Stapel vergilbter

Blätter mit Minneliedern und ihren Melodien, und die Hingabe, mit denen er sich den mittelalterlichen Schätzen widmete, färbte bereits auf seine Sprache ab. Meister Sepp von Eppishausen hieß er im Kreise Gleichgesinnter, zu denen auch die Grimm-Brüder zählten. Durch sie war die Bekanntschaft mit den Bökendorfern zustande gekommen, der Besuch in Eppishausen und von dort ein gemeinsamer Ausflug zum Rigi, wo Laßberg der überraschten Jenny so leidenschaftlich seine Liebe erklärt hatte, daß Äußerlichkeiten dahinter verblassen mußten. In der Jugend, hieß es, sei er stattlich gewesen, ein homme de femme, und offenbar gelang es ihm immer noch, ein Feuer zu entzünden. Ich aber sah mit Schauder auf die welken Lippen, die bleichen, blaugeäderten Hände und dachte anfangs, daß Jenny, sechsunddreißig immerhin und verzagt wegen ihres Jungfernstandes, den kümmerlichen Freier als Notnagel nehmen wollte. Doch der zärtliche Glanz in ihren Augen sprach dagegen, auch die Tränen, mit denen sie um den mütterlichen Konsens flehte, ohne Erfolg zunächst, eine solche Verbindung stand außerhalb jeder Diskussion, wobei die fünfundzwanzig Jahre Altersunterschied nicht zu Buche schlugen angesichts von Laßbergs Vermögen und Stellung. Aber der Adel war weder westfälisch noch die Ahnenreihe lang genug, und vor allem: Sein Ruf galt nicht als makellos. Er hatte, wie alle Welt wußte, sein halbes Leben in unstatthafter Allianz mit der Fürstinmutter von Fürstenberg verbracht, der er neben einem Sohn auch den größeren Teil seines Besitzes verdankte, skandalös für meine

Mutter, und daß die Dame schon seit langem in der Familiengruft ruhte, konnte das harsche Urteil nicht mildern. Es dauerte drei Jahre, bis Jennys Kummer und seine unerschütterliche Geduld, mehr eigentlich, als ein Mann in so fortgeschrittenen Jahren sich leisten konnte, ihren Widerstand brachen. »Wahre Liebe«, sagte sie. Ich dagegen behauptete, daß es seinen Neigungen entspreche, den Minnesänger zu spielen, eine Häme, die mir später, als ich seine Güte kennenlernte, leid tat.

Bei der Trauung im Hülshoffer Gartensaal allerdings schnürte mir der Anblick des Paares die Kehle zu, Jenny immer noch von mädchenhafter Anmut und daneben der zerknitterte Laßberg. Aber er strahlte wie ein jugendlicher Bräutigam und war es wohl auch in gewisser Weise, denn anderthalb Jahre später wurden Zwillinge geboren, Hildegunde und Hildegard, ein helles und ein dunkles Kind. Sie, denen vom ersten Augenblick an meine Liebe gehörte, halfen mir später, Jennys Glück hinzunehmen.

Einen Schlag ins Gesicht habe ich die Heirat genannt, vom Aufruhr meiner Gefühle gesprochen, und ich weiß nicht, ob du ihn verstehst, Amelie, den inneren Tumult, der mich nur dank meiner Amme nicht gleich nach dem Fest aus der Balance werfen konnte. Meine Alte aus dem Weberkotten, in der sie mit ihrem Sohn gehaust hatte, nach dessen Tod ihr das Armenhaus drohte. Da hatte ich sie zu mir genommen, gegen den Willen meiner Mutter, die, früher so großzügig in ihrer Wohltätigkeit, jetzt jeden Kreuzer hütete. Aber die

Amme war mir einmal das Liebste gewesen. Ich ließ mich nicht umstimmen, zahlte Kostgeld für sie und gab ihr die kleine Kammer neben dem Schlafzimmer. Nun saß sie zufrieden an meinem Ofen, bisweilen lästig, bisweilen ein Trost, auch weil sie in mir ihre einzige Zuflucht sah, und eine Grippe, die sie kurz nach der Hochzeit beinahe das Leben kostete, bewahrte mich vor den wirren Gedanken. Erst, als ihr zur Verwunderung aller die Milchsuppe wieder zu schmecken begann, stand ich schutzlos der eigenen Bedrängnis gegenüber, ermattet und reizbar, schwankend zwischen Melancholie und fiebriger Geschäftigkeit.

Sehnsucht nach Jenny, diagnostizierte meine Mutter, nur die halbe Wahrheit. Gewiß, Jenny fehlte mir. Aber schon manchen Sommer hatte sie in Bökendorf verbracht, von meinen langen Besuchen am Rhein ganz zu schweigen, und nicht die Trennung warf mich aus dem Gleichgewicht, sondern etwas anderes, das ich vergeblich vor mir selbst zu bemänteln suchte, auch nie beim Namen nannte, Neid, jetzt endlich bringe ich es über mich, das Wort auszusprechen.

Es war nicht Laßberg, den ich ihr mißgönnte. Laßberg im Ehebett, ich malte mir seine Nähe aus, die zittrige Leidenschaft, nein, Jenny sollte ihn haben und glücklich sein, wenn es sie nicht schauderte. Ich wollte weder Laßberg noch einen anderen Ehemann, ich hatte mich entschieden, in Bökendorf und vor nicht langer Zeit nochmals in Bonn, wo ein durchaus passabler Gutsbesitzer, von jungem Adel zwar, aber vermögend und mit lebhaften literarischen Interessen, sich um mich bemüht hatte, vergebens, obwohl das Nein mir zu schaffen machte. Meine Entscheidung, nur meine, und dennoch kaum zu ertragen, daß die Gefährtin im Verzicht nun Frau von Laßberg war, mit einem Schloß, einem Mann und der Liebe, während ich zurückblieb, verdorrend wie der unfruchtbare Feigenbaum. Jenny, die besaß, was mein Kopf verweigert hatte und mein Körper ihr neidete in Schande und Scham. Eine Falle ohne Ausweg, ich wurde krank darin, krank an der Seele, krank am Leib, so, wie es sich bei mir zu bündeln pflegte.

»Wechselfieber«, sagte der Homöopath und gab mir Pulsatilla, Nux vomica und Phosphorus, Mittel, die ihre Zeit brauchten, um das Leiden zu lindern. Zwischen Glut und Kälte zitternd lag ich da, die Stille des Hauses um mich herum, du hast dein Pfand verschleudert, rief sie mir zu, vertan und verspielt, und dann kam die Hoffnung und trug mich himmelhoch, so, als müsse ich nur das eine Wort noch finden, das Zauberwort. Fiebernd schickte ich meine Gedanken aus, vergeblich und dennoch gewiß, daß es irgendwo wartete, aber als ich, halbwegs genesen, nach einem neuen Anfang suchte, schob sich wieder Jenny dazwischen. Sie sei gesegnet, teilte Laßberg uns triumphierend mit, eine Hiobsbotschaft angesichts ihrer einundvierzig Jahre. Unser Besuch in Eppishausen war längst geplant, jetzt weigerte sich meine Mutter, ihn meinetwegen noch länger hinauszuzögern. Der große Reisekorb wurde gepackt, meine Amme in die Obhut der Köchin gegeben, Abschied genommen von Verwandten und

Freunden, dann brachen wir auf, und fast zwei Jahre vergingen, bis ich zurückkam, eine lange Zeit. Ich versuche, mich zu erinnern, doch wozu, ich will nicht von der Reise reden, nicht von Eppishausen, dem weißen Schlößchen zwischen Alpen und Bodensee, nicht von Laßbergs freundlich-gravitätischem Regiment und den Tischrunden mit seinen gelehrten Freunden, ohne Bedeutung dies alles für den Gang der Geschichte und wichtig allein der Friede, den ich mit Jenny machte, mit Jenny, nicht mit mir.

Dabei hatte ich mich bis zuletzt gegen die Begegnung gewehrt und das Rüschhaus nur unter Zwang verlassen, den Garten mit seiner Rosenfülle, dem blaßgelben Jelängerjelieber, den Wind, der nach Jasmin und blühenden Linden duftete. Junitage, in meinem Kopf summten die Bilder, ich wollte allein sein, ohne Störungen und Pflichten, nur meine Alte in der Ecke und dann und wann eine Wanderung nach Münster, um lange Gespräche mit Schlüter zu führen, Professor Bernhard Christoph Schlüter, von dem ich mir soviel erhoffte, mehr als seine fromme Seele geben konnte, aber das wußte ich noch nicht. Die Bekanntschaft mit ihm hatte meine Mutter eingefädelt in der Annahme, daß ein neuer Mentor mir wohltun könne, zumal »Das Hospiz« und »Des Arztes Vermächtnis« durchaus wieder ihren Beifall fanden. Schlüter, der Philosoph, Dichter und treue Katholik, sollte mich fördern und zugleich literarisch auf dem rechten Wege halten, was sich nicht zusammenfügen wollte, vor allem, weil er, fast erblindet und der Welt abgewandt, bei seinem Blick nach innen nur noch der heiligen Dreifaltigkeit zu begegnen schien. Ein gütiger Mensch, er möge mir die Spötterei vergeben, auch die Treulosigkeit, mit der ich mich später seinen Belehrungen entzog, als Levin mir zeigte, daß die Kunst nicht ständig Gott im Munde führen muß.

Damals jedoch, nach einer verwandten Seele hungernd, buhlte ich um seine Freundschaft und wäre lieber in seiner Nähe geblieben. Doch meine Mutter zeigte sich zum Glück unerbittlich. Denn im Winter, während Jennys Leib sich über den Zwillingen wölbte, ihr Gesicht dagegen immer bleicher wurde, begann das Unnennbare, das mir den Atem abzudrücken drohte, sich in Angst und Mitleid aufzulösen, um schließlich, als die Schreie durchs Haus gellten, einen Tag, eine Nacht, endgültig zu verschwinden.

Sie überstand die Geburt, doch der Arzt glaubte nicht mehr an ein Aufkommen, blutleer, wie sie war, gänzlich ohne Kraft. Meine Mutter blieb an ihrem Bett, ich bei den Neugeborenen, zum ersten Mal mit so winzigen Geschöpfen in meiner Hand. Line, die Hülshoffer Schwägerin, hatte ihre Säuglinge, sechs bislang, nur besichtigen, aber nie berühren lassen, und meine Sorge, Jennys Kinder zu zerbrechen, dauerte an, bis die rosigen Gliedmaßen mir so vertraut waren wie ihr Atem im Schlaf. Wenn sie auf dem Kissen lagen, das eine mit dem hellen Drostegesicht meines Vaters, das andere bräunlich wie Jenny und meine Mutter, fühlte ich Glück und Gram zugleich, Glück, daß es so etwas gab, Gram, weil es mir nie gehören konnte.

Eines Tages ließ Jenny mich rufen. »Versprich mir, daß du bei ihnen bleibst, wenn ich sterbe.«

»Du wirst nicht sterben«, sagte ich.

Sie schüttelte den Kopf, »woher willst du es wissen?«

»Ich weiß es«, sagte ich, »du wirst nicht sterben.« Ein Sibyllenton, ernst und feierlich, sie sollte mir glauben. Dann sah ich, wie von einem Moment zum anderen Hoffnung in ihre Augen kam, und wußte, warum: Zu Hülshoffer Zeiten hatten die Gutsleute, vielleicht weil manches in meinem Wesen dem Landläufigen widersprach, mir Hellsichtigkeit anhängen wollen, das Fräulein mit dem zweiten Gesicht, die Sternenjungfrau. Jenny und ich hatten darüber gespottet, nun war es ihr Strohhalm geworden, an dem sie sich festhielt im Sog. »Du hast mir Stärke gegeben«, sagte sie später, als wir zum ersten Mal wieder zusammen in der Frühlingssonne saßen, Jenny mit der Frauenhaube, die Kinder neben sich. Ich stand auf und legte ihr ein Tuch über die Schultern, die Wirrnis war vorbei, kein Neid mehr, keine Häme, nur Trauer um das, was mir verschlossen bleiben sollte.

Ich und mein halbes Leben. Wenn ich vor dem Spiegel stand, sah es mich an und fragte, ob dies alles sei bis zum Ende. Phantasien der alten Jungfer? Sehnsucht der Dichterin nach der großen Emotion? Auch für dieses Gefühl hatte ich noch keinen Namen und versuchte, es zu überspielen in dem Eppishausener Sommer, der nun, da Jenny ihre Kinder selber hütete, mir Zeit schenkte in Fülle, Zeit zum Lesen, zum Nachdenken, zum Dichten, noch einmal Verse nach Schlüters und meiner Mutter Geschmack. Im Park von Eppishausen gab es einen Pavillon, zierlich wie ein Miniaturschlößchen, von dessen Altan man bei klarem Wetter den Bodensee sah und am jenseitigen Ufer die Meersburg mit ihren Türmen. Auch Levin war schon unterwegs.

Ihre eingekerkerten Gefühle, Annette, die nur ein Mann erlösen konnte, ach Gott, das alte Spiel. Levin mit dem Zauberwort, ausgerechnet er. Es widerstrebt mir, ich wünschte, Sie hätten es auch ohne ihn gefunden, aber ich habe gut reden.

Bert und ich heirateten im Sommer, eine Hochzeit im Kreis von Freunden, Familie hatte keiner von uns aufzubieten. Berts Verwandtschaft mütterlicherseits, die Grüntals, ohnehin abgeschrieben, lebte in Amerika, Treybes gab es nicht mehr, und meine Mutter, es fällt mir schwer, die Worte hinzuschreiben, meine Mutter war tot. Ein kurzer Satz, Subjekt, Prädikat und dahinter ihr Leben.

Es passierte fünf Monate nach der voluminösen Kur, die sie bis zum Jahresende verlängert hatte, angeblich auf den dringenden Rat ihres Arztes. Der Dezember berge stets Gefahren für labile Gemüter, erklärte er mir bei meinem telefonischen Protest, dachte dabei aber wohl eher an die Rentabilität seines Hauses in der stillen Zeit, während es ihr allein darum ging, die Festtage mit Herrn Keller zu verbringen, dem allgegenwärtigen Kurschatten.

Dann jedoch, als er in sein Düsseldorfer Textilgeschäft zurückkehren durfte, stand auch ihrer Entlassung nichts mehr entgegen, »eine Musterpatientin«, so der Professor, als ich sie abholte, »psychisch stabilisiert, den Ansprüchen des Alltags gewachsen«, nun müsse man ihr aber auch die Chance geben, sich zu bewähren. »Eigenverantwortung, mein liebes Fräulein Tochter, hören Sie auf, Ihre Mutter zu umglucken.«

Er strahlte Zuversicht aus, sie ebenfalls, ein veränderter Mensch neben mir im Auto, gesund offensichtlich, energiegeladen und von jugendlicher Eleganz, dies dank Herrn Keller, der ihr eine komplette neue Garderobe hatte schicken lassen, zum Sonderpreis selbstverständlich. Nur daß sie unentwegt von diesem Menschen sprach, beunruhigte mich, und dann die Vehemenz, mit der sie sich bereits am nächsten Tag auf die Arbeitssuche machte, »irgendwas in der Modebranche, Herr Keller hat mir soviel von Stoffen und Schnitten erzählt, daß ich direkt versiert bin, und vom Geschäft verstehe ich ja sowieso genug.«

Man dürfe sich vielleicht nicht nur auf eine einzige Sache fixieren, gab ich zu bedenken, doch schien sie tatsächlich in der Lage, ihre Angelegenheiten allein zu regeln. Jedenfalls fand sich mit Hilfe der Anonymen Alkoholiker, aber auch, weil man noch wußte, wie geschickt sie Papenbrinks Salon geführt hatte, schon sehr bald das Richtige, eine Filiale nämlich der Boutiquenkette »Signora«, deren Leitung man ihr anvertraute.

Die Zusage kam am Abend vor meiner Abreise, kurz darauf noch ein Anruf von Herrn Keller, zuviel des

Glücks beinahe. Wie betäubt stand sie am Telefon, war danach aber endlich fähig, auch mir zuzuhören. Bisher hatten sie höchstens meine Reisen interessiert, Venedig vor allem, wohin Herr Keller mit ihr zu fahren gedachte. Doch jetzt fragte sie nach Bert, nach seiner Familie, seinem Beruf, seinem Einkommen, und rief, über ein Foto gebeugt, völlig verblüfft: »Mein Gott, der sieht ja fabelhaft aus!« Dann hob sie den Kopf und musterte mich so eingehend, als nehme sie mein Gesicht zum ersten Mal seit langem wieder wahr. »Du bist hübscher geworden.«

»Danke«, sagte ich.

»Frau Aßmann noch ähnlicher als früher, aber die konnte sich ja auch sehen lassen als junge Frau. Weißt du, daß Beate heiraten wird? Ein leitender Herr von der Lufthansa, demnächst besuchen sie mich.« Sie hob die Arme und atmete tief ein und aus. »Ich glaube, jetzt wird das Leben wieder schön.«

»Bestimmt«, sagte ich in einer unerklärlichen Panik, die mich nicht wieder losließ, weder in der Nacht noch auf der Autobahn, erst Bert half mir, sie abzuschütteln.

»Du kannst nicht deiner Mutter Hüter sein«, sagte er, »komm, jetzt bist du bei mir.«

Er war ein wilder Liebhaber, ganz im Gegensatz zu der schwarzweißen Kühle am Tag, nicht verspielt wie André, sondern von fordernder, bedenkenloser Intensität. Ich weiß nicht, in welche Wolken ich hineinflog mit ihm, du vergißt es so schnell, nur die Wiederholung bringt es zurück. Er war, was ich brauchte, jedenfalls glaubte ich das.

Im April legten wir den Hochzeitstag fest auf Anfang Juli, kurz vor Berts Urlaub, und meine Mutter, meinte er, habe ein Recht darauf, ihn vorher kennenzulernen. Auch Goslar wollte er sehen und Rosa Prillichs Grab, lauter gute Gründe für die Reise, doch die Begegnung mit meiner Mutter machte mir Angst. Ich hatte sie regelmäßig angerufen, in der Boutique oder abends zu Hause, und nichts in ihrer Stimme klang nach Alkohol. Es schien ihr gutzugehen, kein Anlaß zur Sorge eigentlich, nur die übertriebene Munterkeit ließ mich aufhorchen. Und vor allem: Der Name Keller kam nicht mehr vor.

Die Arbeit, hofften wir, bringe sie vielleicht zur Realität zurück, und als wir nach Goslar kamen, sah es auch zunächst danach aus. Es war Sonnabend, sie hatte aufgeräumt, den Tisch gedeckt, alles tipptopp, auch ihr Make-up, die Frisur und das Kleid mit dem ausgefallenen geometrischen Muster, ein Modell aus der Boutique vermutlich. Die Begrüßung war förmlich, Umarmung für mich, Umarmung für Bert, den sie als Schwiegersohn willkommen hieß, die feine Aßmannsche Art. Aber schon beim Kaffee bereits redete sie zuviel und zu hastig, vom Laden und ihrem Spaß am Verkaufen, und wie man sie schätze und achte und wie gut es ihr ginge, doch, wirklich gut, sie sei glücklich, beinahe jedenfalls, und mehr dürfe der Mensch wohl nicht verlangen, und ob wir noch Kaffee wollten oder lieber ein Glas Mineralwasser, Alkohol habe sie nicht im Haus, Bert wisse ja sicher, warum.

Bert nickte, doch jetzt müsse er sich die Beine vertreten nach der langen Fahrt, und als wir allein waren, legte sie den Kopf auf den Tisch und fing an zu weinen.

Herr Keller, natürlich Herr Keller. Er hatte sich abgemeldet, aus der Traum, kein Venedig mehr, kein Textilgeschäft in Düsseldorf, umsonst die Lehrzeit in der Boutique, »und so allein«, sagte sie, »kann ich es nicht ertragen.«

Die übliche Litanei, sie klang mir noch im Ohr. Ich begann um mein Leben zu reden, »du hast zuviel erwartet, ein Zauberberg, so ein Sanatorium, da verspricht man das Blaue vom Himmel herunter, und zu Hause wird dann alles wieder normal.«

»Seine Frau«, sagte sie, »es liegt nur an der Frau, die hat das Geld.«

Aber es sei doch schön gewesen, sagte ich, und nun habe sie ihre Arbeit und würde auch neue Freunde finden, ganz bestimmt, so hübsch, wie sie aussehe, so schick und gepflegt, aber sie müsse sich Zeit lassen, auf die Schnelle ginge es nicht, nicht von heute auf morgen.

Nutzlos, die vielen Worte, ihr leeres Gesicht gab keine Antwort. Sie fing an, das Kaffeegeschirr auf ein Tablett zu stellen, die Rosenthaltassen, die versilberte Kuchenplatte, die Sahneschüssel, trug alles in die Küche, ließ Wasser darüber laufen. Dann saß sie wieder am Tisch und sagte: »Ich möchte zu dir nach München kommen.«

Ich hatte es erwartet und trotzdem stieg eine Welle von Übelkeit in mir hoch.

»Wenn ihr heiratet«, sagte sie, »ziehst du zu ihm,

dann kann ich deine Wohnung nehmen«, und von vornherein stand fest, wie sie auf meinen Einwand, daß ich das Apartment zum Arbeiten brauche, reagieren würde: »Wozu willst du arbeiten, er verdient doch genug.«

»Ich arbeite nicht nur, um Geld zu verdienen«, sagte ich.«

»Und ich gehe hier kaputt«, sagte sie. »Du mußt mir helfen.«

Mir helfen, das Echo so vieler Jahre. »Nein«, sagte ich, »es ist vorbei, du mußt dir selbst helfen, mach du deinen Kram und laß mir meinen, sonst gehen wir beide kaputt.«

»Herzlos«, sagte meine Mutter, »du bist herzlos, genau wie die Aßmanns, und du wirst deine Strafe noch bekommen.«

Dann war Bert wieder da, und sie tat, als sei nichts gewesen, ein Streit wie früher, ohne Folgen. Am nächsten Morgen zeigte ich ihm die Altstadt, das schiefe Haus im Heerwinkel, das Grab. Beim Abschied lächelte sie und wollte wissen, was wir uns zur Hochzeit wünschten. Aber vielleicht hatte sie schon angefangen, über meine Bestrafung nachzudenken.

Die Nachricht von ihrem Selbstmord kam eine Woche vor unserer Hochzeit. Ich hatte gerade mein Kleid abgeholt, nichts Pompöses mit wehendem Schleier, nur ein weißseidenes Kostüm, ein Hut dazu und gelbe Rosen auf der breiten Krempe. Montagabend, wir wollten uns mit Freunden im Biergarten treffen, und als das Telefon klingelte, dachte ich, Bert sei im Institut hängengeblieben. Aber es war Frau Hagedorn, die Pächterin des Frisiersalons, »o Gott«, sagte sie, »o Gott, Fräulein Aßmann, Ihre Mutter.«

Die Tabletten hatte sie schon am Sonnabend eingenommen, unbemerkt, sie wußte, daß niemand sie vermissen würde übers Wochenende, »und da liegt sie nun«, sagte Frau Hagedorn, »und sieht ganz friedlich aus, ein weißes Nachthemd, und hübsch zurechtgemacht, und Blumen neben dem Bett, doch, ganz friedlich, und gleich kommt die Polizei.«

Ihr sorgsam inszenierter Tod, das Hochzeitsgeschenk. Vor wenigen Tagen erst hatte ich ihr alles Wichtige durchgegeben, die Zeiten für Standesamt und Kirche, das Hotel und wo wir am Vorabend zusammen essen wollten, nur wir drei, Beate, wieder einmal unerreichbar, wurde seit längerem auch von ihr nicht mehr erwähnt. Sie schien sich zu freuen, hatte nach den Gästen gefragt, nach ihrem Tischherrn, von dem neuen smaragdgrünen Kleid erzählt, so aufgeregt, als sei sie die Braut, und nun dies. Ich versuchte mir einzureden, daß es im Affekt geschehen war, ein Moment, in dem der Tod freundlicher aussah als das Leben, doch wie immer, die Anklage *Ich bin so allein* lag nur für mich auf dem Nachttisch, denn Beate, die zur Beerdigung kam, zeigte sich immun gegen Schuldgefühle, und ich weiß nicht einmal, ob sie trauerte.

Nach dem Streit damals waren wir uns aus dem Weg gegangen, so sollte es bleiben von mir aus, auch über unsere Hochzeit sprachen wir nicht. Ob sie das Rosenthalservice haben könne, fragte sie, das Silber, die Wäsche, für mich reiche ja wohl das Haus. Aber ich wollte ohnehin nichts von der Marktstraße behalten, nur einige alte Sachen Papenbrinkschen Ursprungs, die meine Mutter, als sie Platz für ihre moderne Schrankwand brauchte, auf den Speicher geschafft hatte, zwei Kirschbaumkommoden, eine Truhe und ein schön geschwungenes Sofa.

Das Haus erwarb Frau Hagedorn, deren Frisiersalon florierte, und Schulden, sagte sie, seien das Beste, was man heutzutage machen könne. Bert regelte, was sich regeln ließ, um das Kapitel Goslar zu beenden. Den Rest nahm ich mit, die Trauer etwa, von der er meinte, daß sie nicht Helga Papenbrink gelte, einstmals Helga Prillich aus Rastenburg, nicht der Mutter, die sie gewesen war, sondern einer, die sie vielleicht hätte sein können. »Das Kind«, sagte er, »trauert um etwas, das es nicht gehabt hat und nie mehr bekommen wird. Sag dem Kind, daß es kein Kind mehr ist.«

Er saß neben mir, wir fuhren nach München zurück, nach Hause, ein Trost, daß er da war, mir half und mich festhielt und in der Nacht hinaustrug aus mir selbst. Die Zweifel, die sich mitunter noch gemeldet hatten, verstummten, es gab nichts zu verlieren, nur zu gewinnen. Komplett, erklärte mir mein Spiegelbild am Hochzeitsmorgen, jetzt bist du komplett, und möglich, daß es Rosa Prillich war, die aus ihm sprach.

Im übrigen, wozu die Bedenken, alles war so festgelegt, daß trotz des geänderten Familienstandes unser tägliches Miteinander auf der alten Schiene weiterlaufen sollte, zwei Wohnungen, und jeder wie bisher Herr seiner Zeit und Entschlüsse. Nur die Schlafgewohnheiten, fanden wir, mußten sich ändern, nicht mehr der fliegende Wechsel wie bisher, mal bei ihm, mal bei mir, sondern ein festes abendliches Ziel. Es befand sich in seinem Schlafzimmer, ein breites französisches Bett mit zwei Daunendecken und zwei Kopfkissen, die Handtücher im Bad ebenfalls paarweise, ehepaarweise, spotteten wir zunächst noch, und notfalls hätte ich ja mein Bad eine Treppe tiefer. Aber die Notwendigkeit ergab sich sehr selten, auch deshalb, weil ich, die Freiberuflerin ohne morgendlichen Zeitdruck, statt zu duschen erst den Frühstückstisch decken konnte, eine Aufgabe, die früher jeweils derjenige, in dessen Bett wir lagen, übernommen hatte. Aber jetzt schien es mir selbstverständlich, für Kaffee, weichgekochte Eier und Toast zu sorgen, genauso selbstverständlich, wie ich die Wohnung aufräumte, wenn Bert gegangen war, und selbstverständlich auch, daß er jetzt später aufstand, zu spät, um die nassen Handtücher aufzuhängen und den Boden trocken zu wischen, vom Waschbecken und der Wanne gar nicht zu reden, die während seines Singledaseins in nahezu chemischer Reinheit geglitzert hatten. Äußere Ordnung sei gut für die innere, pflegte er zu sagen, verließ sich in dieser Hinsicht jedoch mehr und mehr auf seine Frau, und statt ihn zu stoppen, begann ich auch noch, das Abendessen herzurichten, anfangs kalt, dann immer öfter warm, weil es Bert besser schmeckte. Kein Anspruch zuerst, im Gegenteil, »hast du denn nichts anderes zu tun?« wunderte er sich, doch es kam mir pflichtvergessen vor, ihn gänzlich der

Mensa auszuliefern, »ungesund«, sagte ich, bis er das gesunde Essen am eigenen Tisch als gegeben nahm und die Stirn runzelte, wenn es nicht pünktlich bereitstand.

Nicht seine Schuld, ich war es, die das altgewohnte Spiel auf unsere Bühne gebracht hatte, gegen jeden Plan und zumindest am Anfang sicher, daß bei entsprechender Organisation meine Arbeit nicht beeinträchtigen würde. Nur größere Reisen paßten nicht mehr in unsere gemeinsame Wirtschaft, ich zog Aufträge vor, die sich im näheren Umfeld recherchieren ließen, in München vorzugsweise, diesem Brennglas für den Zeitgeist. Ich ging durch die Stadt, beobachtete die Alten beim Einkaufen, die Jungen in der Disco, in den Straßen um die Universität herum, im Englischen Garten, wo sich oben auf dem Monopteros die Drogenszene etablierte, trank Tee mit Türken und Griechen, hörte, in einer Hand das Glas, in der anderen einen Teller mit Häppchen, dem Blabla bei Empfängen zu, alles Stoff für meine Reportagen über das ganz alltägliche und dennoch vom Politischen geprägte Leben, und kaum jemand, hieß es, treffe den Punkt dabei so genau wie Amelie Treybe. Die Kollegen am Franziskaner-Stammtisch brachten mir schnoddrigen Respekt entgegen, wenn ich mich dort sehen ließ, viel seltener als früher allerdings und meistens in Begleitung von Bert, den sie meinen Chef nannten, weil er laut Wolfram Rund vom »Wirtschaftsmagazin« so disziplinierend auf mich wirke.

»Jeder Partner«, erklärte er mir, »macht einen andern aus dem andern, so oder so. Ich zum Beispiel rede,

sowie die etepetete Gisela neben mir sitzt, viel unfläti-
ger als sonst, und bei dir ist es umgekehrt, dein Mund
wird ganz zierlich, wenn der Chef dabei ist. Neulich
hast du sogar mitten im Wort abgebremst, ›der Zim-
mermann ist ein Arsch...‹, dann war Schluß. Hat er
dich gegen das Schienbein getreten? Oder genügt ein
Blick?«

Aber solche Mittel waren überflüssig. Er sei viel zu
arrogant, um sich jedem Trend anzupassen, hatte Bert
oben in dem schwarzweißen Wohnzimmer gesagt, als
ich seinen elitären Habitus bespötteln wollte. »Elitär?
Aber bitte, von mir aus, lieber elitär als einer von
denen, die ihre Verbundenheit mit der Arbeiterklasse
durch ungewaschene Hälse dokumentieren und sich
für ganz besonders fortschrittlich halten, wenn sie in
jedem Satz zweimal Scheiße und Arschloch unterbrin-
gen. Doch, ich bin wirklich zu arrogant, um mit den
Wölfen zu heulen.«

Es leuchtete mir ein, es gefiel mir, ich wollte mich
nach seinem Bild formen, freiwillig, es genügte, daß er
da war.

Wann habe ich gemerkt, daß etwas falsch lief mit
mir? Ein Jahr nach der Hochzeit vielleicht, etwas früher, etwas später, so genau lassen sich Empfindungen
nicht datieren. Aber ich erinnere mich an das Unbehagen, wenn mir aus Zeitungen und Magazinen die groß-
gedruckten Titel entgegensprangen, Reportagen von
überall her, wo ich nicht war, wie der Eifer am Herd
sich in Lustlosigkeit verwandelte, schon wieder die
Kocherei, und mit welchem Überdruß ich auf die mor-

gendliche Unordnung reagierte. »Es sind doch höchstens dreißig Minuten«, sagte Bert, aber es ging nicht um diese dreißig Minuten, es ging um die Summierung von Lebenszeit, dreißig Minuten hier, dreißig Minuten da, Wege zum Supermarkt, zum Viktualienmarkt, zur Reinigung, zur Apotheke, erledige dies, erledige das, und andere fuhren durch die Welt. Nicht mein Kopf rechnete so, noch nicht, aber irgend etwas in mir begann Buch zu führen über Gewinn und Verlust.

Bröckelte schon die Liebe? Ich weiß es nicht, doch der Rausch verflachte zur Gewöhnung, und auch Bert fand offensichtlich nicht mehr das höchste Glück darin, mit mir die Gedanken und die Seele zu tauschen, vielleicht weil wir immer häufiger mit verschiedener Zunge sprachen, so, als habe sich die Übereinstimmung ebenfalls nur aus dem ersten Rausch genährt. Nun begann das Trennende zu wuchern, sein Institut, die Gespräche im Kollegenkreis, die Siliziumkristalle. Nächte mit den Siliziumkristallen statt mit mir, es gebe Zeiten, sagte er, in denen die Arbeit Vorrang habe, aber das galt nur noch für ihn, nicht mehr für mich, und was ich wissen möchte: Wäre es anders gekommen, wenn ich seine Handtücher nicht aufgehängt, sein Bad nicht geputzt, die schlafenden Hunde nicht geweckt hätte? »Ich hatte die besten Absichten«, sagte er, als wir uns trennten, sechs Jahre später.

Es war Paul Malsky vom STERN, der mich aus dem Unbehagen in die Revolte trieb, vergeblich zunächst. Eines Morgens rief er mich in aller Frühe an, er stehe auf dem Flughafen, ob ich schon gewaschen sei, er würde kommen.

Seit zwei Jahren hatten wir uns nicht mehr gesehen, überhaupt den Kontakt unterbrochen, Funkstille, keine Aufträge vom STERN. Nun aber stand er da mit seinem eisgrauen Igelschnitt und noch massiger geworden über dem Hosenbund, »na, Frau Professor, wie geht's denn immer so?«

Die »Abendzeitung« hatte Berts Berufung an die Technische Universität gemeldet, Wasser auf Malskys Mühle. Ob er zum Gratulieren gekommen sei, wollte ich wissen. »Nein, im Gegenteil«, sagte er, und dann, nach einem Blick über mein Apartment: »Ist dies die eheliche Wohnung?«

»Ich arbeite hier«, sagte ich.

Er ließ sich in einen Stuhl fallen. »Ach ja, Sie arbeiten, hätte ich doch fast vergessen. Krieg' ich Kaffee?«

Die Kanne war schon gefüllt. Ich holte sie aus der Kochnische, stellte Cognac dazu, »ach, Mädchen«, sagte er, »ich habe dich vermißt, warum machst du solchen Scheiß?«

»Welchen?« fragte ich.

»Supertitel, ›Glück und Elend der Managerfrauen‹! In der ›Lady‹! Hervorragend geschrieben, gut bist du ja, und wenn du demnächst für den ›Vorwärts‹ was über den Orgasmus bei Textilarbeiterinnen machst, ist das bestimmt ganz erstklassiger Journalismus. «

»Hören Sie doch auf«, sagte ich.

»Schön, daß wir einer Meinung sind«, sagte er. »Willst du für uns nach Südostasien fahren? Manila,

Djakarta, Bangkok. Es hat mal wieder einen Unfall gegeben, wir brauchen Ersatz, und zwar schnell.«

»Wann?« fragte ich.

»Donnerstag.« Er goß sich noch einen Schuß Cognac in den Kaffee. »Du mußt sofort nach Bonn wegen der Visa, die Botschaften sind schon informiert.«

Es war Dienstag, unmöglich, vor Sonntag abzufliegen. Freitag mußte Bert seine Antrittsvorlesung halten, abends kamen Gäste, der nächste Schub am Samstag, das mußte vorbereitet werden.

Schweigend hörte er mir zu. »Sonntag«, wiederholte ich, »nur vier Tage später.«

»Geht nicht«, sagte er. »Der Fotograf sitzt schon in Singapur, die Termine sind gemacht, und eine Journalistin, die bei solcher Chance an Nudelsalat denkt, soll sowieso lieber zu Hause bleiben.« Seufzend stand er auf und ging zur Tür. »Schade. Sie waren meine Nummer eins. Nummer zwei wartet schon, die rennt los mit dampfenden Socken, so wie Sie anno dazumal. Jetzt ist es zehn, bis elf bin ich noch im Bayerischen Hof, keine Minute länger.«

Südostasien, und meine Zeit war reif. Ich holte das Auto aus der Garage, »Bangkok«, sagte ich zu Bert, »Djakarta, Manila«, als müßten die Namen ihn überzeugen.

Er saß hinter seinem Schreibtisch, ich davor, atemlos, weil ich den Lift überholt hatte. Das Institut lag am Stadtrand, nicht weit von Schwabing, trotzdem war es schon dreiviertel elf.

»Du allein in diesen Städten?« fragte er.

»Ich bin Journalistin«, sagte ich. »Außerdem ist der Fotograf dabei.«

»Ein Mann?« fragte er.

»Sonst wäre es eine Fotografin«, sagte ich. »Aber wir fahren nicht zum Bumsen nach Bangkok, falls du das meinst.«

»Nein, das habe ich nicht gemeint«, sagte er, »und die Debatte ist überflüssig, wir erwarten Gäste.«

»Geh mit ihnen in ein Restaurant«, sagte ich. »Erzähl ihnen, deine Frau ist beruflich unterwegs, das versteht jeder.«

»Kein Mensch könnte das verstehen«, sagte er. »An so einem Tag. Die Sache ist wichtig.«

»Meine Sache ist auch wichtig«, sagte ich. »Warum bin ich überhaupt hergekommen, ich hätte gleich nach Bonn fliegen sollen, ab mit dampfenden Socken.«

»Wenn ich dich einmal brauche...«, sagte er.

»Du brauchst mich schon zwei Jahre«, sagte ich. »Du hast es in der Zeit zum Professor gebracht, und ich bin bei solchem Scheiß wie den Managerinnen gelandet.«

»Wenn es Scheiß ist, dann laß doch die Finger davon«, sagte er, seine sprachliche Arroganz vergessend, und als ich zum Telefon greifen wollte, hielt er meine Hand fest, »bitte nicht, bleib hier«, ein Ton, der mich an meine Mutter erinnerte. Wir kämpften um den Hörer, zum ersten Mal, daß ich etwas mit Gewalt erreichen, er es mit Gewalt verhindern wollte, und dann war es zu spät. »Herr Malsky«, sagte die Telefonistin vom Bayerischen Hof, »ist gerade abgereist.«

Unser schlimmster Streit bisher, noch nie hatte es

ähnliches gegeben. Plänkeleien, das ja, Meinungsverschiedenheiten, aber immer in Grenzen, und schärfere Wortwechsel allenfalls um politische Fragen, weil auch bei ihnen die Schere plötzlich auseinanderklaffte. Ich fand seine Urteile viel starrer und konservativer als am Anfang, während ihn meine angebliche Blindheit auf dem linken Auge ärgerte, mangelnde Lebenserfahrung, meinte er, worüber ich mich erst recht erboste. Diesmal jedoch ging es an unsere gemeinsame Existenz, die falsche Rangordnung, die ich, endlich wachgerüttelt, wieder beseitigen wollte. Wie auf einem vergilbten Foto sah ich uns nebeneinander stehen, Mann und Frau, das alte Muster, das richtige möglicherweise für diese und jene, nur nicht für mich. Ich hätte keinen Besseren bekommen können, wenn ich eine andere gewesen wäre. »Aber das bin ich nicht«, sagte ich, »und ich habe es satt, diese andere aus mir zu machen, akzeptiere es, oder ich gehe, und er, voller Angst und Einsicht, nahm mich in die Arme, »ja, alles war falsch, nun wird alles gut.« Wir liebten uns noch, wir glaubten daran. Der Streit, statt zur Trennung zu führen, endete im Bett. So wurde Charlotte geboren, das Kind.

Die große Emotion, Annette, die Feindin der Vernunft, wie viele Schmerzen hätte die Vernunft uns erspart. Aber sparen, was heißt sparen. Schon das Wort klingt so klein, nach Pfennig auf Pfennig, nach Gier und Verzicht, und das Gefühl wenigstens sollte sich die Verschwendung leisten. Charlotte, das Kind der Unvernunft. Wäre es besser gewesen, sie nicht ins

Leben zu holen, weder das Glück mit ihr zu kennen noch die Trauer um sie? Nein.

Das Kind, ungeplant und zunächst auch unerwünscht, verdankten wir den Turbulenzen dieses Tages, über denen ich die Pille vergaß oder eher das, weswegen man sie nahm. Erst, als es geschah, fiel sie mir ein, noch rechtzeitig und trotzdem zu spät, wie kannst du aufstehen in diesem Moment, ins Bad gehen, nach dem Stanniolpäckchen greifen, schlucken, Wasser trinken, zurückgehen. Er hielt mich fest, ich wollte bleiben, und dann, so sagt man wohl, war es passiert.

Ein Schock für mich, die Schwangerschaft. Wir waren gerade im Begriff, unsere neue Ordnung zu installieren, nicht ganz so rigoros wie vorgesehen, doch offenbar mit Aussicht auf Erfolg, unter anderem, weil Gina, die italienische Putzhilfe, jetzt dreimal wöchentlich erschien. Vor allem aber machte ich meinen Zeitplan nicht mehr von seinem abhängig, traf, wenn nötig, meine Verabredungen auch am Abend oder blieb, statt zu kochen, am Schreibtisch sitzen, nahm größere Aufträge an als zuvor, plante sogar Reisen, und Bert, sichtlich um guten Willen bemüht, mußte sein Bad wieder eigenhändig auf Hochglanz bringen. Das Bad, der Ausgangspunkt der Misere. Seit dem sogenannten Neubeginn duschte ich unten im Apartment, ein kleiner Triumph jedesmal, geschafft, du hast es geschafft, und nun war ich schwanger. Ein Schock, wie gesagt, dem gleich der zweite folgte, Berts Euphorie, als der Verdacht sich bestätigte, und dann die Bestürzung, weil ich das, was er bereits Leben nannte, wieder beseitigen wollte.

Ich verstand ihn nicht. Auch darin, kein Kind in den kalten Krieg zu setzen, unter einen Himmel voller Atombomben, waren wir uns einig gewesen, vorbei jetzt und vergessen wie so vieles, und selbst sein ganz privates Argument, die immerwährende Angst des kleinen Jungen im Versteck, kapitulierte vor dem vehement herausbrechenden Wunsch, der Menschheit noch etwas anderes zu hinterlassen als Siliziumkristalle.

Wir hätten doch nur theoretisiert, wehrte er meine Vorhaltungen ab, und nicht gewußt, wovon wir reden. Das Leben sei zu allen Zeiten gefährlich gewesen, dennoch hätte es Kinder gegeben, Eltern und Kinder, und ausgerechnet jetzt, da es uns so gut gehe und das militärische Gleichgewicht mehr Sicherheit schaffe als je zuvor, wolle ich die Kette unterbrechen.

»Sicherheit?« fragte ich.

»Du willst es ja auch haben«, sagte er. »Nur dein Kopf ist dagegen, der Bauch denkt ganz anders.«

»Mein Bauch denkt überhaupt nichts«, sagte ich.

»Und stell dir vor«, sagte er, »so ein Kind, wie es zwischen uns sitzt, und dann lernt es laufen, und später bringen wir ihm Skifahren bei und Klavierspielen, und vielleicht wird er mal Physiker.«

»Er?« fragte ich.

»Es natürlich«, sagte er. »Und ich weiß, es geht nicht um Skifahren und Klavierspielen, es geht um ein ganzes Leben, sechzig, siebzig, achtzig Jahre, und das Kind bleibt kein Kind, und womöglich tut man ihm etwas an. Aber danach fragt das Leben nicht, und manchmal ist es sehr schön. Sollen wir es ihm vorenthalten?«

»Und meine Arbeit?« fragte ich. »Meine Karriere? Darum geht es doch auch«, eine Bemerkung, die er widernatürlich fand, »was für eine Frau bist du eigentlich?«

Ich kam mir wie ein Monster vor neben ihm, dem flügelschlagenden Vater, weil das, was angeblich in mir wuchs, mich weder berührte noch rührte, ein Abstraktum, ohne Kummer hätte ich mich davon trennen können. Aber ich tat es nicht, ließ zögernd und zweifelnd die Wochen vergehen, bis es mir zeigte, das es da war und lebte, mein Kind.

»Siehst du«, sagte Bert.

Eine seltsame Veränderung, ich mit diesem Bauch, in dem es rumpelte und klopfte, und er voller Besorgnis um mich herum, und ein Bett für das Kind, und Windeln für das Kind, und Hemdchen und Höschen und ein Wickeltisch und ein Wickelkurs und Bücher zum Thema, und endlich wieder Einigkeit, und als es ein Mädchen wurde, erklärte Bert, sich nie etwas anderes gewünscht zu haben.

Charlotte, der Name seiner Mutter. Er gefiel mir, Charlotte, Charlie, ein zartgliedriges Kind, blond und blauäugig zu Berts Erleichterung, der gezittert hatte bei dem Gedanken, die Physiognomie des Großvaters Grüntal könne durchschlagen und dem Kind bei einer neuerlichen Judenhatz gefährlich werden. Ich dagegen hoffte, daß nichts von Helga Prillichs zerstörerischer Energie in Charlie stecken möge, sondern Rosa Prillichs Güte und praktische Vernunft. Sie sollte glücklich sein, eine gute Mutter haben, eine gute Kindheit, eine gute Zukunft. Im Vierstundenrhythmus der ersten Monate, zwischen Stillen und Wickeln und Wiegen, kannte ich nur diesen Gedanken. Alles andere schien zweitrangig, und als Bert ein Haus kaufen wollte, draußen in Gauting, weit genug entfernt von der Abgasglocke, die, dichter von Jahr zu Jahr, das Wohlbefinden des Kindes bedrohte, dauerte es nicht lange, bis ich meinen Widerstand aufgab.

Ein Haus im Grünen, vor kurzem von uns noch als spießig belächelt, das Domizil für anspruchslose Leute, die hin und wieder zu städtischen Unternehmungen aufbrachen, sich sonst aber mit dem Fernseher begnügten und dem Mond über ihrem Gärtchen. Wir aber brauchten das lebendige Schwabing, nur ein paar Schritte zur Universität, den Kinos, den Kneipen, dem Englischen Garten, und auf der entgegengesetzten Seite die Maximilianstraße mit Theatern und Galerien und der Marienplatz, von dem aus die S-Bahn in alle Richtungen fuhr, bis an die Seen und ins Isartal. Ideal dies alles, kaum vorstellbar, irgendwo abseits zu wohnen, doch Bert hatte recht. Charlie brauchte etwas anderes, einen Garten vor der Tür, eine Wiese, einen Sandkasten, Bäume und Büsche statt stinkender Autoschlangen, »und du«, sagte er, »müßtest die kommenden Sommer nicht auf einer Bank neben dem Spielplatz verbringen, sondern könntest sie ohne Sorge draußen herumtoben lassen, zusammen mit den Kindern aus der Nachbarschaft.«

Charlie, die über den Rasen kugelt, frei und unbeschwert wie ich früher im Heerwinkel, ein Bild, das die meisten Bedenken zudeckte, fast alle, bis auf die Finanzen. Bert besaß kein Vermögen, mein Aßmannerbe war verbraucht. Nur der Erlös aus dem Papenbrinkschen Anwesen lag noch auf der Bank, nicht viel, gemessen an Münchner Preisen, gerade genug, um Kredit zu bekommen, und angesichts der Wertsteigerung von Immobilien, erklärte er mir, könne es nur von Vorteil sein, diese Summe gut und sicher anzulegen, letztlich für Charlie.

Gewiß, ich sah es ein. Aber andererseits wollte ich, sobald sie in den Kindergarten gehen konnte, eine tägliche Hilfe einstellen, Zeit kaufen, sagte ich, Zeit für meine Arbeit, kaum möglich von seinem Einkommen, wenn man die hohen Zinsen bedenke, und einen Teil des Geldes wenigstens müßte ich behalten.

Wir saßen am Wohnzimmertisch, den Grundriß des Hauses vor uns, den Finanzierungsplan, die Aufstellung des Steuerberaters. »Einen Teil möchte ich behalten«, wiederholte ich.

»Dann schaffen wir es nicht.« Er stand auf und schob die Papiere zusammen. »Wie du meinst. Man kann ein Haus ja auch mieten und den Besitzer reich machen.«

Es klang, als hätte ich vor, Charlie zu berauben. Am nächsten Tag, als ich sie im Englischen Garten, wo das Laub sich zu verfärben begann, noch einmal in der Septembersonne baden ließ, überfiel mich die Angst, das Abbild meiner Mutter zu werden, nur ich, nur meine Wünsche. Nackt und weich saß Charlie auf meinem Schoß und brabbelte vor sich hin, kleine zufriedene Laute. Die Sonne tat ihr wohl. Sie sollte das Haus haben.

Gauting also, das ehemalige Bauerndorf, wo schon zur Zeit des Prinzregenten betuchte Münchner sich ihre Villen in den Wald hineingebaut hatten, eine kleine Kolonie, nun war ein fast städtischer Vorort daraus geworden, mit Läden für alles und jedes, mit Bankfilialen, Schulen, Kirchen, Kino und Bibliothek, und die S-Bahn brauchte nur zwanzig Minuten bis zum Marienplatz. Das Haus, von dem ein Minimum uns, das übrige der Hypobank gehörte, stand auf einem der alten Grundstücke, die man, seitdem der Ort in Mode gekommen war, aufteilte und teuer verkaufte. Freunde von uns hatten es, kurz bevor ihre Ehe zu Bruch ging, gebaut, ein weißer Bungalow mit viel Raum und viel Glas, einem Garten und einer Pforte direkt in den Wald. Hübsch, hier zu wohnen, nur die hohen Belastungen schreckten mich immer noch, entschieden zu hoch für unsere Verhältnisse, aber in fünf Jahren, meinte Bert, würden wir uns die Haare raufen, wenn wir jetzt nicht zugriffen. »Was meinst du, wie die Preise hier explodieren. Und das Kind wird dir einmal dankbar sein.«

Es stimmte, die Gautinger Grundstückspreise stiegen und stiegen, das Geschäft unseres Lebens möglicherweise, nur daß wir fünf Jahre später das Kind nicht mehr hatten, auch nicht das Haus. Aber kein Menetekel erschien an der Wand, als wir den Kaufvertrag unterzeichneten, und die warnende Stimme in mir sprach nur von Zahlen. Trotzdem, ich hätte auf sie hören sollen, statt soviel Falsches zu tun, um es richtig zu machen für Charlie. Das Haus im Grünen. Sie war acht Monate alt, als wir es bezogen, Anfang Januar 1977, kalte, sonnige Tage, der Schnee auf dem Rasen glitzerte. Ich ging durch die Tür und kam mir wie Helga Prillich vor, eine weiße Villa und der Preis zu hoch.

Ich bezweifle, daß Sie mich verstehen, Annette, Sie, die Kinderlose durch Eheverzicht, das einzige Verhütungsmittel zu Ihrer Zeit und zumindest sicherer als meine Pillen im Badezimmerschrank. Dieser Spott in Ihren Briefen über Karolines Bruteifer – vermutlich werden auch Sie es absurd finden, wie ich mich umkrempeln ließ von dem ungewollten Kind. Gluckenkoller nannte man es am Franziskaner-Stammtisch, alleinerziehende Kolleginnen, die volle Arbeitstage absolvierten, sprachen von einem hysterischen Muttersyndrom, und kein Redakteur, berichtete mir Wolfram Rund, der zu einem Rettungsversuch in die Amalienstraße kam, könne verstehen, warum die Treybe so total abgetaucht sei, ausgerechnet sie. Ich vermied es, ihnen allen zu begegnen, und in Gauting dann schien sich niemand mehr über mich zu wundern, eine von den jungen Müttern, die ihre Kinderwagen durch die stillen Straßen schoben, sich kennenlernten mit der Zeit und ihre Gedanken austauschten über Ernährung und Pflege, Erziehung, Förderung und die neuesten Erkenntnisse der Psycho- und Soziologen zum Thema. Ich kochte für das Kind, fütterte das Kind, spielte und plapperte mit dem Kind, Zuwendung, unentwegt Zuwendung, versorgte zwischendurch Haushalt und Garten, sorgte auch wieder, warum nicht, wie die Dinge jetzt lagen, für Bert, der, auf eine neue Versuchsreihe konzentriert, meine Zuwendung ebenfalls freudig begrüßte. Morgens fuhr er mit dem Auto davon, unser Auto, das ihm gehörte, und wenn er nach Hause kam, stand ich an der Tür mit dem Kind. Er warf es in die Luft, nahm mich in die Arme, wir drei in unserem Kokon. Nur gelegentlich fiel mir ein, daß es noch etwas anderes gab, irgendwo, wo ich nicht war, später, sagte ich dann, später. Ich hielt mich für glücklich. Doch eines Morgens wachte ich auf, und es war vorbei.

Das Datum steht fest, Charlies Geburtstag im Mai, ihr zweiter, festlich begangen mit Kuchen, Kerzen, Blumen und Geschenken, auch wenn sie noch nicht begriff, warum. »Bussag«, sagte sie und fuhr mit den Fingern in die Torte, ein zartes, seidenweiches Kind auf dünnen, aber standhaften Beinen, das, nicht von meiner Seite weichend, pausenlos Auskunft verlangte und die Grenzen seiner Welt Tag für Tag weiter hinausschob. »Was hat sie wieder gemacht?« wollte Bert abends als erstes wissen, entzückt von den Wundern ihrer Intelligenz und jedesmal erleichtert, daß Charlie den Tag heil überstanden hatte. Manchmal konnte er nicht schlafen aus Angst um sie.

Diesmal war er bereits mittags nach Hause gekommen, hatte klaglos eine Portion Fischstäbchen, ihr Lieblingsgericht, verzehrt, sie dann, wie es ihm zustand an Fest- und Feiertagen, schlafen gelegt, und zum Kaffee erschien Frau Preis, Susanne Preis aus dem

Nachbarhaus mit ihrem Manuel. Wir trafen uns häufig, weil er und Charlie, zu klein eigentlich noch für gemeinsame Spiele, sich wenigstens an den Umgang mit ihresgleichen gewöhnen sollten. Meistens allerdings führte es nur zu Geschrei, auch heute wieder, »lauter kleine Egoisten, diese Einzelkinder«, bemerkte Bert, ein Stichwort für Manuels Mutter, von ihrer Schwangerschaft zu sprechen.

Sie war Diplomchemikerin, zwölf Semester, das Examen gerade noch rechtzeitig vor Manuels Geburt, und hatte geschworen, sobald wie möglich mit der Arbeit anzufangen, »aber Manuel«, sagte sie jetzt, »soll nicht allein aufwachsen, Harald verdient genug für uns alle, und ich habe keine Lust, ewig mit schlechtem Gewissen herumzulaufen.«

Ich sah, wie Bert aufhorchte, und während sie die Vorzüge einer Geschwisterschar pries, mit soviel eifernder Begeisterung, als ginge es darum, Bundesgenossen zu finden, Mitstreiter für diese Idee, war mir klar, was bevorstand, und zugleich, daß ich um keinen Preis ein ähnliches Opfer bringen wollte, auch nicht für Charlie. Nicht noch einmal das blutige Geschäft der Geburt, die durchwachten Nächte, das endlose Mütterpalaver, nicht noch einmal von vorn anfangen.

»Du weißt doch, wen du geheiratet hast«, sagte ich, als er am Abend, Charlie schlief längst, das Geschirr war beseitigt, sich dem Thema näherte, »und was soll das überhaupt, aus heiterm Himmel, nur weil Susanne ein Kind bekommt.«

Er lehnte sich in den Sessel zurück, nein, keineswegs

aus heiterm Himmel, das Problem beschäftige ihn schon lange, und drei Jahre wäre genau der richtige Abstand.

»Es wird keinen Abstand geben«, sagte ich, als er mir empfahl, nicht nur an mich, sondern auch an Charlie zu denken. »Gerade deshalb. Sie würde eine ewig unzufriedene Mutter haben, und wo bitte steht geschrieben, daß Einzelkinder im Nachteil sind? Es gibt auch Gegenbeweise.«

»Du bist doch so ein Muttertier«, sagte er, »du wärst wieder so glücklich mit einem Baby«, was mich gänzlich umwarf, das sei es doch, dieses neuerliche Abtauchen, und hinterher endgültig alles aus und vorbei. »Das, was auch noch mein Leben ist«, sagte ich. »Mein eigenes, nicht bloß das, was du mir zuteilst. Alles von dir, dein Geld, dein Auto, deine Freunde, deine Tabellen, die ich tippen darf. Siliziumkristalle! Ich will wieder mein eigenes Zeug tippen, wieso darf ich das nicht?«

Wir saßen uns gegenüber, jeder mit seinem Weinglas. Er verstand eine Menge vom Wein, ich auch inzwischen. So vieles hatte ich von ihm gelernt, Geschmack und Lebensart, wie man sich einrichtete und anzog, Gäste empfing, ein Bild betrachtete, Musik hörte. Zum ersten Mal fiel mir auf, daß er älter geworden war, nicht nur grauer, sondern älter. Fünfundvierzig Jahre, sechzehn mehr als ich. Er war am Ziel, ich noch unterwegs.

»Hätte ich nicht das Recht auf dieses zweite Kind?« Ein Konjunktiv, aber es war anders gemeint.

»Und mein Recht?« fragte ich, so begann er wieder, der Streit um die Rechte, sein Recht, mein Recht, und da sie sich nicht zusammenfügen wollten, ging das Ganze aus den Fugen. Ein stetiger Verfall, und das Ende, als es kam, war schrecklich.

Ein Tag im Oktober, windig und grau, Charlie hatte ihren neuen roten Wintermantel angezogen. Seit Juni ging sie in Tante Theas Kindergarten, gegen Berts Willen, der dort, weil sie sich gleich zu Anfang die Röteln geholt hatte, eine dauernde Gefahrenquelle vermutete. Gefahren, überall sah er Gefahren für Charlie. Aber wenn seine Tochter, sagte ich, ihre Kindheit unter einer Glasglocke verbringen solle, müsse er zu Hause bleiben, und lieferte sie trotz des Einspruchs bei Tante Thea ab, um anschließend in Ruhe am Schreibtisch zu sitzen, mit schlechtem Gewissen natürlich, immer ein schlechtes Gewissen, entweder dem Kind gegenüber oder der Arbeit.

Nichts Besonderes allerdings, was ich bisher produziert hatte, Kleinkram meistens, der mir aber wieder Kontakt mit der Szene brachte, dem Kollegenkreis von ehedem und Geld für eine morgendliche Haushaltshilfe, die neuerdings sogar täglich kam, »zum Auskämmen der Teppichfransen«, spottete Bert. Aber es ging ums Prinzip, feste, ungestörte Arbeitsstunden, wie er sie auch hatte, kein stichhaltiges Argument offenbar, so kam das Geld ins Spiel, mein Geld, dein Geld, immer öfter mein und dein statt unser. Auch ein Auto gehörte mir jetzt wieder, ein gelber Golf auf Abzahlung, mit einem Kindersitz, und nicht ganz auszumachen, was

Bert mehr zusetzte, dieser Kauf oder die Angst um Charlie. »Ich habe keine Minute Ruhe, wenn ich mir vorstelle, wie du mit ihr durch die Gegend gondelst«, sagte er. Aber es war nicht mein Auto, von dem das Unglück kam.

Oktober also, ich mußte nach Aichach fahren an diesem Morgen, in das Frauengefängnis. Paul Malsky hatte sich gemeldet, endlich wieder nach der langen Pause, »weißt du noch, wie eine vernünftige Reportage aussieht, wenn ja, dann fang an.« Ich brachte Charlie in den Kindergarten und fuhr gleich weiter, nur zu einem kurzen Vorgespräch. Aichach lag in der Nähe von München und kein Problem, dachte ich, sie mittags abzuholen, aber auf der Rückfahrt schob sich ein Lastwagen dazwischen mit einem müden Fahrer am Steuer. Der Unfall passierte kurz vor München. Drei Menschen kamen dabei zu Tode, und dann, von keiner Statistik erfaßt, auch noch Charlie.

Ich begreife es nicht, das Kind, diese Symbiose mit ihm, jahrelang, Tag und Nacht, und nun soll es sterben, und ich spüre es nicht, ich stecke im Stau und höre Musik, und gleich stirbt mein Kind. Als die Kolonne sich aufgelöst hatte, rief ich im Kindergarten an, Charlie zum Trost, deren Welt jedesmal zusammenfiel, wenn sie auf mich warten mußte, so, als käme ich nie wieder.

An Tante Theas Hand stand sie vor dem Tor, in ihrem roten Mantel, die rote Mütze auf dem blonden Haar. Ich parkte auf der Seite gegenüber, stieg aus, schlug die Tür zu, da riß sie sich los, und ein Motorrad

röhrte um die Kurve, und sie flog durch die Luft, ein
roter Ball. Es regnete wieder, das Pflaster war dunkel-
grau und glänzte, da lag sie, da liegt sie für immer, und
ich will schweigen, Annette, auch Worte lösen den
Knoten nicht, decken das Bild nicht zu. »Mama«, hat
sie gerufen, eine kleine helle Fanfare. Sie wollte zu mir
und lief in den Tod. Ich hätte sterben sollen, bevor es
geschah, dann lebte sie noch. Nun bin ich es, die lebt
und lacht und liebt, so, als sei nichts geschehen.

Bert und ich trennten uns ein Jahr später. Der
Schmerz baute eine Brücke, Vorwürfe rissen sie wieder
ein. Beim Abschied liebte ich ihn. Aber das Gefühl
hätte den Tag nicht überdauert.

Ach Amelie, die toten Kinder. So viele habe ich sterben sehen, so oft den Sarg neben der Wiege, und im
Leib der weinenden Mutter wuchs schon das nächste
Kind zu ihrem Trost. Du hast mit deinem einen und
einzigen alle verloren, der Preis für eure Pille, auch ihr
bekommt nichts geschenkt, und ich will mich hüten,
nochmals Gewinn und Verlust aufzurechnen. Ob ich
dich verstehe? Ich weiß es nicht, ich war auf einem
anderen Stern. Aber ich weiß, was Schmerz bedeutet.

Levin kam im Herbst 1837 nach Münster, dreiundzwanzig Jahre alt, ein junger Jurist auf der Suche nach
Brot, und es freute mich nicht, als er an meine Tür
klopfte. Ein Sommer voller Krankheit und Mißbeha-
gen lag hinter mir. Trotz Homöopathie und Diät
schien mein Körper den Narren zu spielen,

schwemmte auf, wurde dicker und dicker. Ich starrte in den Spiegel und nahm es hin, wen letztlich störte oder erfreute mein Äußeres. Erst Mitte August, als meine Mutter wieder zu Jenny fuhr und mich zurückließ, allein im Rüschhaus, ein ganzes Jahr, das mir gehörte, verflog die Lethargie. Der Druck meiner Gedichte stand bevor, jene erste Ausgabe, die später soviel Ärger bringen sollte. Sträflich, wie ich die Arbeit vor mir hergeschoben hatte, jetzt jagte ein Tag den anderen, Auswählen, Korrigieren, auch Neues mußte noch zu Papier, »Die Schlacht am Loener Bruch«. Ich schrieb und schrieb, die Verse überschlugen sich, kein Ende in Sicht, und nun wurde der junge Schücking gemeldet.

Daß ich ihn nicht abwies, geschah um seiner Mutter willen, Katharine Busch, die vergessene Dichterin, meine Freundin einst, mein Idol und Vorbild. Ich war sechzehn damals, sie schon eine junge Frau, schön, gerühmt und verhöhnt, weil sie die Stirn besessen hatte, ihre Gedichte unverhüllt, unter dem eigenen Namen wie ein Mann, der Öffentlichkeit zu präsentieren. Vielleicht hätte man ihr den Lorbeer gereicht eines Tages, doch der Richter Schücking nahm sie mit ins öde Emsland, wo sie verstummte, und möglich, daß ihr Bild es war, das mich den Weg, auf dem sie straucheln mußte, weitergehen ließ. Zehn Jahre nach ihrem Tod, als sie mich wieder ansah aus Levins Augen, habe ich in einem Gedicht ihr Grab mit Dornenrosen geschmückt.

Sie hatte ihn mir ans Herz gelegt, Levin, den Lieblingssohn, der in Münster die Schule besuchte und bei

Gelegenheit auch ins Rüschhaus gekommen war, ein unbeholfener Gymnasiast, dem ich ebenso unbeholfen meine Sammlungen vorführte, die Muscheln, Bergkristalle, Polypen, Seesterne, Korallengebilde und was die Glasschränke sonst noch hergaben. Bald darauf hatte er die Stadt ohne Abschied verlassen, und jetzt sollte ich ihn wiedersehen.

Es war ein kalter Tag, weder der Gartensaal noch der italienische Salon geheizt, so mußte ich ihn inmitten meiner Unordnung empfangen, zwischen den Entwürfen, Notizen, Abschriften, dazu im einfachen Hauskleid und schlecht frisiert. Nun ja, dachte ich, Levin, und sah erstaunt, wie er sich verändert hatte. Kein Schüler mehr, kein linkischer Knabe, im Gegenteil, ein äußerst gewandter junger Mann trat herein, etwas klein geraten, aber mit so ausdrucksvollen, wachen Zügen, daß man es übersah, und sehr elegant in seinem grauen, auf den Leib geschneiderten Rock, der gelbseidenen Weste, dem passenden Plastron. Etwas stutzerhaft allerdings für meinen Geschmack, nicht nur die Kleidung, auch seine Art zu reden und sich zu geben, nein, es gefiel mir nicht, wie er auf mich zukam und sich über meine Hand beugte, »gnädiges Fräulein, liebes gnädiges Fräulein, verzeihen Sie die Rührung, ich denke an meine Mutter und ihre Liebe zu Ihnen, und glauben Sie mir, ich sehe eine Ähnlichkeit in Ihrem Gesicht, vielleicht die gleichgestimmte Seele, die nach außen dringt.«

Eine Nuance zuviel, ich wußte nichts darauf zu erwidern und rettete mich in die Frage, ob ihm ein Glas

Milch genehm sei nach dem langen Weg von Münster, vielleicht auch ein Butterbrot, und nur das Behagen, mit dem er beides verzehrte, machte ihn mir bei dieser Begegnung ein wenig sympathisch. Wir saßen auf meinem schwarzen Kanapee, Seite an Seite, weil auch der Stuhl vom Papier bedeckt war, Levin und ich, das erste Mal. Sorgsam schnippte er ein paar Stäubchen vom Rockärmel, er amüsierte mich, der kleine Geck.

Im übrigen war er nicht nur zum Rüschhaus gewandert, um die Freundin der Mutter zu treffen, auch nicht die verehrte Dichterin, wenngleich er mich so nannte und, als ich vom bevorstehenden Druck meiner Werke sprach, begeistert rief, daß er eine Rezension darüber schreiben werde.

»Sie sollten zuerst darin lesen«, sagte ich und sah irritiert, wie er nach einem der herumliegenden Blätter griff, unleserliches Gekritzel, das er dennoch als interessant bezeichnete. »Sehr interessant, alles, was ich von Ihnen kenne, ist sehr interessant, ich bin sicher, auch das neue Werk wird immer Kritik standhalten.«

»Da darf die arme Poetin sich ja glücklich schätzen«, sagte ich in meinem aristokratischen Tonfall, was ihn ein wenig dämpfte, er sei erst am Anfang, erklärte er, ein bescheidener Anfang, diese und jene Zeitung stehe ihm schon offen, nur leben ließe sich davon noch nicht, so daß er es wage, um meine Hilfe zu bitten.

Ein Broterwerb, eine Stellung, als Hauslehrer oder dergleichen, darum ging es ihm, denn auf ein staatliches Amt konnte er im preußisch beherrschten Westfalen weder hoffen, noch schien es ihm erstrebenswert.

»Dichter«, sagte er, »Schriftsteller, auch ich fühle das Zeug dazu in mir, nicht umsonst hat meine Mutter mich so früh an die Poesie herangeführt«, zog ein paar gereimte Mittelmäßigkeiten aus der Rocktasche, erzählte von Prosastücken, vom Lob aller, die sie zu Gesicht bekommen hatten und ihm eine Zukunft prophezeiten, und wenn ich in meinen Kreisen ein Wort für ihn einlegen könne, Lehrer, Hofmeister, vielleicht Privatsekretär, würde er gewiß auch auf diesem Gebiet das seine tun.

»Sie haben die Gnade der Selbstgewißheit, bester Levin«, sagte ich, und er, errötend unter der Zurechtweisung, sah mir dennoch geradewegs ins Gesicht, Katharines Augen, dunkelblau, eindringlich und angespannt, »ja, gnädigstes Fräulein, eine Gnade, und wie wohl sollte ich bestehen ohne sie. Meine unglückliche Mutter, vermute ich, hat Ihnen den Charakter meines Vaters nicht verschleiert, er hat sein Amt verloren, seine Reputation, seine Mittel, ich habe nichts zu erwarten, von ihm nicht, von niemandem. Das Geld für meinen Rock, der offenbar Ihr Interesse erregt, ist geliehen, es muß zurückgezahlt werden, gestatten Sie mir bitte die Zuversicht.«

Ungehörig, was er sagte, ungehöriger noch die Schärfe in der Stimme, viel zu hochfahrend für einen in seiner Lage, und doch liebte ich später gerade diesen Stolz so sehr, das Ungestüm, mit dem er manches, was seine Liebenswürdigkeit erreicht hatte, wieder in den Wind schlagen konnte. Er ließ sich nicht zähmen, das gefiel mir. Jetzt indessen errötete ich ebenfalls, der

Abschied geriet kühl, und wenn ich ihn trotzdem dann und wann empfahl, klang es wohl nicht allzu überzeugend. Zu seinem Glück vielleicht, er mußte sich an die Schriftstellerei halten auf Leben und Tod und erntete Ruhm damit, ob zu Recht oder nicht, sei dahingestellt, es ist kein Teil mehr unserer gemeinsamen Geschichte.

Wann hat sie begonnen? Ein Jahr später erst, würde ich sagen, unter der Patronage von Elise Rüdiger, meiner künftigen Vertrauten, die ihr Leben an der Seite eines außerordentlich trockenen Oberregierungsrates mit Literatur zu würzen suchte. Auch sie war viel jünger als ich, fünfzehn Jahre, eine Altersgenossin Levins, der ihr die Cour machte an jenem Teenachmittag in ihrem Salon, wo wir uns plötzlich wieder gegenüberstanden. Ich hatte ihn fast vergessen über meinem Gedichtband, der Ende August endlich erschienen war, begeifert geradezu von Verwandten und Standesgenossen, so, als hätte ich mich mitten auf dem Prinzipalmarkt sämtlicher Kleider entledigt. In literarisch interessierten Kreisen jedoch reagierte man beifällig, das holte mich wieder heraus aus der Grube, und Herr Schücking, berichtete Elise Rüdiger leuchtenden Auges, habe sich sehr lobend über das Buch geäußert, demnächst würde die Rezension erscheinen, im Hamburger »Telegraph« sogar, »er wird immer begehrter bei den Redakteuren.«

»Noch nicht begehrt genug.« Levin lächelte erst Elise, dann mir zu, »aber vielleicht kann ich für Ihre kommenden Werke schon etwas mehr tun.«

»Nur Lob?« fragte ich. »Keine Einwände?«

Er zögerte mit der Antwort. »Meine Rezension«, sagte er dann, »wird Sie freuen. Doch sicher wäre es nicht von Schaden, wenn Sie Ihre Dichterlust etwas zügelten und sich nicht ganz so unbekümmert von den Reimen davontragen ließen. Was mir dagegen besonders gefällt, ist der eigene Ton, den Sie manchmal finden, in den religiösen Stücken etwa, obwohl ich eigentlich kein Freund solcher Poesie bin. Aber wie sie es sagen, ist gut, so unverhüllt, als diene Ihnen die Form nur als Staffage. Sie sollten öfter den Mut haben, sich preiszugeben.«

Die Gedichte aus dem »Geistlichen Jahr«, derart degoutant für meine Mutter, daß sie mir erst nach langem Bitten die Erlaubnis gegeben hatte, wenigstens acht davon, die unverfänglichsten, in mein Buch aufzunehmen.

»Es sind uns Grenzen gesetzt«, sagte ich.

»Den Dichtern nicht.« Es klang, als habe er nie Katharine Busch gegenübergesessen, der junge Fant.

»Ein Mann hat gut reden«, sagte ich.

Er nickte. »Das Lied kenne ich. Aber wer so denkt, nimmt seine besten Gedichte mit ins Grab.«

»Herr Schücking!« Elise legte mir erschrocken die Hand auf den Arm. »Verzeihen Sie, sonst ist er so liebenswürdig.«

»Das gnädige Fräulein weiß, was ich meine«, sagte er. »Sie und ich haben gemeinsame Erinnerungen.«

Wir schwiegen, ein Engel ging durch den Raum, wurde jedoch von einem neuen Gast vertrieben, Fräulein von Bornstedt, die ebenfalls ein Buch veröffentlicht hatte, einen mageren Roman, und nun das Gespräch an sich zog, etwas aufdringlich, doch mit Geist, Witz und Verve. Sie war mindestens zehn Jahre jünger als ich, alle waren jünger, ihr Lachen, ihre Scherze flogen hin und her, das Spiel der Jungen, und ich, die alte, dicke Frau blickte wie durch ein Glas auf die Bühne, wo Levin mit der Bornstedt schäkerte und um Elise warb. Sie tat mir leid, so reizend, wie sie war, voller Wärme und ehrlichem Gefühl und einer Sehnsucht im Blick, die er sich vielleicht zunutze machte. Der liebenswürdige Levin. Hüte dich vor den Liebenswürdigen.

Er wandte sich mir zu. »Sie sind so still?«

»Sie sind so munter«, sagte ich und hätte gern weiter mit ihm über meine Gedichte gesprochen, allein, ohne Zuhörer. Seine Einwände schienen mir wichtiger als sein Lob, »Einwände«, sagte ich später oft zu ihm, »wo sind die Einwände, Levin.«

Levin, der Freund zur rechten Zeit, nicht nur liebenswürdig, nicht nur ein hübsches Gesicht, ein wacher Geist, eine schlanke, angenehme Gestalt. Ich will gerecht sein, im nachhinein wenigstens, ihn nicht erst in den Himmel heben und dann verdammen. Ich hatte ihn nötig, er mich nicht, warum mußte ich ersticken an meiner Bitterkeit.

Keine Glocke schlug an, als er neben mir saß auf dem Rüschhauser Kanapee mit seinem Glas Milch in der Hand, doch in Elise Rüdigers Salon hörte ich es schon, das ist er, den du brauchst, ein Ton wie zwanzig Jahre zuvor, nur, daß ich soviel älter geworden war und

Levin nicht der kümmerliche Straube. Ich hatte gewählt damals in Bökendorf – Karriere nennst du es, Amelie, Karriere statt Ehe, leihe mir das Wort –, die Karriere also, doch nichts zustandegebracht als mein altjüngferliches Leben und ein mageres Bändchen Gedichte, und was darüber hinaus in mir wartete, eingeschlossen und geknebelt, war für immer verloren, wenn ich es nicht freiließ. Levin hatte es mir an den Kopf geworfen. Ich mußte die Fesseln lösen.

Wieder ein Entschluß? Pläne und Strategien? Nein, das nicht, ich hätte es mir noch verboten zu dieser Zeit. Ich bin nur vorwärtsgegangen, tastend wie mit dem Blindenstock, Schritt für Schritt einem unbekannten Ziel entgegen. Dabei war es schon aus dem Dunst herausgetreten, rückte näher, schien sich wieder zu entfernen, bis aus der Fama die Gewißheit wurde: Laßberg hatte die Meersburg erworben. Aber ich wußte nicht, daß von nun an alle meine Wege dorthin führten, drei Jahre lang.

Ein Vorspiel noch, das erste Jahr, ganz konventionell in Elise Rüdigers Salon, wo sich seit dem Herbst ein literarisches Kränzchen versammelte, Levin, ich, die Bornstedt und noch vier weitere schreibselige Damen und Herren, wahrlich eine Heckenschriftstellergesellschaft. Man traf sich jeweils am Sonntag zum üblichen Ritual, Tee, mürbes Gebäck und die Werke moderner Dichter, auch aus der Feder der Anwesenden, nicht immer genußreich. Dennoch eine Abwechslung in den inzwischen stillen, nur noch selten von Besuch unterbrochenen Rüschhauser Tagen, und daß ich, wann im-

mer die winterlichen Wege es erlaubten, daran teil-
nahm, lag nicht zuletzt an den Diskursen, an Levin im
Grunde, denn er war es, der ihnen Gewicht und Farbe
gab, klug und scharfsinnig, es ließ sich nicht leugnen,
und in dem, was mir anfangs eitel und überheblich
schien, sah ich bald nur noch kleine Schwächen, ver-
zeihlich angesichts so vieler Vorzüge, beinahe schon
liebenswert.

Allein die Anregungen, die von ihm kamen, Balzacs
Romane etwa. Schockierend, diese unverblümte
Weltlichkeit, in Münster jedenfalls, dem Münster
meiner Kreise, und ob es die Aufgabe der Literatur sei,
fragte ich Levin, als er mich eines Abends durch die
stillen Straßen begleitete, die Menschheit mit der Nase
in den Unrat zu stoßen, statt sie zum Erhabenen hin-
zuführen.

»Das Erhabene!« Er sprach von solcher Höhe herab,
als stehe er auf Stelzen. »Ich höre die Stimme unseres
verehrten Schlüter. Aber es sind gar nicht die Hand-
lungsfäden, vor denen Sie zurückschrecken, nicht die
Leidenschaften und Irrungen, es ist die Nähe, die
durch Balzacs Kunst entsteht, so, als ereigne sich dies
alles im Nachbarhaus. Und Sie sollten nicht auf wohl-
erzogene Art die Augen davor verschließen. Meinen
Sie, Goethe hätte den Faust schreiben können, wenn
es ihm peinlich gewesen wäre, in Abgründe zu blikken?«

»Sie sind sehr jung, Levin«, sagte ich. »Und schon
wieder sehr méchant.«

»Gewiß«, sagte er, »sträflich geradezu, wenn ich

Ihnen im Salon gegenübersäße. Doch zwischen Dichterin und Kritiker sollten Alters- und Standesunterschiede nicht gelten, auch nicht die zierliche Attitüde. Ich darf Sie langweilig nennen, wenn ich so denke, uninteressant, untalentiert, Sie mich dumm und geistlos. Halten Sie mich für dumm und geistlos?«

Ich schüttelte den Kopf.

»Mit Recht.« Er lachte. »Und ich meine, daß Sie Gutes geschrieben haben und noch viel Besseres vermögen, darauf warte ich. Und aus Ihrem Versgetrappel spricht soviel jugendliches Ungestüm, als brächen Sie gerade erst auf. Die Dichterin in Ihnen ist nicht älter als ich, Mütterchen, und bitte, zürnen Sie mir nicht schon wieder, so nämlich nenne ich Sie gelegentlich in Gedanken, wenngleich ein Sohn meiner Art Ihren Geschmack wohl nicht träfe.«

Wir allein waren auf dem Weg zum Haus von Schneider Ahlers, der meiner Mutter und mir zwei Zimmer vermietet hatte, unsere Bleibe in Münster bei Gelegenheit. Es lag in der Salzstraße, nicht weit entfernt von der Rothenburg, wo Rüdigers wohnten, und nach den Kränzchen hatte Levin mich stets begleitet, gemeinsam mit der Bornstedt, die er ebenfalls eskortieren mußte. Diesmal jedoch hatte sie gefehlt, und da mein Kopf schmerzte, waren wir eine Weile im Kreis gegangen, die Aegidiinstraße entlang, über den Kirchplatz und von dort zum Prinzipalmarkt. Ein Abend im März, noch nicht dunkel, aber durch die Lauben am Markt kroch schon die Dämmerung.

»Ich war hochfahrend an jenem Morgen im Rüschhaus«, sagte er. »Ich glaubte, die Welt ließe sich in drei Tagen erobern. Aber man hat mir meine Lektionen erteilt.

»Ich konnte damals nichts für Sie tun«, sagte ich. »Haben Sie inzwischen ein Auskommen gefunden?«

Er zuckte mit den Schultern. »Einige Schüler fürs Englische, dazu die Rezensionen. Es geht aufwärts damit, sogar das ›Morgenblatt‹ gehört schon zur Kundschaft, eine Ehre sicherlich. Nur wird auch die Ehre sehr mäßig honoriert, und ich muß zwei jüngere Geschwister unterstützen, manchmal auch meinen Vater.«

»Ob Sie mir erlauben würden...«, sagte ich zögernd.

»Nein«, sagte er, »kränken Sie mich nicht, geben Sie mir Ihre Sympathie.«

Die Schatten waren dichter geworden, seine Augen noch dunkler in dem hellen Gesicht. Ich war versucht, nach seiner Hand zu greifen, da hörten wir Schritte und gingen weiter. Ein förmlicher Abschied, auch das nächste Zusammensein voller Distanz, es wurde Herbst, bis wir die Nähe wiederfanden.

Den Juli, August und September verbrachte ich, da der Homöopath mir wegen meiner Leibesfülle und der Kurzatmigkeit einen Wechsel von Klima und Lebensgewohnheiten anriet, bei meinem Onkel in Abbenburg, das zu den Haxthausenschen Gütern gehörte, nur eine knappe Stunde von Bökendorf entfernt und oft das Ziel unserer Wanderungen in den glücklichen Sommern. Nun strich ich wieder durch die Landschaft der

Jugend, die alten Linden am Weg, und um mich herum die gleiche Luft, die Farben und Aromen wie zwanzig Jahre zuvor, und die kurze Süße, die Qual von einst spiegelten sich im Glas der Vergangenheit. Schlüter hatte mich gedrängt, das »Geistliche Jahr« zu vollenden, nun schien es mir an der Zeit, und nach den ersten Liedern wußte ich, daß der Zyklus sich runden würde, aber nicht für fremde Augen. Fast alles habe ich später preisgegeben, sogar die Levin-Gedichte, ohne Scham, eher mit Stolz, doch niemals diese Entblößung der Seele.

Das Silvesterlied schrieb ich kurz nach meinem dreiundvierzigsten Geburtstag.

Und wieder Sterbemelodie.
Die Glocke regt den ehrnen Mund,
Oh Herr, ich falle auf das Knie,
Sei gnädig meiner letzten Stund.
Das Jahr ist um.

Das letzte Lied, der Kreis geschlossen. Schlüter, entzückt von dem Werk – hier zeige sich mein wahres Talent, eine Gabe von Gott, die ich ihm zur Ehre nutzen müsse –, wußte noch nicht, daß ich auf einem ganz anderen Weg war und einen anderen Mentor brauchte.

Warum Levin, der junge liebenswürdige Levin mit den empfindsamen Fühlern? Jetzt, so weit entfernt von der Verwirrung jener Tage, kann ich mir die Antwort eingestehen: Weil ich mehr suchte als Geist und Witz und das kluge Gespräch. Du weißt, Amelie, was ich meine, die große Emotion, und wer sonst, wenn nicht Levin. Ein alter Hagestolz etwa, ein rotgesichtiger Witwer aus dem Kreis, vor dem ich geflohen war? Es gab keinen anderen, nur ihn, und schon im Herbst, gleich nach der Rückkehr von Abbenburg, hatte ich begonnen, Levin ins Rüschhaus zu ziehen, kommen Sie, kommen Sie wieder, und zeigte ihm, wenn er Bücher brachte oder wieder abholte, was auf dem Schreibtisch lag, »Die Judenbuche« damals, die der Vollendung entgegenging. Ich hörte mir seine Bedenken und Ratschläge an, bewirtete ihn am Kaffeetisch, holte meine Autographen und Stiche hervor, unterhielt, erheiterte, rührte ihn, ließ ihn reden, klagen, schwadronieren, öffnete meine Seele und drang in seine ein, so wurde Gewohnheit daraus, der Dienstag zum Levin-Tag.

Am Gehölz steht eine Bank, dort warte ich, mein Fernglas vor den Augen, wo bleibst du, Levin, komm doch, und laufe, wenn er um die Büsche biegt, ihm entgegen. Er breitet die Arme aus, »nicht so hastig, Mütterchen, sonst muß ich Sie auffangen«, und ich, lachend und atemlos: »Sparen Sie die Scherze für Ihre Dämchen!«

Immer noch SIE? Oder schon DU? Die Wochen und Monate verfließen, ich war sein Mütterchen in dem Spiel, Freundin, Famula, Rivalin, er mein Junge und mein kleines Pferd, und virtuos, wie er sich auf den Wechsel verstand. In diesem Augenblick noch Charmeur, im nächsten, eine Wendung des Kopfes nur, mein weiser Lehrer, der mit einem einzigen Satz neue Welten erschließen konnte, noch nie war mir ein

Mensch wie er begegnet, so formlos und formgewandt, verläßlich und irrlichternd, soviel Ernst, soviel Leichtigkeit in einem. Auch ich wurde leicht in seiner Gegenwart, viel zu leicht, doch niemand wußte davon, nur wir. Ein Wintertag, der Ofen glüht, Schneetreiben draußen, pfeifender Ostwind, und ich flattere mit meinen Gespenstergeschichten über die Dächer, als sei ich Teil der Zunft, »Geisteraugen«, flüstert er, »du hast Geisteraugen, wo ist die Baroneß geblieben?«

»Sie wartet vor der Tür«, sagte ich und nahm, wenn er gegangen war, wieder die gewohnte Form an, das ältliche Fräulein, erfahren im Verschleiern und Verstecken. Selbst meine Mutter, sonst so schnell bei der Hand mit ihrem »alte Scheunen brennen leicht«, fand nichts einzuwenden gegen das Tête-à-tête. »Der junge Schücking«, sagte ich, »der gute, fleißige Junge«, in tantenhafter Freude über seine Talente wie seinen Appetit und bat um ihre Unterstützung bei dem Versuch, ein Amt für ihn zu beschaffen. Kein Verdacht offenbar, auch nicht in dem Literaturzirkel, angesichts der kühlen Distanz zwischen uns, gnädiges Fräulein, bester Levin. Niemand dort spürte etwas von den Stacheln meiner Eifersucht, wenn er Elise Rüdiger betörte, deren Augen sich verräterisch trübten, sobald die Bornstedt um seine Komplimente buhlte.

»Warum spielen Sie mit der guten Seele?« fragte ich ihn, nachdem er sie während eines Dinners in ihrem Haus nahezu aus der Fassung gebracht hatte.

Levin zog den rechten Mundwinkel herunter, ein Zeichen von Unwillen. »Woher wissen Sie, daß ich spiele?«

»Schonen Sie Elise«, sagte ich. »Sie ist so hilflos.«

»Nicht immer ist es Schonung, die eine Frau sich wünscht«, sagte er mit dem Hochmut des Mannes, der mir bei ihm zuwider war. »Aber nun müssen Sie mich noch wegen der Bornstedt schelten.«

Ich antwortete nicht, und er lachte. »Die Bornstedt hat ein offenes Herz, man geht hinein und hinaus. Lassen Sie Ihrem Jungen den kleinen Spaß, Mütterchen, es ist alles leeres Stroh, gemessen an der Freundschaft unserer Seelen.«

»Sie sind ein Tänzler, Levin«, sagte ich.

»Doch nicht etwa bei unserem Menuett.« Er griff nach einer der Locken über meiner Schläfe und ließ sie durch die Finger gleiten, wußte er, was er tat? Und hatte ich meinen Blindenstock schon weggeworfen? Nein, noch nicht.

Ein Herbst, ein Winter, ein Sommer. Für Levin, so schien es, kam endlich der Erfolg. Man schätzte seine Rezensionen, ein Theaterstück wurde aufgeführt, Abhandlungen und Aufsätze gedruckt, auch erste Erzählungen in Cottas »Morgenblatt«, und obwohl es um sein Brot nach wie vor kümmerlich stand, trug er den Kopf noch ein wenig höher. Ich dagegen wandte die Augen schnell ab, wenn sie auf meinen Schreibtisch fielen, auf die Notizen und Entwürfe, Angefangenes, Verworfenes, lauter taube Nüsse. Nach dem »Geistlichen Jahr« und der »Judenbuche« hatten meine Gedanken zu taumeln begonnen, ohne Halt und Ziel, hier etwas Prosa, dort eine Ballade, dann ein albernes Lustspiel, wozu, warum.

»Ich höre einen Ton und kann ihn nicht singen«, sagte ich zu Levin, der, von vielerlei Pflichten bedrängt, zu Geduld riet, vielleicht wolle sich, meinte er, eine Melodie formen. Die Balladen pries und mißbilligte er in einem Atemzug, »ausgezeichnet in manchen Partien, allerdings nicht sehr originell, gelegentlich auch etwas hohlwangig, doch seien Sie getrost, niemand ist besser als Sie«, positive Verneinung, nannte er es, und konnte die Balladen im übrigen für sein eigenes Werk nutzen, »Das malerische und romantische Westfalen«, eine Auftragsarbeit. Meine gereimten Sagen paßten gut ins Konzept, er bat um mehr davon, auch um Landschaftsbeschreibungen und dann, das wichtigste, um Unterstützung bei seinem ersten Roman. Wir planten und entwarfen zusammen, wobei sich unsere Gedanken so untrennbar ineinander verflochten, daß selbst ich kaum noch sagen konnte, von wem diese oder jene Passage stammte. Als das Buch erschien, zog er es vor, die Frage zu ignorieren, verständlich, und ich will ihm auch nicht anlasten, daß alles, was er damals von mir bekam, die Balladen, die Prosastücke, anonym erschien, keinerlei Hinweis auf mich. Denn er tat ja das seine zum Ausgleich, trug meinen Namen durch die Lande, trommelte für meinen Gedichtband, vermittelte Rezensionen, und welches Glück, die gemeinsame Arbeit. Eigentlich stand Jenny im Herbst auf dem Programm, eine Reise zur Meersburg, diesem Phantom.

Doch ich schützte Geldmangel vor, Mißbefinden, vor allem auch das Verlangen, den todkranken kleinen Ferdinand, meinen Lieblingsneffen, zu pflegen, ließ meine Mutter allein reisen und verbrachte den Winter auf Hülshoff, ohne Levins Besuche, aber wenigstens in seiner Nähe, Briefnähe.

Ein Winter der Briefe zwischen Münster und Hülshoff. Arbeitsbriefe, die mich mit Beifall bedachten, mit Tadel, Ratschlägen, Ansporn; Sohnesbriefe voller Schnurren und Vertraulichkeiten, auch Sorge um mein Wohl, schonen Sie sich, Mütterchen, schlafen Sie genug; und dann jene, die den Schlaf vertrieben mit ihren flirrenden, verkappten Liebkosungen, dem zärtlichen Spott, den leichtfertigen Schmeicheleien. Der Rhein, schrieb er mir von unterwegs, lasse das deutsche Fräulein, die blondlockige Schwanhilde grüßen, und ich versuchte mir vor dem Spiegel einzureden, daß die grauen Strähnen sich noch kaschieren ließen, meine Figur zudem wieder Form besäße, zierlich, hatte er sie nicht zierlich genannt? Und der Ausdruck eines beseelten Gesichts über Runzeln und Falten triumphiere. Auch das seine Worte, doch Worte konnten Falten nicht glätten und Wangen nicht straffen, ich bin alt, Levin, alt, elend, vom Schmerz gebeutelt, spiele nicht mit mir, es tut nur weh.

Im Frühling zog ich ins Rüschhaus zurück, saß wieder auf der Bank mit dem Fernglas, lief Levin aber nicht entgegen, sondern wartete, bis er vor mir stand, strahlend, lachend, da bin ich, Mütterchen, und kaum auszuhalten, wie unbekümmert er neben mir hertrabte, von Neuigkeiten plapperte, von Triumphen und Eroberungen, »du wirst mich wieder schelten müssen«.

Ich war stehengeblieben, »hör auf, Levin, hör auf zu prunken und zu prahlen, du bist eitel und lapsig, so als sei die Welt für dich gemacht und du nicht für sie, du tändelst und tänzelst, aber was geht es mich an, bleibe ein Kind im Spielzimmer, nur spiele nicht mit Menschen.«

Meine Ermahnungen und Gängeleien, sonst hatte er darüber gelacht oder Unwillen gezeigt. Diesmal jedoch spiegelte sich nichts davon in seinem Gesicht. Er griff nach meiner Hand, doch ich entzog sie ihm wieder.

»Nimm mir die Hand nicht weg«, sagte er, »ich weiß, daß ich bisweilen ein loser Vogel bin. Aber ich habe dich lieb, Mütterchen, zerstöre nicht, was uns verbindet.«

Er legte den Kopf an meine Schulter, und ich ließ es geschehen. Ich wollte nichts zerstören. Ich wußte nur nicht, wohin es führen sollte.

Es führte, du weißt es, Amelie, alle Welt weiß es, auf die Meersburg, Oktober 1841, der Anfang vom Ende. Die Geschichte, die letzte, die ich erzähle, so war es, so soll es gewesen sein.

Meine Mutter hatte ein ganzes Jahr auf der Meersburg verbracht, und es fiel mir schwer, nun, da sie wieder im Rüschhaus herrschte, zum Gehorsam zurückzufinden. Für den Winter hatte sie Jenny meinen Besuch versprochen, gegen meine Absicht, ich wollte bleiben. Elise Rüdiger hatte mir ihre Liaison mit Levin gestanden, und ich war fest entschlossen, ihn nicht noch einmal monatelang den anderen zu überlassen. Unsere Reisen zogen sich immer in die Länge, und wer konnte wissen, wie alt das nächste Jahr mich machte. Die weite Fahrt an den Bodensee, erklärte ich meiner Mutter, sei zu anstrengend für meine derzeitige Verfassung, und ob meine Wünsche denn gar nicht zählten.

Sie lächelte. »Du bist bei recht guter Gesundheit, scheint mir, und Jenny leidet in den dunklen Monaten unter Heimweh, sie braucht dich. Oder sollte dir der junge Schücking wichtiger geworden sein?«

Sie blickte von dem Stickrahmen auf, ihre Augen glitten taxierend über mich hin. »Zu absurd, du und dieser blendende junge Mensch. Aber leider gilt nicht, was wir wissen, sondern was die Welt denkt und redet. Man fragt sich bereits, habe ich gehört, warum Herr Schücking Woche für Woche den Weg hierher nicht scheut, und ich halte es für angebracht, die Besuche zu reduzieren. Auch diesem Zwecke würde die Reise dienen. «

Wir saßen in dem italienischen Zimmer, dem hübschesten im Rüschhaus, wenn auch nicht so prächtig wie der Gartensaal, wo Besucher empfangen wurden und der Hülshoffer Vikar Wilmsen sonntags am Hausaltar die Messe las. Das italienische Zimmer war kleiner und heimeliger, auch an kalten Tagen, und die arkadischen Tapeten mit ihren Pinien und Zypressenbäumen am südlichen Meer erzählten von der Ferne, die mich lockte und schreckte zugleich. Italien, mein Sehnsuchtsland, hatte ich jahrelang verkündet und dann, als die Haxthausens mich mitnehmen wollten nach Florenz und Rom, das italienische Zimmer der Reise vorgezogen, das Abbild der Wirklichkeit.

»Auf der Meersburg«, sagte meine Mutter, »wirst du vielerlei geistvolle Unterhaltung finden. Laßberg hat ständig Besucher im Haus, sein gelehrter Kreis, du kennst das von Eppishausen.«

Laßbergs trockene Gesellen. Nur Levin konnte meine enge Welt öffnen, und ihn wollte man mir nehmen. Doch ich ließ es nicht zu. Wie kühn es klingt. Undenkbar, ein Aufstand im Hülshoffer Herrschaftsbereich, und was wohl hätte ich getan ohne Jennys Hilfe.

Sie besuchte uns im August. Meine Mutter fühlte sich unpäßlich am Tag der Ankunft, so fuhr ich ihr allein in der Hülshoffer Kutsche entgegen, bis Wesel, wo sie vom Schiff ging. Sie kam auf mich zu, ein kleines Mädchen an jeder Hand, die zarte, liebliche Jenny, stark und schwerfällig geworden nach der zu frühen Geburt eines toten Kindes. Auch ihr Gesicht war in die Breite geflossen, das Lächeln jedoch wie früher, die Freundlichkeit, die Güte. »Ich habe eine Nachricht für dich«, sagte sie, als wir in den Wagen stiegen. Die Zwillinge plapperten und ließen uns nicht zu Worte kommen. Doch am Stadtrand durften sie auf den Kutschbock klettern, zu dem alten Höffer, an dessen Seite auch wir schon die Peitsche geschwungen hatten, so wie jetzt Jennys Kinder. Wir sahen uns an und nickten, weißt du noch.

Die Nachricht kam von Laßberg. Schon vor einem Jahr hatte ich auch bei ihm wegen einer Stelle für Levin vorgefühlt, der von seinem literarischen Fleiß immer noch nicht leben konnte, und nun wollte Laßberg ihn zum Ordnen der mittelalterlichen Handschriften in seine Meersburger Bibliothek holen, ein gutbezahlter Posten, Wohnung im Schloß und die gesellschaftliche Stellung wie ein Gast des Hauses.

»O Jenny«, sagte ich und fing an zu weinen und zu zittern, die Nerven, immer wieder die Nerven, auch diesmal im rechten Moment, denn jetzt mußte es heraus, mein Geheimnis, das jedenfalls, was unverfänglich an ihm war, die Freundschaft mit Levin, die Arbeit, die uns verband, der geistige Gewinn für mich in der Rüschhauser Einsamkeit, und daß man dies alles zerstören wolle und ganz gewiß auch seine Anwesenheit auf der Meersburg nicht dulden würde, nicht zur selben Zeit mit mir, denn es stehe ja fest, daß ich im Herbst dorthin käme.

Jenny legte den Arm um mich. »Du würdest dich freuen, mit ihm zusammen zu sein?«

Ich nickte. Ich wußte nicht, wieviel sie verstanden hatte, mehr vielleicht als gut war.

»Dann müssen wir vor den anderen darüber schweigen, auch vor der Mutter. Laßberg wäre sicherlich bereit dazu.« Sie lachte zärtlich. »Doch, er wäre bereit. Er hat ein Faible für den Minnesang.«

»Es ist nichts dergleichen«, rief ich.

»Das wissen wir«, sagte Jenny. »Aber warum sollst du nicht auch einmal glücklich sein.«

So begann das Komplott. Ein Brief hin, ein Brief zurück, fünf Wochen später reisten wir ab. Meine Mutter stand vor dem Tor und winkte. »Die Luft«, hatte sie gesagt, »wird dir guttun.«

Die Meersburg über dem Bodensee, Laßbergs turmbewehrte Veste, von einer Schlucht geschützt und dem Burggraben, in dem sich das Mühlrad drehte. Ich erschrak, als wir uns dem düsteren Gemäuer näherten, erschrak zum zweiten Mal beim Blick von der Brücke in die Tiefe und wünschte, die Kutsche möge wieder umkehren. Doch dann stand ich in meinem Turmzimmer, draußen die grüne Wildnis des Abhangs, die Giebel und Dächer, der weitgespannte See, grau, denn es dämmerte schon. Drüben am anderen Ufer die weißen Alpenkämme, der letzte Streifen Abendrot, ich wollte bleiben. Es war September. Im Oktober kam Levin.

Trug ich wirklich das blaue Kleid, als ich ihn auf der Brücke erwartete? Doch, das blaue mit dem Spitzenkragen, viel zu eng noch im vergangenen Jahr, nun paßte es wieder, und Jennys Zofe mußte mir Korkenzieherlocken brennen, drei über jeder Schläfe. »Sehr hübsch«, sagte sie, wohl mehr ihr Werk bewundernd, doch ich lächelte dankbar.

Jenny stand hinter mir, unsere Augen trafen sich im Spiegel und trieben wieder auseinander. Meine Verbündete in Lug und Trug, aber in Münster war man uns trotzdem auf die Schliche gekommen, die Droste, ging das Gerücht, habe sich den jungen Schücking mitgenommen. Ein Skandal für meine Mutter, die erst über Umwege davon hörte, und möglich, daß Jenny angesichts der Locken Skrupel empfand, genau wie ich bei dem Gedanken, sie in Bedrängnis zu bringen.

Aber wir wagten nicht, davon zu sprechen, unsagbar, worum die Gedanken kreisten, unsagbar auch, so scheint es noch über meinen Tod hinaus, und weshalb, frage ich, will man mir nicht zugestehen, daß ich bekam, was ich begehrte, wenig genug bekam, doch selbst das wenige versuchten mir die Biographen wegzunehmen, als sei es noch nach Jahr und Tag eine Schande, die alte Frau, der junge Mann, und ich müßte reingewaschen werden wie ein beschmutztes Heiligenbild. Seltsam, der alte Laßberg kann seine Jenny lieben, nichts Ungehöriges darin, er habe, heißt es anerkennend, durch sie wieder Kraft erlangt und Elan. Meine Gedichte dagegen dürfen, als hätte ich nie einen Leib besessen, nur aus dem Verzicht geboren sein, und warum, noch einmal die Frage, warum will man mir die Leidenschaft nicht lassen, diese kurze Spanne, Oktober bis April, in der sie sich wie in einem Brennglas sammelte. Kein Blindenstock mehr zum Tasten, ich habe gewußt, wohin es führte mit meinem blauen Kleid und den Korkenzieherlocken dort oben auf der Brücke.

Früher Nachmittag, warm wie im Sommer, ein gutes Jahr für die Reben. Er kam den Steig hinauf, von der Poststation zur Burg, ich lief ihm entgegen, alles Künftige, sagte er mir später, hätte schon in meinen Augen gelegen, und sprecht mir die Leidenschaft nicht ab und die Nächte mit Levin, eine Eule ruft, durch die Ulmen am Hang zieht der Wind, ich höre unseren Atem, sage ihnen, Amelie, daß man es mir lassen soll.

Wo fange ich an? Mit der Wette vielleicht, jener

sogenannten Wette unten am See, die keine war, nur der Impuls, durch den das Pendel zu schwingen begann.

Mein Schwager Laßberg, Levins überaus milder Patron und Gönner, beschäftigte ihn nur morgens in der Bibliothek, eine sehr vage Tätigkeit. Selbst Laßberg hatte kaum eine Vorstellung davon, wie die Fülle der Schriften und Dokumente zu ordnen war, dafür aber viel Sympathie für seinen Bibliothekar, dem er nach dem Essen gern noch eine Weile lauschte und ihn dann mit der Aufforderung, sich nunmehr der Dichtkunst zu widmen, entließ, wobei sein Blick zu mir schweifte. Überhaupt schien es, als habe er die Bibliothek nur vorgeschoben, so liberal, wie er unsere gemeinsamen Unternehmungen nicht nur duldete, sondern offen begünstigte, vielleicht um Jenny eine Freude zu machen oder auch nur, weil sich dadurch Gelegenheit bot, meiner Mutter, die ihn jahrelang für unwürdig befunden hatte, einen Tort anzutun. Jedenfalls lag, wenn er sich, den altväterischen Schnürrock zurechtzupfend, vom Tisch erhob und uns musterte, ein geradezu diebisches Vergnügen in den blaßblauen Augen, und so wanderten wir mit seinem Segen am Ufer entlang, ungestört in der Stille, nur der flüsternde Wellenschlag, die Schreie der Wasservögel, und manchmal Gelächter aus den Weinbergen, wo die letzten Trauben gepflückt wurden. Immer noch hielt sich das Wetter, ein Jahrhundertherbst, und ich, gesünder denn je, konnte mühelos Schritt halten mit Levin, stundenlang, ohne Herz-, Kopf-, Magenbeschwerden oder was immer mich sonst heimzusuchen pflegte. Vielleicht, wenn er geblieben wäre, hätte ich die alten Plagen für immer abgeworfen. Doch er konnte nicht bleiben, ich wußte es, und jede Minute war so kostbar und vergänglich wie die Reben in diesem Oktober.

Zu der Wette war es im Glaserhäuschen gekommen, der Schenke oberhalb des Sees, wo uns der wieselnde, zwergenhafte Wirt eine Schale mit Trauben vors Haus brachte, rubinrote Trauben, sie bekamen mir, alles bekam und schmeckte mir plötzlich, was ich früher hatte meiden müssen. Ein sonniger Platz hier oben, Windstille, der See ohne Bewegung, nur die geschäftigen Taucherenten störten den glatten blauen Glanz des Wasserspiegels. So kurze Tage schon, das Jahr ging dem Ende entgegen. »Irgendwann«, sagte ich, »werden wir dies alles nicht mehr sehen«, aber was bedeutete das für seine Jugend, er dachte im Herbst nicht an den Winter, er sah schon den nächsten Frühling. Sein zweiter Roman war fast fertig, der dritte entworfen, wir machten Pläne, seine Pläne, bis er sich mitten im Satz unterbrach und fragte, wo denn meine neuen Gedichte blieben.

Gedichte? Ich wußte immer noch nicht, wohin. Die »Judenbuche« sollte dank Levins Vermittlung als Fortsetzungsgeschichte im »Morgenblatt« erscheinen, ein Meisterwerk nannte sie der Verleger, und vielleicht, sagte ich, liege meine Stärke mehr in der Prosa.

Levin schüttelte den Kopf, im Gegenteil, nur daß ich meine poetische Kraft noch nicht wirklich erprobt hätte. Das sehr Gute, darauf warte er, aber mir fehle wohl die Courage dafür, und ein Jammer, wenn der Quell über all dem Zögern versiege.

»Aber nein!« rief ich, »sie sind da, du wirst es sehen! Jeden Tag ein Gedicht, solange du hier bist, einen ganzen Band. Worum wollen wir wetten?«

Den Kopf vorgebeugt, sah er mich an, lange und nachdenklich. »Der Eifer tut dir wohl. Jung und rosig. Jeden Tag ein Gedicht, jeden Tag jünger, wir brauchen nicht zu wetten.«

»Ach, Levin, du phantasierst«, sagte ich. Er küßte mich, ein Kinderkuß, »wo liegt die Grenze zwischen Phantasie und Wirklichkeit?«

An diesem Abend, oben in meinem Turmzimmer, entstand »Die Schenke am See«, das erste Gedicht, in dem ich Schicklichkeit und Contenance vergaß und alle anderen Grenzen. Er las es unten am See, »An Levin Schücking« stand unter dem Titel, und was er längst wußte, war nun ausgesprochen, *O sieh, wie die verletzte Beere weint / Blutige Tränen um des Reifes Nähe.*

Er las es, der Wind zauste an dem Blatt, weißer Schaum tanzte über das Wasser.

»Ich liebe dich auch, Mütterchen.«

»Mütterchen!« sagte ich.

»Du bleibst es«, sagte er, »auch wenn ich dich umarme.«

In dieser Nacht kam er zu mir in den Turm. Eine Kerze brannte, ich habe das Haar geöffnet und die Kleider fallen lassen, in Angst und Scham, doch ich tat es.

Aus dem Humus der Verzweiflung, habe ich von dir

gehört, Amelie, wären meine schönsten Gedichte erwachsen. Es stimmt nicht ganz, es war auch Glück
darin, Glück und Verzweiflung, untrennbar das Geflecht. Dieses Glück, wenn sich seine Schritte näherten,
wenn er da war und blieb. Ich wohnte damals im
Kapellenturm, und es war nicht schwierig für ihn,
unbemerkt mein Zimmer zu erreichen in der tausend-
jährigen verwinkelten Burg, von der nur Teile be-
wohnt waren, der Rest leer und öde, und auch die
unterirdischen Gänge hatte er, findig, wenn es um die
Liebe ging, bereits erkundet. Doch er kam, wie es ihm
gefiel, zwei Nächte hintereinander oder nächtelang
nicht, und keine Fragen, keine Forderungen, so war es
ausgemacht in unserem Vertrag, zu seinen Gunsten, zu
meinem Elend, aber auch das hatte ich gewollt.

Nach dem ersten Mal war er, schon an der Tür, noch
einmal zurückgekommen. »Ich mache mir Sorgen, es
wird Komplikationen geben. Ich kenne mich, ich bin
ein freier Vogel, du wirst leiden müssen. Vielleicht
wäre es besser, wenn es bei diesem einen Mal bliebe,
und ich sagte, daß ich nur ein wenig glücklich sein
wolle, und er die Freiheit habe im Kommen und Gehen, und wenn er für immer ginge, würden wir
Freunde bleiben, als sei nichts gewesen.

So begann es, zärtliche Worte bei Nacht, o ja, er
konnte zärtlich sein, wild und ausgelassen, und am Tag
wieder Junge und Mütterchen, wie leicht ihm doch
dieser Wechsel fiel und mir so schwer. Nur glücklich
sein, hatte ich gesagt, doch nun ertrug ich nicht seine
Träume von einer Zukunft, die mich ausschloß, ertrug

es nicht, wenn die Post ihm Briefe von Frauen brachte und wie er mit dem Stubenmädchen scherzte, wie er kam und ging nach Belieben und heiter war, während ich trauerte um die zu schnellen Stunden, aber warum sollte er trauern, nur ein Spiel für ihn, ein Zwischenspiel, er war auf dem Sprung.

Sogar eine Braut fing er sich schon ein zu dieser Zeit, Luise von Gall, jung, hübsch, vermögend, die er, während ich mich nachts nach ihm sehnte, mit seinen Briefen umwarb, seinem geistvollen Geplauder und der Kunst, an die Seelen zu rühren, alles im Verborgenen, und unsere Uhr lief ab. »Bedränge mich nicht«, sagte er, »wir müssen es leicht halten und aufhören, wenn es schwer wird«, und so bemühte ich mich um Leichtigkeit und legte die Trauer in die Gedichte, jeden Tag neue Gedichte, es war wie ein Taumel.

Levin, der Kenner und Kritiker, triumphierte. Er vermittelte ihren Druck im »Morgenblatt«, beschaffte mir, nachdem er die Meersburg verlassen hatte, einen Verleger, erreichte die günstigsten Honorare für mich, machte meinen Namen bekannt, auch zu seinem Nutzen, vor allem später, als es mich längst nicht mehr gab, nur noch die Gedichte. Der Mann aber, der nachts in meinen Turm kam, war vor ihnen davongelaufen.

Am Tag, als es sich entschied, saß er in der Bibliothek, zwischen Stapeln von Papieren, Pergamenten, Folianten, allerdings nicht mit Ordnen und Katalogisieren beschäftigt, sondern mit seinem Roman, wollte nicht gestört werden und las trotzdem, was ich geschrieben hatte.

Und willst du wissen, warum
so sinnend ich manche Zeit,
Mitunter so töricht und dumm,
So unverzeihlich zerstreut,
Willst du wissen auch ohne Gnade,
Was denn so Liebes enthält
Die heimlich verschlossene Lade,
An die ich mich öfters gestellt?

Zwei Augen hab ich gesehn,
Wie der Strahl im Gewässer sich bricht,
Und wo zwei Augen nur stehn,
Da denke ich an ihr Licht.
Ja, als du neulich entwandtest
Die Blume vom blühenden Rain
Und Oculus Christi sie nanntest,
Da fielen die Augen mir ein.

Auch gibts einer Stimme Ton,
Tief, zitternd, wie Hornes Hall,
Die tuts mir völlig zum Hohn,
Sie folget mir überall.
Als jüngst im flimmernden Saale
Mich quälte der Geigen Gegell,
Da hört ich mit einem Male
Die Stimme im Violoncell.

Auch weiß ich eine Gestalt,
So leicht und kräftig zugleich,
Die schreitet vor mir im Wald,

Und gleitet über den Teich;
Ja, als ich eben in Sinnen
Sah über des Mondes Aug
Einen Wolkenstreifen zerrinnen,
Das war ihre Form, wie ein Rauch.

Und höre, höre zuletzt,
Dort drinnen, da liegt im Schrein,
Ein Tuch mit Blute genetzt,
Das legte ich heimlich hinein.
Er ritzte sich nur an der Schneide,
als Beeren vom Strauch er mir hieb,
Nun hab ich sie alle beide,
Sein Blut und meine brennende Lieb.

Er las es einmal, noch einmal, dann gab er mir das
Blatt zurück, »du machst mir Angst.« Am Nachmittag
hatte Laßberg zu einem Ausflug geladen, doch Levin
schützte Arbeit vor, auch am Abend, und in der Nacht,
bei seinem Schritt auf der Treppe wußte ich, was kommen würde.

Er blieb am Fenster stehen, das Gesicht im Kerzen-
schein weich wie bei einem Mädchen. Man hatte ihm
ein Amt bei dem Fürsten Wrede in Ellingen angeboten,
Prinzenerzieher, keine lockende Aufgabe, und Laßberg, dem sein Tischgeplauder gefiel, wollte ihn gern
noch länger behalten. Doch nun war die Entscheidung
gefallen.

»Ich kann nicht bleiben«, sagte er. »Wohin soll es
führen mit uns? Ich habe es so nicht gewollt, nun ist es
geschehen und muß ein Ende finden.«

»Nur den Frühling noch«, sagte ich.

»Dann ist es vielleicht noch schlimmer.« Er setzte sich zu mir ans Bett. »Dies alles ängstigt mich. Ich möchte, daß es wieder wie früher wird.«

»Als sei nichts gewesen«, sagte ich.

»So war es ausgemacht. Ich will dich nicht verlieren, lass' mich gehen.«

»Es ist so bitter, wenn man allein trauern muß«, sagte ich.

Er legte sein Gesicht an meines, zum letzten Mal. »Ich wollte nicht, daß du trauerst. Ich wollte, daß du glücklich bist.«

Log er, sagte er die Wahrheit, lachte er über mich, hatte er nur sein Vergnügen gesucht, mich nur genommen, weil sich nichts Besseres bot, war er in den Nächten, wenn ich wartete, zu dem Stubenmädchen gelaufen?

»Was hast du?« fragte er.

»Warum bin ich so alt, Levin«, sagte ich. »Warum bist du so jung?«

Ein Morgen im April, als er mich verließ. Jenny und ich begleiteten ihn bis zur Brücke. Der Wind kam kalt von Osten, mein warmer Überrock nahm mir jede Form, es kümmerte mich nicht. Er ging den Steig hinunter, winkte noch einmal, verschwand. »Ach, Nette«, sagte Jenny.

Zwei Jahre später sind wir uns noch einmal begegnet, wieder auf der Meersburg, seine Frau war dabei. Es fiel ihm so leicht, den Vertrag einzuhalten, Freunde, als sei nichts gewesen. Ich lächelte und wahrte Contenance, doch die Seele läßt sich nicht täuschen.

Vier Jahre dann noch, sie hätten meine besten werden können. Der Band mit den Meersburger Gedichten war erschienen, auch die schamlosen darunter, und mein Name auf dem Einband, der volle Name, ich ließ es mir nicht mehr verbieten. Vorbei das Versteckspiel, Annette von Droste-Hülshoff, Dichterin, und ein Haus hoch über dem Bodensee, das ich verdient hatte mit meiner Kunst, mein Haus, mein Weingarten, dort wollte ich leben. Aber ich bin niemals eingezogen.

Das Fürstenhäusle, mein letzter Traum, er war nichts wert ohne Levin. Ich hatte nur Gold gesehen in ihm, nun sah ich nur Pech und wurde krank darüber. Warum, Amelie? Er war weder Heros noch Schurke, er hat viel gegeben und wenig genommen, mich ein wenig ausgenutzt, ein wenig mit meinem Namen gewuchert, ein wenig mein Vertrauen mißbraucht, warum mußte ich mich deshalb zerstören. Du kennst meine Briefe, die Sehnsucht, die Enttäuschung, das Mißtrauen schließlich, die Verdächtigungen, den Haß, eine kranke, verbitterte Frau, die nicht verzeihen konnte, wo es eigentlich nichts zu verzeihen gab.

»Mein Talent steigt und fällt mit Deiner Liebe«, steht in einer der Briefe, in denen ich noch um diese Liebe bettelte, vergebens, und so habe auch mich sterben lassen im Meersburger Turm, das Herz stand still, und Jenny sagte auf dem Totenzettel:

Sie war stets eine liebevolle gehorsame Tochter und treue Schwester, und ihre Anhänglichkeit für die Ihrigen kannte keine Grenzen; aber sie war auch voll Erbarmen und Mitleid gegen ihre leidenden Mit-

menschen, die ihr Herz alle mit gleicher Liebe um-
faßte. Von Gott mit großen Talenten und nament-
lich mit der schönen Gabe der Dichtkunst ausgestat-
tet, war ihr Streben stets dahin gerichtet, diese Gaben nur zu seiner Ehre zu gebrauchen. Deshalb
durchdringt auch der Hauch wahrer Gottesfurcht
alle ihre Schriften, und es ist kein Wort in ihnen
enthalten, welches Ärgernis geben konnte.
Welche Verwirrung. Ich möchte mein Leben neu erfinden, aber es war, wie es war, und etwas bleibt.

Ja, Annette, seien Sie getrost, wer spricht schon mit
solcher Stimme über das Grab hinaus. Obwohl es mir
in diesem Augenblick lieber wäre, Sie hätten mir eine
Geschichte erzählt, in der Sie das Haar nicht nur heimlich lösen und zu spät. Ich weiß, dann wäre es beim
leichten Versgetrappel geblieben, und vielleicht hätte
ich Ihnen gar nicht zugehört. Aber nun, da wir solange
miteinander geredet haben, lese ich das, was bleibt,
nicht ohne Trauer. So viele Gedichte, sowenig Leben.

Und ich, bei der es noch weiter geht, wie soll meine
Geschichte einmal enden? Die Entscheidung, erinnern
Sie sich, irgendwann habe ich von einer Entscheidung
gesprochen, verfrüht im Grunde, noch steht sie nicht
an, nur die Frage, was ich tun soll, wenn es dazu
kommt.

Ich bin zweiundvierzig, so alt wie Sie, als Levin Ihren
Weg kreuzte, und eigentlich geht es mir gut. »Nichts
zu beklagen«, pflegte Dürr, mein nächster Lebensge-

fährte auf Zeit, zu entgegnen, wenn man sich nach seinem Befinden erkundigte, ich habe es übernommen und bis heute beibehalten. Dürr, der Wirtschaftsjournalist vom Franziskaner-Stammtisch, Wolfram Rund, wie er eigentlich hieß. Nach meiner Scheidung trafen wir uns in der Münchner U-Bahn wieder, ein Glück für mich damals. Das Gautinger Haus war verkauft worden, zu hastig, zu billig, nun wollte ich meinen Anteil in eine Eigentumswohnung stecken, Immobilien, Dürrs Ressort, und die Dreizimmerwohnung, die er mir verschaffte, machte den Gautinger Verlust wett. Sie lag in Nymphenburg, Wotanstraße, ein Grundstück mit alten Bäumen. Es war Mai, die Kastanien blühten gerade.

Als der Kauf perfekt war, aßen wir zusammen und tanzten danach in der Bar vom Bayerischen Hof, wie lange hatte ich nicht mehr getanzt. Ich mochte ihn, ein guter Freund, hilfsbereit, schnodderig und unkonventionell, ein glänzender Journalist außerdem, mit der Gabe, komplizierte Zusammenhänge so verständlich und amüsant darzustellen, daß seine Artikel im Wirtschaftsteil der Münchner Zeitung, bei der er jetzt arbeitete, auch von Leuten ohne einschlägige Interessen gelesen wurden. Die Kommentare zeichnete er mit Dürr, passend zu seinem Äußeren, und alle nannten ihn so, auch ich, dabei blieb es.

Wir tanzten die halbe Nacht und redeten die andere Hälfte. Ihm war ebenfalls etwas in die Brüche gegangen, keine Ehe allerdings und ohne große Komplikationen offenbar. Wenn es nicht funktioniere, erklärte er mir, müsse man schnell den Schlußstrich ziehen, noch bevor die Gewöhnung sich eingefressen habe, sonst nämlich gebe es Narben, »aber ich weiß, bei euch ist es anders, ihr hattet das Kind.«

Meine offene, nie vernarbende Wunde, und gut, daß er mir den üblichen Trost ersparte, dieses »du wirst wieder ein Kind bekommen«, so, als ob Charlie sich neu auflegen ließe. »Nie mehr«, sagte ich, »nie wieder ein Kind. Ich habe kein Vertrauen mehr. Ich würde es einsperren und nicht wanken und weichen vor Angst und trotzdem an die Sachen denken, die ich eigentlich machen möchte, schrecklich, so eine Mutter, für das Kind und für mich.«

Wir saßen immer noch in der Bar, die letzten Gäste, Zeit zum Aufbruch. Mein möbliertes Apartment lag in der Arcisstraße, nicht weit entfernt, und die Morgenluft tat gut. Es war schon fast hell, die Stadt kurz vor dem Aufbruch, eine erste Tram rollte über den Lenbachplatz. Noch vier Stunden Schlaf, dann mußte ich nach Stockholm fliegen für Paul Malsky, der mich längst wieder in Gnaden aufgenommen hatte, aber einsah, daß ich in der Nähe von Charlie bleiben wollte, dem Friedhof, wo sie begraben war.

»Nein«, wiederholte ich, »nie wieder, ich würde es nicht aushalten.«

Dürr ging stumm neben mir her, er konnte reden und schweigen, auch das gefiel mir, und erst auf dem Karolinenplatz sagte er, daß ich Pech hätte mit meiner genetischen Kombination, einerseits dieser ausgeprägte Sorgetrieb, andererseits Talent, Ehrgeiz, Kraft,

Neugier, Unruhe, die geborene Journalistin, wie solle das gutgehen.

»So ist es«, sagte ich, »unzumutbar, ich werde allein leben müssen.«

»Oder dich mit einem zusammentun, der den Sorgetrieb kappt. Ich zum Beispiel kann viel vertragen, nur nicht, wenn eine Frau um mich hergluckt. Wäsche rauslegen, Brötchen streichen, Ranzen packen und diesen ganzen Zauber.«

Ob seine Frischgetrennte das getan hätte, wollte ich wissen. Er nickte, »du kannst sie deinem ehemaligen Chef empfehlen«, und nahm mich, als er mein Gesicht sah, in die Arme, »die eine Seite von dir wird schon noch begreifen, warum die andere nicht bei ihm bleiben konnte.«

Dürr, dachte ich, sei eine Möglichkeit zum Kompromiß. Anfangs pendelten wir noch zwischen meiner und seiner Behausung, einem ausgebauten Speicher nahe beim Viktualienmarkt, von dessen Fenstern man über die Dächer blickte auf den Alten Peter und die Türme der Frauenkirche. »Mein Paris«, sagte er, »gehen wir in mein Paris«, und wollte, als er schließlich bei mir einzog, die Wohnung behalten, nicht weit zur Redaktion, auch sein Archiv konnte dort bleiben, ein guter Platz zum Arbeiten. »Und zum Bumsen«, murmelte jemand am Stammtisch, als wir das Projekt erörterten. Möglich, daß es so war.

Angenehm, mit Dürr zu leben, so unkompliziert, jeder tat das seine, und kein Gedanke daran, dem anderen nasse Handtücher vor die Füße zu werfen. Wer zuerst in die Küche kam, kochte für beide, was sich freilich nicht allzu oft als nötig erwies bei unserem umtriebigen Beruf. Eine etwas vage Beziehung, zwei Singles im Grunde, die gern miteinander redeten, aßen, ausgingen, wenn es sich so ergab, und nur im Bett verlor sich die rücksichtsvolle Distanz. Dann glaubte ich, ihn zu lieben, aber auch, wenn er abends im Sessel saß, die langen Beine von sich gestreckt, und seine intelligenten, nervösen Finger das Weinglas hielten. Ich freute mich auf jedes Wiedersehen, ohne Zittern und Beben, aber mit dem Gefühl, nach Hause zu kommen. Angenehm für beide, dieses Zusammensein, angenehm unverbindlich und nichts für die Dauer, das sollte sich zeigen.

Wir wohnten schon zwei Jahre zusammen, als Paul Malsky sich entschloß, mich rund um die Welt zu schicken, Reportagen über Frauen in den fünf Kontinenten. Er hatte mich nach Hamburg gerufen, in sein Zimmer mit dem Blick auf den Hafen und die Speicherstadt, das er demnächst räumen würde, um, wie er mir erläuterte, seinen Enkeln den Hintern zu putzen, die Eltern hätten ja keine Zeit für solche Banalitäten, und ich solle vorher noch meine große Chance kriegen.

Ich wollte ihm um den Hals fallen, was er mit den Worten »Mädchen, mach mir keine Schwierigkeiten so kurz vor der Rente« verhinderte und mich dann fast erstaunt ansah, »na ja, Mädchen paßt auch nicht mehr so ganz. Gott, warst du ein munteres Kalb damals mit deiner Venedig-Story. Wie geht's Freund Dürr?«

»Amerika«, sagte ich. »Irgendein Wirtschaftskongreß. Und wenn er wieder da ist, fahre ich in die Sowjetunion.«

Er schüttelte den grauen Igelkopf, »jammervoll. Auf welcher Seite soll ich nun stehen? Auf deiner oder auf seiner?« Malsky, der alles früher als andere roch. Er hatte eine Nase wie ein Jagdhund, »aber in eurem Fall«, sagte er später, »brauchte man sie gar nicht erst groß in den Wind zu halten.«

Die Sowjetunion, der Anfang meiner Reise für den STERN. Dürr brachte mich zum Flughafen. Es war April, zu Hause auf dem Wohnzimmertisch lagen Prospekte und Bücher über Irland, unser Urlaubsziel im Juni, »laß nichts dazwischenkommen«, sagte er noch einmal, bevor ich durch die Kontrolle ging. Doch nach Irland sind wir nicht mehr gekommen. Im Hotel von Baku, der vorletzten Station, rief mich ein Kollege an. So erfuhr ich, daß Dürr im Krankenhaus lag, ein Unfall, Bein- und Beckenbrüche, der Kopf zum Glück unbeschädigt, auch die Wirbelsäule, und Lebensgefahr bestehe nicht, aber auch so sei es scheußlich genug.

Es dauerte Stunden, bis das Hotel mich endlich mit ihm verbinden konnte. Seine Stimme klang hohl und fremd, man habe ihn operiert, sagte er, verschraubt, vernagelt, vernäht, nun ginge es schon wieder, und wann ich käme.

»Ich breche sofort ab«, sagte ich, was ihn geradezu aufbrachte, denn erstens liege er nicht im Sterben, zweitens bekäme man bei der Aeroflot keinen Flug außer der Reihe, und überhaupt, wo denn mein Journalistenethos bliebe. »Wie lange brauchst du noch?«

»Eine Woche«, sagte ich, und er meinte, eine Woche sei keine Zeit.

Wir legten auf, es war still, Grabesstille, nur eine Täuschung, gleich danach dröhnten wieder die Geräusche der fremden Stadt. So unwirklich, dieses Zimmer in Aserbeidschan. Vor dem Fenster das Kaspische Meer, aus dem die Gestänge der Bohrtürme wuchsen, ein Wald von Bohrtürmen, und die Atmosphäre ölgesättigt, überall, in jeder Faser der schmierige Dunst, auch meine Kleider, die Haut und das Haar rochen schon danach, und fünftausend Kilometer entfernt lag Dürr. Aber nur extremste Umstände erlaubten den Abbruch einer solchen Recherche, erst recht in der Sowjetunion, kein Land zum Ein- und Ausreisen nach Belieben.

»Es ist unmenschlich«, sagte ich zu dem Fotografen. »Was würdest du tun, wenn deiner Frau so etwas passierte?«

Er hatte schon oft mit mir gearbeitet, ein schweigsamer Mann, der abends gern seiner Wege ging. Aber da auch das in diesem Land schwieriger war als anderswo, saß er neben mir und Sina, unserer Dolmetscherin, beim Essen in der ehemaligen Karawanserei, einem großen runden Innenhof mit Pflöcken, an denen man früher die Kamele festgebunden hatte, und mit Schlafnischen für ihre Treiber in dem Mauerring, wo jetzt das Essen serviert wurde. Wer durch das eisenbeschlagene Tor gehen wollte, mußte wie in alten Zeiten Auskunft geben über das Woher und Wohin, bevor man ihm Einlaß gewährte, eine Touristenattraktion, überlaufen von Reisegruppen aus den sozialistischen Bruderländern, nur mit Mühe hatte Sina drei Plätze für uns reservieren können.

»Was ich tun würde?« Der Fotograf stocherte in seinem Essen herum, irgend etwas Zähes vom Hammel, scharf und würzig. »Weitermachen, was sonst. Aber wenn sie mich eine Woche schmoren ließe, wäre ich natürlich stocksauer, so ist das nun mal«, und Sina, ebenfalls um Stellungnahme gebeten, sagte in ihrem feinziselierten Sprachlabordeutsch: »O bitte, dieses Problem liegt gänzlich außerhalb meines Vorstellungsvermögens.«

Wir waren in der Dämmerung gekommen, nun wölbte der Himmel sich blauschwarz und flimmernd über dem Hof, eine warme südliche Nacht, die Mondsichel wie aus geschnittenem Metall und der Wind selbst hier, so weit vom Meer entfernt, noch schwer und ölig. Musik setzte ein, schrille, orientalische Rhythmen, die ersten Paare drehten sich im Licht der Fackeln, ein kleiner, drahtiger Aserbeidschaner kam in unsere Nische, ließ die Augen funkeln und machte eine Verbeugung vor mir.

Ich schüttelte den Kopf, worauf er sich nochmals verneigte und etwas Russisches sagte. »Der Herr bittet Sie um diesen Tanz«, dolmetschte Sina. »Sie sind eine sehr sympathische Dame, und es wäre eine Ehre für ihn . . .«

»Ich möchte nicht tanzen«, erklärte ich, ohne Erfolg, denn nun legte er die Hand aufs Herz und hielt eine Art Ansprache, ernst und zeremoniell, und Sina sagte, daß

275

er sehr dringend um die Ehre bitte, und sie rate mir, es nicht länger abzulehnen, er sei ein Mann in guter Position, auch ein guter Genosse, und wir seien in einem seltsamen Land, möglicherweise könnte es Ärger geben.

Und so tanzte ich in der alten Karawanserei mit einem Mann aus Aserbeidschan. Die Trommeln und Flöten schrillten, er führte, schob, drehte mich und klatschte in die Hände, tanz, Frau, tanz, und ich tanzte wie im Taumel, bis die Musik verstummte.

In der Nacht beschloß ich, nach München zu fliegen, aber hoffnungslos, alle Maschinen in Richtung Deutschland waren auf Wochen ausgebucht, womit die Verantwortung eindeutig bei den Verhältnissen lag. Es beruhigte mich in gewisser Weise, zählte jedoch nicht mehr im Gang der Dinge.

Drei Monate Krankenhaus, danach die lange Rehabilitation und eine Kur, es wurde November, bis Dürr wieder ins normale Leben zurückkehrte, weiterhin verschraubt und vernagelt, erst im nächsten Jahr wollte man die Metallplatten aus dem Körper entfernen. Ich war durch die Welt gereist während dieser Zeit, voller Hektik, um es hinter mir zu haben, und zwischendurch immer wieder nach München geflogen, um bei Dürr zu sein, ein Wochenendsprung manchmal von Kontinent zu Kontinent. Als er wieder nach Hause kam, stand nur noch Afrika aus, und wir könnten, schlug ich vor, doch gemeinsam nach Kenia fliegen und Weihnachten in einem Hotel am Meer verbringen, Ersatz für den Urlaub, und die trockene Wärme würde ihm guttun.

Er antwortete nicht, überhaupt war er stiller als sonst, wortkarg geradezu. Erst als wir gegessen hatten und die Tagesschau begann, sagte er: »Ich muß mit dir reden.«

Was denn los sei, fragte ich, vielleicht könnten wir die Nachrichten abwarten, doch er reagierte nicht, trank sein Glas leer, füllte es wieder, und es dauerte eine Weile, bevor ich hörte, daß er sich von mir trennen wolle.

Da saß er, noch dünner als früher, noch schmaler im Gesicht, mein Mann, beinahe mein Mann seit drei Jahren, und sprach von Weggehen und Schlußmachen, warum, fragte ich, ob es eine andere gebe.

»Ja«, sagte er, »und sie bekommt ein Kind.«

So landläufig die Geschichte, so üblich, so banal und doch ganz anders. Eine Krankengymnastin aus der Klinik. Sie hatte seine Beine wieder beweglich gemacht, ihm den aufrechten Gang zurückgegeben, Hoffnung, Lebensmut, sie war dagewesen und ich nicht.

»Liebst du sie?« fragte ich.

»Keine Ahnung«, sagte er. »Eigentlich liebe ich dich.«

Das Kind also, das er nie gewollt hatte bisher, ein Kind stört, macht abhängig, bringt Probleme. »So war es doch, das kannst du jetzt doch nicht wegreden.«

Er füllte das Glas schon wieder, ja, das habe er gesagt und geglaubt, aber die Dinge änderten sich manchmal. Ein Kind, eine Familie, plötzlich stelle er sich das schön vor, und ich hätte keine Ahnung, was mit ihm losgewesen sei, die Schmerzen, die Angst vor dem Rollstuhl, »und du in Thailand und Indien und sonstwo, und wenn du gekommen bist, warst du mit einem Fuß schon wieder weg. Das ist kein Vorwurf, das ist unsere Beziehung.«

»Warum hast du mir nichts davon gesagt?« fragte ich. »Ich wäre geblieben.«

»Natürlich wärst du geblieben.« Er sprach laut und aufgeregt. »Du hättest alles hingeworfen und mich gepflegt von morgens bis abends wie Florence Nightingale, mit dem Gefühl, daß dein eigenes Leben vor die Hunde geht. Ich verstehe das, es war ja unsere Linie, und nun hat mich der Unfall umgekrempelt, ich will eine Frau haben, die nicht erst von Rio anreisen muß, wenn ich sie brauche. Männlicher Egoismus, ich weiß, aber Anja, so heißt sie, hat nichts dagegen, zu ihr paßt das auch, sie fühlt sich überhaupt nicht diskriminiert, wenn ich für sie und das Kind sorgen möchte, im Gegenteil, und mir würde es Spaß machen, was bitte ist falsch daran.«

»Nichts«, sagte ich. »Gar nichts. Nur schade, daß ich nicht Anja bin.«

»Du wirst es verwinden.«

Die Weinflasche war fast leer, er trank den Rest und öffnete eine neue.

»Soll ich ein paar große Worte sprechen? Du bist gekränkt, traurig, vielleicht auch wütend, los, schrei mich an, sage, was du willst, aber sag bitte nicht, daß du mich liebst. Du magst mich und bist gern mit mir zusammen und dieses ganze Zeug. Aber Liebe?« Er nahm meine Hand und legte sein Gesicht darauf.

»Wenn du mich geliebt hättest, wärst du nicht in Baku geblieben. Du hättest Himmel und Hölle in Bewegung gesetzt, notfalls Breschnew und den obersten Sowjet, und wärst gekommen, das weiß ich. Verdammter Unfall.«

Ein Abschied wie dieser, Annette, Sie kennen das Gefühl, bleib hier, möchte man sagen und schweigt. Ich solle ihn allein lassen, bat Dürr am letzten Tag, aber so leicht wollte ich es ihm nicht machen. Ich strich durch die Wohnung, während er packte, wandte mich erst ab, als er ging, und verzieh nicht, obwohl es nichts zu verzeihen gab, genau wie Sie. Indessen, er hatte richtig prophezeit, ich konnte es verwinden.

Nicht gleich, das nicht, der Schmerz brauchte lange, um sich zu verflüchtigen. Doch allmählich wurden die Bilder in mir, Dürrs Gegenwärtigkeit Tag und Nacht, diffuser und verschwanden, das Gesicht, die Hände, das Glitzern in den Augen. Nur wenn ich »nichts zu beklagen«, sagte, seine Worte, erinnerte ein kleines Zucken an die Wunde, und falls es trotz allem Liebe war, dann gewiß nicht jene, die Sie besungen haben, Ihre brennende, tödliche Liebe. Man liebt und dichtet heutzutage anders, und gestorben, scheint mir, wird nur noch selten daran. Ich jedenfalls habe Ersatz gefunden, erst für Bert, dann für Dürr, flüchtigen Ersatz zunächst, Affären hin und wieder, immer unter Vorbehalt, ohnehin fuhr ich ständig in der Welt herum. Meine Berichte im STERN hatten mir einen Preis eingebracht, seitdem standen die Angebote zur Wahl, und ich wählte, was mich reisen ließ, reisen durch Krieg und Frieden des Jahrzehnts, durch den Reichtum und den Hunger, durch Gleichgültigkeit und Revolten, die Reporterin der achtziger Jahre, hieß es bei der Preisverleihung. Ortswechsel, Menschenwechsel, Abschiede immer inbegriffen. Sie, Annette, haben Ihre Gedichte geschrieben, ich schreibe meine Berichte, doch manchmal fürchte ich, daß auch mein Leben dabei auf der Strecke bleibt.

Paul Malsky drückte sich ähnlich aus bei dem großen Empfang, den der STERN an seinem siebzigsten Geburtstag für ihn gab, im Yacht-Club, wo um diese Zeit die Rhododendren blühten. »Man kann sich auch zu Tode reisen«, sagte er und streute Asche auf mein Haupt, weil ich nach seiner Pensionierung nie den Weg zu ihm gefunden hatte, genau wie alle anderen. Zur Gratulation indessen war die Branche fast vollzählig erschienen, was er »einen alten Gaul auf die Schulter klopfen« nannte, nicht ohne grimmiges Vergnügen, »wenn es ans Feiern geht, kennen die Jungs einen wenigstens noch«, und Dürr sei auch da, aber es ginge ihm nicht gut, irgend etwas Schlimmes mit den Nieren.

Dürr, gegen den ich mich gewappnet hatte. Seit unserer Trennung arbeitete er für ein Hamburger Blatt, voraussehbar, ihn hier zu treffen. Er stand in der Terrassentür, das Glas zwischen den Fingern, und blickte auf die Alster. Ich wollte ihm ausweichen, doch da kam er schon, zögernd, ebenfalls aus dem Konzept gebracht.

Unsere erste Begegnung nach vier Jahren, erschreckend, wie er aussah, grau und müde, ein alter Mann.

»Zeig es mir nicht so deutlich, du blühendes Leben«, sagte er.

»Was ist mit dir los?« fragte ich.

Er hielt noch meine Hand, nun küßte er sie, »nichts zu beklagen«, dann ging er wieder, und vielleicht lag es an diesem Wiedersehen, daß ich bald darauf Robert in meine Wohnung ließ.

Er ist schon aufgetaucht in unserem Gespräch, am Anfang, erinnern Sie sich? Robert mit den Töpfen, der mich kurz bevor ich Ihnen auf der Meersburg begegnet bin, in eine Krise brachte, von der ich noch nicht weiß, wie sie sich überwinden läßt.

Eine Art Satyrspiel, diese Beziehung, nach allem, was davor geschehen war, allein schon angesichts des Känguruhs, auf dem Roberts Existenz ruhte. Wir hatten uns im Fernsehstudio kennengelernt, bei einer Talk-Show, wo man ihn als überzeugten Verfechter des Müßiggangs vorstellte, während ich für jene sprach, die sich ihrem Beruf mit Leidenschaft, Verve und, wie er es ausdrückte, tierischer Primitivität widmeten, tierisch wörtlich zu nehmen, denn die Kreatur sei damit geschlagen, ohne Unterlaß um Nahrung kämpfen zu müssen, wogegen der Mensch Arbeit und Muße in eine vernünftige Relation bringen könne, »und dazu«, erklärte er mir, »fehlt Ihnen ganz offensichtlich zwar nicht die biologische, aber mit Sicherheit die geistige Reife.«

Was seine Arbeit anbelangte, so bestand sie darin, daß er jeweils zu Beginn des Jahres etwa sechs Seiten Text verfaßte, eine Bilderbuchgeschichte, in der das

Känguruhmädchen Babalu dem mütterlichen Beutel zu entweichen pflegte, sich in ein Abenteuer mit Elefanten, Papageien, Müllmännern, Polizisten, Astronauten oder dergleichen stürzte und sodann wieder nach Hause kam, zur Freude sämtlicher Anverwandten. Als sechsundzwanzigjähriger lustloser Student hatte er die Idee gehabt, nun gab es bereits neun Bände, hübsche Geschichten, kein Zweifel, die Bilder noch hübscher, und Babalu, Liebling der Kinder, inzwischen auch als Plüschtier vorhanden, garantierte ihm und dem Illustrator ein sicheres Einkommen. Klein, aber fein, wie er bei der Talk-Show verkündete, gerade genug, daß ein anspruchsvoller Mensch seiner Kategorie davon leben könne, gemütlich, ohne Streß, und warum bitte solle er fünfmal soviel arbeiten, wenn ihm am Ende keine Muße bliebe, das Geld auszugeben.

Er war sympathisch, witzig und unterhaltsam, das Publikum liebte ihn auf Anhieb, und seine lässige Eloquenz brachte es fertig, mir und meinen Argumenten den Stempel kompletter Abartigkeit aufzudrücken. Die Leute johlten und buhten, sowie ich den Mund aufmachte, was mich in Weißglut versetzte, mehr, als die Sache wert war.

»Wütend?« fragte er mich hinterher. »Da wird Babalu ja ganz traurig.«

»Verschonen Sie mich mit Ihrem dämlichen Känguruh«, sagte ich, worauf er bekümmert den Kopf wiegte, Babalu sei ein kluges Kind, und ob ich ihm denn ewig böse sein wolle.

»Wieso ewig?« sagte ich, »wir laufen uns doch hoffentlich nicht noch mal über den Weg«, und vier Wochen später wohnte er bei mir in der Wotanstraße.

Nur Berechnung von seiner Seite? Nein, das nicht, aber die Wohnung kam ihm zupaß, die Wohnung und ich, eins seiner Talente, das Nützliche mit dem Angenehmen zu verschmelzen. Freunde, deren Haus er seit längerem hütete, waren wieder zurückgekommen, eine Fügung, die Wotanstraße, aber nur als Zugabe, erklärte er, denn vor allem hätte er sich in mich verliebt. Vermutlich stimmte es, er verliebte sich gern, und wenn es nicht stimmte, so stand zumindest die Illusion im Raum, für ihn und für mich, auch für Illusionen war er gut. Ähnlichkeit mit Levin in gewisser Weise, nur ohne dessen Emsigkeit, obwohl er sich sehr emsig zeigte bei der Eroberung meiner Person. Kein langer Prozeß, wie gesagt. Am Morgen nach der Talk-Show bereits erschien er mit einem großen bunten Strauß, um sich zu entschuldigen, die Eitelkeit habe seine Sicherungen durchbrennen lassen, und ob er mich am Abend zum Essen einladen dürfe.

»Pellkartoffeln mit Quark?« fragte ich.

»Mit Kaviar, falls Sie scharf darauf sind«, sagte er. »Ich würde sogar eine Babalu außer der Reihe dafür kreieren, und Sie wissen, was das heißt.«

Er hatte einen rotbraunen Krauskopf, blaue Augen und Sommersprossen, irisch, wurde mir erklärt, seine Großmutter sei Irin gewesen und er ihr Ebenbild. Ich mußte Fotos betrachten, in der Tat, das gleiche Gesicht, die gleiche Statur, irisch, das paßte zu ihm, ein irischer Kesselflicker, der Känguruhgeschichten erzählte. Es gab kaum etwas, das uns verband, Tennis allenfalls und das Bett, doch seine Lust am Ballwechsel ging weit über meine hinaus, und was die Liebe betraf, so konnte er sehr schön und phantasievoll davon reden, ein Blender, und dennoch verliebte ich mich in ihn oder in die Illusion, ich weiß es nicht, ersparen Sie mir die Einzelheiten, unwichtig, die Episode mit Robert, ohne Bedeutung, es geht nicht um unsere gemeinsame Zeit, es geht um mich und das Ende und die Frage, was dem Ende folgen soll.

Daß er bei mir einzog, passierte sozusagen von selbst, er blieb einfach da. Es standen keine Reisen an in diesem Sommer, nur der Schreibtisch, Konzepte für eine Reihe im Fernsehen, der das Material meiner STERN-Reportagen zugrunde lag, »Frauen aus fünf Kontinenten«. Die Dreharbeiten sollten im Spätherbst beginnen, und die Zeit drängte. Doch Robert störte nicht, er machte sich nützlich. Er kaufte ein, erledigte Behördengänge, lief zur Post, zur Reinigung, brachte den Wagen zum Tanken und zum TÜV und kochte für uns, Kochen, seine Leidenschaft, italienisch vor allem, wunderbar die Vor- und Nachspeisen, die herrlichen Nudeln, und was er mit Fleisch und Fischen vollbrachte. Er kam morgens gegen elf, zog mich abends von der Schreibmaschine weg ins Kino oder in eine Kneipe, brachte mich wieder nach Hause, blieb gelegentlich, blieb öfter, blieb schließlich ganz.

Robert, mein Hausmann, ein heiterer, etwas kapriziöser Gefährte, nicht mehr ganz so emsig, auch nicht fürs Gröbere selbstverständlich, aber einer, der mich und sich verwöhnte, die Wohnung hütete, wenn ich unterwegs sein mußte, Freude zeigte, wenn ich wiederkam, mir zuhörte, mit mir ausging, der Mann an meiner Seite, zärtlich, attraktiv, amüsant. Ein nettes Paar, wir beide, nur die Rollen vertauscht, und eines Tages behagte es mir nicht mehr.

Verstehen Sie das, Annette? Es ging mir gut mit ihm, kein täglicher Kleinkram, keine leere Wohnung, kein leeres Bett, warum diese Irritation. Auch ihm ging es gut, keine Frage, er wäre geblieben, hätte mich ein wenig beschwindelt, ein wenig betrogen, schonend jedoch und rücksichtsvoll, so hätten wir zusammen alt werden können.

Es begann nach meiner Rückkehr aus Südamerika, wo wir den ersten Film der Reihe gedreht hatten, unter großen Anstrengungen zeitweilig, nun erwartete Robert mich mit einem Festmenü, gekocht in neuen Töpfen, die edelste Marke momentan, frisch erworben während meiner Abwesenheit. Er pries sie lauthals wie ein Virtuose sein Instrument, es hörte nicht auf, Töpfe, dachte ich, großer Himmel, Töpfe, und sah eine Frau in São Paulo am Feuer hocken mit ihrer Konservenbüchse, ein paar Bohnen im Wasser, und um sie herum die hungrigen Kinder. Nach dem Essen wollte ich davon erzählen, kam jedoch nicht dazu, denn auch er hatte etwas produziert.

»Babalu fliegt zum Mond«, seine neue Känguruhgeschichte. »Ganz nett, wie?« fragte er erwartungsvoll.

»Sehr«, sagte ich und lächelte so gut es ging. Wir hatten in den Slums der großen Städte gedreht und bei den Indios von Peru, bis an den Rand der Erschöpfung unter der Hitzeglocke, die beiden Kameramänner, der Toningenieur, auch ich, und da saß er nun mit seinen sechs Seiten Jahresarbeit und war glücklich. »Doch, sehr hübsch. Aber du hast soviel Witz und Phantasie, schreib doch mal eine längere Geschichte, ein richtiges großes Kinderbuch, so wie Michael Ende oder die Lindgren. «

Er sah mich erstaunt an, »haben wir das nicht ausdiskutiert?«

»Wenn du meinst«, sagte ich, »Hauptsache, du bist stolz auf dich. Mach mir bitte noch einen Espresso. «

Er sprang auf, »aber ja, Boß«.

Ein Warnsignal, eins von vielen, die aufblitzten, sporadisch zunächst, dann in immer schnellerer Folge. Ungerecht, ich weiß. Ich hatte mir Robert, so wie er war, ins Haus geholt, nun störte mich, was ihn nützlich machte und mein Leben angenehm, der Unernst, der Mangel an Ehrgeiz, die Verschwendung seiner Zeit. Es störte mich, wenn er mir gegen Mittag mit verschlafenem Gesicht einen guten Morgen wünschte, es störte mich, daß er stundenlang durch die Stadt bummelte, in Cafés herumsaß, mit Lederjacken und Designerschuhen von meinem Geld, selbst das Getue am Herd konnte ich nicht mehr sehen und fand es peinlich, wie er im Kreis meiner Freunde zu brillieren versuchte, Robert, der Schriftsteller. »Was macht Babalu?« fragten sie mich, ein Stachel jedesmal, und ich wußte, warum: Mein Hausmann sollte ernst genommen werden, er sollte Gewicht haben und Bedeutung. Hausmann, die falsche Rolle, und ich nahm es ihm übel, ausgerechnet ich, ein Teil von dir, hätte Dürr vielleicht gesagt, hockt noch in der Höhle und wartet auf den starken Jäger. Das war es, ich durchschaute es, doch der Stachel saß fest, und so kam es, daß ich ihn eines Nachts davonfahren ließ mitsamt den Töpfen und später in der leeren Wohnung an meine Mutter dachte und was sie dazu sagen würde, Helga Prillich aus Rastenburg, die mir ihre letzte Botschaft geschickt hatte: *Ich bin so allein.*

Am nächsten Tag mußte ich nach Appenzell fahren, um eine Reportage über das Schweizer Wahlrecht zu schreiben, habe in Konstanz übernachtet und die Meersburg am jenseitigen Ufer gesehen. So bin ich zu Ihnen in den Turm gekommen, an Ihr Sterbebett, in unser Gespräch. Haben wir alles gesagt, Annette? Sie schweigen. Ihre Geschichte ist zu Ende, aber meine geht weiter, und ich weiß noch nicht wie. Was mache ich mit meiner Freiheit. Die Bilder in Ihrem Sterbezimmer sehen mich an, das Mädchen in Hellblau, die alte Frau mit der Einsamkeit im Gesicht, und sowenig Leben dazwischen. Ich blicke in den Spiegel, ich grüße dich, Annette.